Scherz Krimi

Spannung mit Niveau

Von Agatha Christie sind lieferbar:

Auch Pünktlichkeit kann töten
Der ballspielende Hund
Bertrams Hotel
Der blaue Expreß
Blausäure
Die Büchse der Pandora
Der Dienstagabend-Club
Ein diplomatischer Zwischenfall
Auf doppelter Spur
Dummheit ist gefährlich
Elefanten vergessen nicht
Das Eulenhaus
Das fahle Pferd
Fata Morgana
Das fehlende Glied in der Kette
Feuerprobe der Unschuld
Ein gefährlicher Gegner
Das Geheimnis der Goldmine
Das Geheimnis der Schnallenschuhe
Die Großen Vier
Hercule Poirots Weihnachten
Die ersten Arbeiten des Herkules
Die letzten Arbeiten des Herkules
Sie kamen nach Bagdad
Karibische Affaire
Die Katze im Taubenschlag
Die Kleptomanin
Das krumme Haus
Kurz vor Mitternacht
Lauter reizende alte Damen
Der letzte Joker
Der Mann im braunen Anzug
Die Mausefalle und andere Fallen
Die Memoiren des Grafen
Die Morde des Herrn ABC
Mord im Pfarrhaus
Mord in Mesopotamien
Mord nach Maß
Ein Mord wird angekündigt
Morphium
Mit offenen Karten
Poirot rechnet ab
Rächende Geister
Rätsel um Arlena
Rotkäppchen und der böse Wolf
Die Schattenhand
Das Schicksal in Person
Schneewittchen-Party
16 Uhr 50 ab Paddington
Das Sterben in Wychwood
Der Todeswirbel
Der Tod wartet
Die Tote in der Bibliothek
Der Unfall und andere Fälle
Der unheimliche Weg
Das unvollendete Bildnis
Die vergeßliche Mörderin
Vier Frauen und ein Mord
Vorhang
Der Wachsblumenstrauß
Wiedersehen mit Mrs. Oliver
Zehn kleine Negerlein
Zeugin der Anklage

Agatha Christie

Mord nach Mass

Scherz
Bern - München - Wien

FÜR NORA PRICHARD
der ich die Legende
vom Zigeuneranger
verdanke

Einzig berechtigte Übertragung
aus dem Englischen von Jutta Wannenmacher
Titel des Originals: «Endless Night»
Schutzumschlag von Heinz Looser

6. Auflage 1979
ISBN 3-502-50323-0

Gesamtherstellung: Ebner Ulm

ERSTES BUCH

1

Jedes Ende ist ein neuer Anfang – wie oft hört man die Leute das sagen. Es klingt nicht schlecht, aber was heißt es schon? Wann gäbe es denn je einen festen Punkt, auf den man nachträglich den Finger legen könnte und sagen: «Da hat alles begonnen – um soundsoviel Uhr, an dem und dem Platz, mit diesem bestimmten Ereignis?»
Begann meine Geschichte vielleicht in dem Moment, als mein Blick auf den Aushang am *George* fiel? Auf den Aushang, der die Versteigerung jenes ansehnlichen Besitzes namens *The Towers* ankündigte und alle Einzelheiten wie Ausdehnung, Länge und Breite brachte, nebst einer höchst euphorischen Beschreibung des Anwesens – einem Porträt von *The Towers*, wie es vielleicht für seine Glanzzeit vor mindestens achtzig bis hundert Jahren zugetroffen haben mochte?
Ich hatte weiter nichts vor, schlenderte ziellos durch die Hauptstraße von Kingston Bishop und schlug die Zeit tot. Da fiel mir das Plakat auf. War's ein Glückstreffer? Oder eine Falle des Schicksals? Ganz wie man's nimmt.
Andererseits könnte man auch behaupten, daß es damals begann, als ich Santonix traf, irgendwann während unserer langen Gespräche. Wenn ich die Augen schließe, sehe ich ihn wieder vor mir: die roten Flecken auf den Wangen, die fiebrig glänzenden Augen, die Bewegungen der kräftigen, aber zartgliedrigen Hand, wie sie Baupläne und Aufrisse von Häusern aufs Papier wirft, ausarbeitet – besonders von einem ganz bestimmten Haus, wie es schöner und begehrenswerter keines gab.
Damals regte sich zum erstenmal das Verlangen nach einem Haus in mir, einem klassisch schönen Haus, das zu besitzen ich niemals hoffen durfte. Es war unser beider Wunschtraum, dieses Haus, das Santonix für mich bauen würde – wenn er noch dazu kam... Im Geiste wohnte ich in diesem Haus bereits mit meiner großen Liebe, lebte hier wie im Märchen. Es

waren natürlich alles alberne Phantastereien, aber sie ließen in mir diese blinde, aussichtslose Sehnsucht keimen.
Oder, wenn man es als Liebesgeschichte sehen will — und es ist die Geschichte meiner Liebe, bei Gott —, warum sollte sie dann nicht damit beginnen, wie ich Ellie unter den dunklen Fichten von *Gipsy's Acre* stehen sah? *Gipsy's Acre* — Zigeuneranger. Ja, vielleicht mache ich den Anfang am besten da, beginne mit dem Augenblick, als ich mich von dem Aushang am Schwarzen Brett abwandte — fröstelnd, weil die Sonne hinter Wolken verschwunden war — und beiläufig einen Mann fragte, der neben mir seine Hecke stutzte: «*The Towers*, was ist das für ein Haus?»
Ich sehe immer noch die seltsame Miene des Alten vor mir, als er mich von der Seite anschielte und sagte: «So nennt das hier kein Mensch nich. Was'n das schon für 'n komischer Name?» Er schniefte mißbilligend. «Is 'ne Ewigkeit her, daß da Leute drin gewohnt haben und *The Towers* dazu sagten.»
Da fragte ich ihn, wie er das Haus denn nenne, und wieder wandten sich die Augen in dem alten Runzelgesicht von mir ab. «Hier am Ort heißt's *Gipsy's Acre.*»
«Warum denn das?»
«Is so 'ne Art Sage. Genau weiß ich's auch nich. Einer sagt so, der andere so.» Nach einer Pause fügte er hinzu: «Jedenfalls isses dort, wo immer die Unfälle passieren.»
«Verkehrsunfälle?»
«Alle möglichen Unfälle. Heutzutage freilich meistens mit 'nem Auto. Is nämlich 'ne gefährliche Ecke, da draußen.»
«Na ja», meinte ich, «in einer scharfen Kurve kann man leicht verunglücken, das ist klar.»
«Der Landrat hat 'n Warnschild aufstellen lassen, aber geholfen hat's auch nicht. Es kracht so und so.»
«Woher kommt der Name?»
«Von irgendso'nem Gerede. Das Land soll früher mal Zigeunern gehört haben, aber sie sind fortgejagt worden und haben's verflucht.»
Ich mußte lachen.
«Ja, ja, lachen Sie nur», knurrte er. «Ihr Schlaumeier aus der Stadt habt ja keine Ahnung von so was, aber's gibt manche Stelle, die is verhext, und das is so eine, Ehrenwort. Schon im

Steinbruch, beim Bau, sind die Leute zu Tode gekommen. Der alte Geordie, der is nachts übern Rand gekippt und hat sich'n Hals gebrochen.»

«Weil er betrunken war?»

«Kann schon sein. Der hat gern tief ins Glas geschaut. Aber jeder Suffkopp fällt mal hin, und nich zu sanft, und doch schadet er sich nich fürs Leben. Bloß Geordie hat sich gleich'n Hals gebrochen. Dort drüben», er deutete über seine Schulter nach dem kiefernbestandenen Hügel, «auf *Gipsy's Acre.*»

Doch, ja, so hat es wohl angefangen. Nicht daß ich sonderlich darauf geachtet hätte. Zufällig erinnerte ich mich später daran, das ist alles. Danach — oder auch vorher, ich weiß es nicht mehr genau — fragte ich den Alten, ob denn noch Zigeuner in der Gegend wären. Nein, meinte er, davon gäb's ja heutzutage nicht mehr allzu viele, auch anderswo nicht; die Polizei schiebe sie immer ab.

«Was haben die Leute nur gegen Zigeuner?»

«Dieses Diebsgesindel», raunzte er. Und dann wurde sein Blick schärfer. «Oder haben Sie zufällig auch'n Tropfen Zigeunerblut in den Adern?»

Nicht daß ich wüßte, antwortete ich. Sicher, ich habe etwas Südländisches an mir, das manche Leute an einen Zigeuner erinnert; vielleicht faszinierte mich deshalb auch die Geschichte von *Gipsy's Acre* so. Also *Gipsy's Acre.* Ich schlug die Straße ein, die in vielen Kurven aus dem Dorf hinaus und durch dunklen Wald hügelaufwärts führte, bis zum Gipfel, wo sich der Blick aufs offene Meer und die Schiffe auftat. Die Aussicht war unvergleichlich schön, und ich dachte: Wenn *Gipsy's Acre* nun dir gehörte? Als ich unten wieder an meinem Heckenstutzer vorbeikam, meinte er: «Also, wenn Sie's mit'n Zigeuner haben, dann gehn Se man zu Oma Lee. Was der Major is, der läßt sie in der Hütte wohnen.»

«Welcher Major?»

«Major Phillpot, natürlich.» Der Ton verriet seine ganze Empörung, daß ich überhaupt danach fragte.

Ich wünschte ihm einen guten Tag und wandte mich zum Gehen; da fügte er hinzu: «Die letzte Kate da unten an der Straße, das is ihre. Kann sein, daß sie im Garten is, sie hält's nie lang aus in ihren vier Wänden. Wie alle mit Zigeunerblut.»

Und so schlenderte ich weiter die Straße hinunter, vor mich hinpfeifend und in Gedanken bei *Gipsy's Acre*. Fast hatte ich schon wieder vergessen, was mir da erzählt worden war, als mir eine große schwarzhaarige Alte auffiel, die mich über ihre Gartenhecke hinweg anstarrte. Da wußte ich, daß ich Mrs. Lee vor mir hatte. Ich blieb stehen.

«Angeblich können Sie mir mehr von *Gipsy's Acre* da oben erzählen», begann ich.

Unter einer schwarzen Strähne hervor funkelte sie mich stumm an. Dann sagte sie: «Da läßt du lieber die Finger davon, junger Mann. Glaub mir und denk nicht mehr daran. Du bist ein hübscher Kerl, und von *Gipsy's Acre* ist noch keinem Gutes widerfahren. Nie und nimmer.»

«Es ist doch zum Verkauf ausgeschrieben.»

«Jawohl, das ist es, und ein Narr, der's kauft.»

«Haben sich schon Käufer gemeldet?»

«Bauunternehmer, und mehr als einer. Das geht billig weg, glaub mir.»

«Warum denn?» widersprach ich. «Es ist doch ein erstklassiger Besitz.»

Darauf gab sie keine Antwort.

«Also angenommen, ein Bauunternehmer erwirbt es – was dann?»

Sie kicherte in sich hinein, es war ein böses, unangenehmes Lachen. «Was wohl? Dann läßt er das alte verkommene Haus abreißen und fängt an zu bauen. Zwanzig, dreißig Häuser kann er da hinstellen, und alle mit dem Fluch drauf.»

Das letzte ignorierend, meinte ich nachdenklich: «Das wäre schade, jammerschade.»

«Ah, keine Sorge, sie werden schon nicht froh damit; nicht die neuen Herren, und auch nicht die Maurer und Zimmerleute. Da wird ein Fuß auf der Leiter ausrutschen, dort wird eine Kiesfuhre verunglücken oder ein Ziegel vom Dach fallen und sein Ziel finden. Und dann die Bäume – vielleicht knickt sie ein plötzlicher Sturm. Du wirst schon sehen. Keiner wird froh auf *Gipsy's Acre*. Es täte ihnen besser, sie ließen's in Ruhe. Du wirst sehen, du wirst's schon sehen.» Sie nickte heftig und wiederholte leise, wie zu sich selbst: «Es bringt kein Glück, sich mit *Gipsy's Acre* einzulassen, nie und nimmer.»

Ich mußte lachen, und sie fuhr mich an: «Lach nicht, junger Mann. Es könnte dir eines Tages im Hals steckenbleiben, das Lachen. Da oben liegt kein Segen drauf, nicht auf dem Haus und nicht auf dem Boden.»
«Was ist denn passiert mit dem Haus?» wollte ich wissen. «Warum steht es so lange leer? Wieso läßt man es verfallen?»
«Sie sind alle gestorben, die Leute, die's zuletzt bewohnt haben. Alle.»
«Wie gestorben?» fragte ich aus purer Neugier.
«Das läßt man besser ruhn und spricht nicht mehr davon. Aber hinterher hat keiner mehr dort wohnen wollen, 's wurde alles dem Moder und Zerfall überlassen. Heute ist's in Vergessenheit geraten, und so soll's auch sein und bleiben.»
«Aber *Sie* wissen, wie's war», schmeichelte ich. «Sie könnten mir die ganze Geschichte erzählen.»
«Über *Gipsy's Acre* tratsche ich nicht.» Dann sagte sie, jetzt im heuchlerisch greinenden Ton einer Bettlerin: «Aber ich will dich gern einen Blick in die Zukunft tun lassen, junger Herr. Salb mir die Hand mit Silber, und ich sag dir wahr. Du bist einer von denen, die es eines Tages noch weit bringen.»
«An solchen Unsinn glaube ich nicht. Und Silber hab ich auch keines. Jedenfalls nicht zum Verschleudern.»
Sie kam ganz nahe an mich heran und fuhr einschmeichelnd fort: «Sixpence. Ich mach's auch für Sixpence. Was ist das schon? So gut wie umsonst. Aber ich tu's für dich, weil du ein hübscher Kerl bist, munter zu reden verstehst und was Besonderes an dir hast... Kann gut sein, daß du's noch weit bringst.»
Also angelte ich Sixpence aus der Tasche, nicht etwa, weil ich ihren albernen Salbadereien geglaubt hätte, sondern weil ich die alte Gaunerin mochte, obwohl ich sie längst durchschaut hatte. Gierig griff sie nach der Münze und sagte: «Also, dann zeig mir deine Hand. Beide Hände.»
Sie nahm meine Hände in ihre gichtigen Klauen und starrte in die offenen Innenflächen. Eine ganze Weile blieb sie still, sah nur gebannt darauf nieder. Dann ließ sie meine Hände unvermittelt fallen, stieß sie fast von sich. Sie wich einen Schritt zurück, und als sie wieder sprach, war ihre Stimme rauh.
«Wenn du weißt, was gut für dich ist, dann kehrst du *Gipsy's*

Acre auf der Stelle den Rücken. Einen besseren Rat kann ich dir nicht geben. Komm nie mehr zurück!»
«Warum denn nicht? Warum soll ich denn nicht wiederkommen?»
«Wenn du das tust, erwartet dich hier nur Kummer und Verlust, vielleicht auch Gefahr für Leib und Leben. Böse Sorge erwartet dich, schwarze Sorge. Vergiß diesen Ort, tilg ihn aus deinem Gedächtnis. Ich warne dich.»
«Was um alles in der Welt . . .»
Aber sie hatte sich schon abgewandt und schlurfte zu ihrer Kate zurück.
Krachend schlug die Tür zu. Ich bin nicht abergläubisch. Natürlich glaube ich an glückliche Zufälle — wer tut das nicht? Aber nicht an diesen ganzen Hexenwahn von wegen Flüchen auf verfallenen Häusern und so. Bloß — was hatte die Alte eigentlich in meinen Händen gesehen? Ich hielt sie vor mich hin, die Innenflächen nach oben gekehrt, und betrachtete sie. Was war Händen schon abzulesen? Wahrsagen war Bauernfängerei, ein Trick, um einem Geld abzuluchsen. Ich sah zum Himmel auf. Die Sonne hatte sich versteckt, Wind war aufgekommen und rüttelte an den Bäumen, daß die Blätter ihr Unterstes zuoberst kehrten. Ich pfiff mir eins und wanderte die Dorfstraße zurück.
Noch einmal betrachtete ich den Aushang über die Versteigerung von *The Towers* und notierte mir sogar das Datum. Noch nie hatte ich mich sonderlich für den Grundstücksmarkt interessiert, aber mir wurde klar, daß ich dieser Auktion hier gern beiwohnen wollte. Ich war neugierig darauf, wer *The Towers* kaufte, wer der neue Besitzer von *Gipsy's Acre* wurde. Doch, ich glaube wirklich, daß alles in diesem Augenblick begann . . .
Mir kam ein phantastischer Einfall: Ich wollte hierherfahren und mir vormachen, daß ich der Mann sei, der *Gipsy's Acre* ersteigern würde. Der die ortsansässigen Bauunternehmer überbieten würde, so daß sie einer nach dem anderen aufgeben mußten. *Ich* wollte es kaufen und dann zu Rudolf Santonix gehen und sagen: «Bau mir ein Haus. Ich hab gerade das Grundstück dafür gekauft.» Und dann würde ich auch ein Mädchen finden, ein ganz wundervolles Mädchen, und wir könnten glücklich und in Freuden leben, bis ans Ende unserer Tage.

Von solchen Dingen träumte ich oft. Natürlich führte es zu nichts, aber es machte Spaß. Jedenfalls glaubte ich das damals. Spaß! Mein Gott, wenn ich eine Ahnung gehabt hätte!

2

Es war reiner Zufall gewesen, daß es mich an jenem Tag in die Gegend von *Gipsy's Acre* verschlagen hatte. Ich fuhr ein älteres Ehepaar im Mietwagen von London zu einer Auktion. Wie ich der Unterhaltung entnahm, interessierten sie sich für eine Papiermaché-Kollektion. Ich ahnte nicht, was man sich darunter vorzustellen hatte, aber ich merkte mir den Ausdruck, um ihn zu Hause im Lexikon nachzuschlagen.

Ich war damals zweiundzwanzig Jahre alt und hatte mir auf mancherlei Art eine recht gute Allgemeinbildung erworben. Zum Beispiel wußte ich allerhand über Autos, war ein passabler Mechaniker und sorgsamer Fahrer. Früher hatte ich einmal als Stallbursche in Irland gearbeitet, mich fast mit einer Bande von Dopern eingelassen, war aber noch rechtzeitig ausgestiegen. Dieser Job als Chauffeur bei einer erstklassigen Mietwagenfirma war gar nicht so schlecht. Die Trinkgelder brachten allerhand ein, man überarbeitete sich nicht, nur wurde es mit der Zeit ziemlich langweilig.

Einmal im Sommer war ich auch als Obstpflücker aufs Land gegangen. Das zahlte sich zwar nicht weiter aus, war aber sehr lustig. Ich hatte mich schon in einer Menge Jobs versucht, war Kellner in einem drittklassigen Hotel gewesen, Rettungsschwimmer an einem Badestrand, hatte von Tür zu Tür Lexika oder Staubsauger verkauft und manches mehr. Einmal hatte ich auch in den Hortikulturen eines Botanischen Gartens gearbeitet und mir einiges Wissen über Blumen angeeignet.

Aber ich blieb nie lange bei einer Sache. Warum auch? Fast alles, was ich so trieb, stellte sich als interessant heraus. Manchmal mußte ich härter arbeiten, manchmal weniger hart, aber darauf kam es mir nicht an. Im Grunde bin ich nämlich nicht faul. Der Haken bei mir ist wahrscheinlich meine Unrast. Ich will überall hin, will alles sehen, alles einmal versucht

haben. Ich bin auf der Suche. Ja, das ist es: Ich bin auf der Suche nach etwas Bestimmtem.
Schon seit der Schule suche ich so herum, aber ich bin mir nicht einmal klar darüber, was das sein soll, das ich unbedingt finden will. Einfach irgendwas. Irgendwo. Früher oder später würde es mir schon klarwerden. Vielleicht war es ein Mädchen — ich mag Mädchen, aber keines von all denen, die ich bisher kennengelernt hatte, war mir wichtig gewesen. Sicher, man hatte sie gern, aber dann wechselte man doch erleichtert zur nächsten über.
Eine ganze Menge Leute mißbilligten meine Art zu leben. Aber das kam nur davon, daß sie das Wichtigste in mir nicht verstanden. Sie hätten es gern gesehen, daß ich ein festes Verhältnis mit einem anständigen Mädchen anfing, Geld auf die Seite legte, das Mädchen heiratete und mich dann mit einer anständigen festen Arbeit irgendwo niederließ. Tag für Tag, Jahr für Jahr, in alle Ewigkeit. Amen. Nicht für meiner Mutter Sohn! Das Leben mußte mehr zu bieten haben als das.
Ich erinnere mich daran, wie ich eines Tages durch die Bond Street ging. Das war in meiner Kellnerperiode gewesen, und ich war auf dem Weg zum Dienst. Ich bummelte nur so herum, besah mir Schuhe in einem Schaufenster. Waren schon Klasse, diese Schuhe. Wie es immer in den Anzeigen heißt: «Worauf der moderne Erfolgsmensch fußt.»
Ich wandte mich zum nächsten Schaufenster. Es war eine Gemäldegalerie: nur drei Bilder, gekonnt arrangiert. Zwei davon sagten mir gar nichts, aber das dritte, das war *mein* Bild. Es war eigentlich gar nicht viel dran, es war — wie soll ich es nur beschreiben? — es war irgendwie simpel. Viel freier Raum und ein paar mächtige Kreise, einer immer größer als der andere und alle ineinander verschlungen. Und alle in verschiedenen Farben, sehr ausgefallenen Farben, mit denen man nie gerechnet hätte. Dazwischen saßen hier und da ein paar Farbkleckse, nur so angedeutet, und offenbar ganz ohne Sinn. Bloß hatten sie natürlich doch einen Sinn, und wie! Aber Beschreibungen sind meine schwache Seite. Ich kann nur sagen, daß man es unbedingt immerfort betrachten wollte und niemals damit aufhören.
Ich stand da wie festgefroren, mit einem seltsamen Gefühl, als

sei mir etwas Ungewöhnliches zugestoßen. Vorhin, diese schicken Schuhe, die hätte ich gern getragen. Ich achte auf meine Kleidung, weil man schließlich einen guten Eindruck machen will, aber ich hatte nie im Ernst daran gedacht, mir ein Paar Schuhe in der Bond Street zu kaufen. Ich bin doch nicht auf den Kopf gefallen.

Aber dieses Bild, was das wohl kostete? Mal angenommen, *ich* würde es kaufen? Du bist verrückt geworden, sagte ich mir, du machst dir doch nichts aus Kunst, jedenfalls nicht im allgemeinen. Das stimmte ja schließlich. Aber ich wollte dieses Bild haben — es sollte mir gehören. Ich wollte es aufhängen können, davor sitzen und es ansehen, solange es mir behagte, und dabei wissen, daß es mir gehörte, *mir*. Ich und ein Bild kaufen — was für eine verrückte Idee! Ich sah es mir nochmals genauer an. Daß ich dieses Bild wollte, war absurd, und außerdem konnte ich es mir bestimmt nicht leisten. Zufällig war ich aber gerade gut bei Kasse, dank einer Glückssträhne bei den Pferdewetten. Dieses Bild kostete wahrscheinlich eine ganze Menge. Zwanzig Pfund? Oder fünfundzwanzig? Na, jedenfalls konnte man mal fragen.

Die Galerie innen prunkte mit Dezenz. Wände in gedeckten Farben und ein Samtsofa für versunkene Betrachter verbreiteten eine Atmosphäre der Gedämpftheit. Ein Mann, der mich an den typischen Dressman aus den Konfektionsanzeigen erinnerte, erschien und nahm sich meiner an, dem Milieu entsprechend natürlich gedämpften Tones. Seltsamerweise wirkte er nicht so arrogant wie sonst die Verkäufer in der Bond Street. Er hörte sich mein Anliegen an, dann holte er das Bild aus dem Fenster und hielt es für mich gegen die Wand, damit ich es mir nach Herzenslust betrachten konnte.

Und in dem Augenblick hatte ich einen Geistesblitz, wie einem das manchmal so geht. Plötzlich weiß man genau Bescheid. Ich wußte jetzt, daß sich in der Kunst nicht dieselben Maßstäbe anlegen ließen wie sonst im Leben. Irgendein Interessent in schäbigem altem Anzug und ausgefranstem Hemd konnte in so einer Galerie aufkreuzen und sich dann als Millionär entpuppen, der ein neues Stück für seine Sammlung suchte. Oder er kam herein, billig und geschniegelt, eher von meinem Genre, aber doch mit Geld in der Tasche, das er sich durch irgendeinen

scharfen Dreh ergattert hatte, bloß weil er in ein bestimmtes Bild verliebt war.
«Ein besonders gelungenes Beispiel für den Stil des Künstlers», meinte der Mann an der Wand.
«Wieviel?» fragte ich brüsk.
Die Antwort verschlug mir den Atem.
«Fünfundzwanzigtausend», sagte die sanfte Stimme.
Ein Pokergesicht zu wahren, ist meine Stärke. Ich ließ mir nichts anmerken. Zumindest glaube ich das. Er setzte noch irgendeinen ausländisch klingenden Namen dazu, den des Künstlers vermutlich, und erwähnte, daß das Bild aus einem Landhaus auf den Markt gekommen sei, einem Haus, wo die Besitzer keine Ahnung von seinem wirklichen Wert gehabt hätten.
Ich wahrte das Gesicht und seufzte. «Das ist eine Menge Geld, aber durchaus angemessen, scheint mir.»
Fünfundzwanzigtausend Pfund. Zum Lachen.
«Ja.» Er seufzte ebenfalls. «Ja, das ist es.» Vorsichtig ließ er das Bild sinken und trug es zurück ins Fenster. Dann wandte er sich lächelnd zu mir um. «Sie haben einen guten Geschmack», sagte er.
Ich spürte, daß wir uns verstanden. Nachdem ich mich bei ihm bedankt hatte, trat ich wieder hinaus auf die Bond Street.

3

Ich verstehe nicht viel davon, wie man solche Dinge richtig niederschreibt – richtig, meine ich, wie ein echter Schriftsteller. Zum Beispiel vorhin das über das Bild. In Wirklichkeit spielt es weiter gar keine Rolle, will sagen, es führte zu nichts, nichts kam dabei heraus; und doch habe ich irgendwie das Gefühl, es war wichtig, es gehört irgendwo dazu. Manchmal erlebe ich Dinge, die etwas zu bedeuten haben – und das war so ein Erlebnis. Genau wie *Gipsy's Acre* für mich von Bedeutung war. Oder Santonix.
Viel habe ich eigentlich noch nicht von ihm gesprochen. Er war Architekt, aber das haben Sie natürlich schon erraten. Auch mit

Architekten hatte ich nie viel zu schaffen gehabt, obwohl ich im Baugewerbe ziemlich Bescheid weiß. Auf Santonix stieß ich im Lauf meines Wanderlebens. Damals arbeitete ich als Chauffeur, fuhr reiche Leute in der Welt herum. Einige Male kam ich so auch ins Ausland, zweimal davon nach Deutschland — ich spreche immerhin etwas Deutsch —, ein- oder zweimal nach Frankreich — auch von Französisch habe ich eine Ahnung — und einmal nach Portugal. Die Fahrgäste waren meist schon älter, hatten Geld und Maladien gleichermaßen reichlich.

Wenn man diesen Menschenschlag fährt, gewinnt man allmählich die Überzeugung, daß Geld am Ende doch nicht alles ist. Nein, diese ständigen Herzattacken, die Batterien von Pillenröhrchen und die Nervenzusammenbrüche über das Essen oder den Service in den Hotels — das alles kann mir gestohlen bleiben.

Von den reichen Leuten, die ich so kennenlernte, waren die meisten recht arm dran. Sie hatten auch ihre Last — Steuern und Investitionen, lauter Sorgen, wenn man so zuhörte, wie sie untereinander oder mit Freunden redeten. Die Hälfte davon sorgte sich reinweg zu Tode. Und mit ihrem Liebesleben war es auch nicht weit her. Ihre Frauen waren entweder langbeinige Blondinen mit viel Sex, die sie mit ihrem Hausfreund betrogen, oder von der ewig unzufriedenen Sorte, die einen den ganzen Tag herumkommandieren. Nein, da bleibe ich lieber, was ich bin: Michael Rogers, der sich den Wind um die Nase wehen und von hübschen Mädchen verwöhnen läßt, sooft er Lust dazu hat.

Klar, man lebt dabei immer von der Hand in den Mund, aber damit finde ich mich schon ab. Diese Art Leben macht wenigstens Spaß, und für meinen Teil wäre ich zufrieden gewesen, wenn es immer so lustig weitergegangen wäre. Aber vermutlich wäre ich das auf jeden Fall gewesen; in der Jugend hat man diese Einstellung zum Leben. Erst wenn die Jugend vorübergeht, macht der Spaß keine Freud' mehr. Dennoch spürte ich dahinter vermutlich immer noch dieses andere — das Suchen nach irgend jemandem und irgend etwas . . .

Aber um wieder auf das vorhin Gesagte zurückzukommen — wir hatten einen Stammkunden, einen alten Knaben, den ich immer an die Riviera kutschieren mußte. Er ließ sich dort ein

Haus bauen und fuhr immer nachsehen, ob die Arbeit Fortschritte machte. Santonix war sein Architekt. Ich bin mir nicht sicher, was er für ein Landsmann war. Zuerst hielt ich ihn für einen Engländer, obwohl er so einen seltsamen Namen hatte, der mir noch nirgendwo begegnet war. Aber wahrscheinlich kam er gar nicht aus England, eher schon aus Skandinavien. Er war ein kranker Mensch, das sah ich sofort: jung und hager und dazu ein frappierendes Gesicht – ein Gesicht, das irgendwie aus den Fugen geraten war. Die beiden Gesichtshälften paßten nicht zueinander, sie deckten sich nicht. Mit seinen Auftraggebern sprang er mitunter ziemlich grob um. Man hätte doch denken sollen, daß sie den Ton angaben und mit Grobheiten um sich warfen – schließlich ging ja alles auf ihre Rechnung. Aber von wegen, Santonix kommandierte *sie* herum und war dabei seiner selbst sehr sicher, was man von seinen Kunden nicht sagen konnte.

Der alte Knabe nun, das weiß ich noch wie heute, schäumte vor Wut, kaum daß wir angekommen waren und er einen ersten Blick auf den Neubau geworfen hatte. Ich bekam ja immer einiges mit, wenn ich nach guter alter Chauffeurmanier herumstand, allezeit bereit, mit Hand anzulegen. Bei Mr. Constantine mußte man ständig auf einen Herzanfall oder Gehirnschlag gefaßt sein.

«Sie haben entgegen meinen Anweisungen gehandelt», kreischte er, «Sie haben zuviel Geld verbraucht – viel zuviel Geld! So war es nicht vereinbart. Das kostet weit mehr, als ich berechnet hatte.»

«Sie sind absolut im Recht», meinte Santonix. «Aber Geld muß schließlich ausgegeben werden.»

«Es soll aber nicht! Es soll aber nicht ausgegeben werden! Sie haben sich an den Voranschlag zu halten, an das Limit, das ich festgesetzt habe. Ist das klar?»

«Dann kriegen Sie nicht das Haus, das Sie wollen», entgegnete Santonix. «Ich weiß, was zu Ihnen paßt. Wenn ich Ihnen ein Haus baue, dann wird es genau das, was Sie brauchen. Darüber bin ich mir im klaren, und Sie übrigens auch. Kommen Sie mir nicht mit derlei verspießerten Knausereien – Sie brauchen ein Klassehaus, und das kriegen Sie auch; nachher können Sie damit prahlen, und alle werden Sie darum beneiden. Ich baue nicht für Hinz und Kunz, das habe ich Ihnen gesagt. Geld allein ist nicht alles. Dieses Haus wird nicht wie andere Häuser, es wird etwas Besonderes.»

«Es wird gräßlich. Gräßlich!»

«Nein, das wird es nicht. Der Haken bei Ihnen ist, daß Sie gar nicht wissen, was Sie brauchen. Zumindest könnte man das denken. Aber natürlich wissen Sie es doch, tief da drin, Sie können es sich nur selbst nicht bewußt machen, nicht vor Augen sehen. Aber ich kann es. Das ist eines dieser Dinge, die ich sofort weiß: was die Leute anstreben und was sie brauchen. Sie haben ein ausgesprochenes Gefühl für Qualität. Und ich biete Ihnen Qualität.»

Er sagte oft solche Dinge. Und ich stand dann irgendwo im Hintergrund und hörte ihm zu. In gewisser Hinsicht konnte auch ich bereits erkennen, daß dieses Haus, das da unter den Pinien wuchs, die Front dem Meer zugekehrt, daß sich dieses Haus von allen anderen unterscheiden würde. Ein Flügel ging nicht, wie üblich, auf die See hinaus; er war landeinwärts gekehrt, mit Blick auf einen bestimmten Ausschnitt des bizarren Bergpanoramas und ein Fleckchen blauen Himmels zwischen den Gipfeln. Es hatte eine eigenartige, ungewöhnliche Wirkung und war sehr erregend.

Manchmal, wenn ich frei hatte, unterhielt Santonix sich mit mir. So sagte er zum Beispiel: «Ich suche mir meine Auftraggeber aus; ich baue nur für Leute, die mir zusagen.»

«Also für reiche Leute?»

«Natürlich müssen sie reich sein, sonst könnten sie sich diese Häuser nicht leisten. Aber mir persönlich kommt es nicht auf das Geld an, das ich daran verdiene. Meine Kunden müssen wohlhabend sein, weil ich nur die kostspielige Sorte Häuser entwerfen möchte. Der Bau selbst reicht nämlich noch nicht, er muß den rechten Rahmen haben. Das ist mindestens ebenso wichtig wie die Fassung bei einem Rubin oder einem Brillanten. Ein schöner Stein an sich sagt einem noch nichts, inspiriert einen nicht, er hat weder Profil noch Gewicht, bis er die richtige Fassung erhält. Die Fassung ihrerseits braucht einen makellosen Stein, wenn sie von Wert sein soll. Und ich, wissen Sie, ich ringe der Landschaft diesen Rahmen ab, der dort bisher nur im Urzustand existiert hat. Er erhält erst einen Sinn, wenn er mein

Haus trägt, stolz wie eine Fassung ihr Juwel.» Lachend sah er mich an. «Sie verstehen das wohl nicht?»
«Vielleicht nicht», sagte ich zögernd, «und trotzdem... irgendwie ... verstehe ich es doch.»
«Schon möglich.» Er betrachtete mich neugierig.

Als wir das nächste Mal an die Riviera kamen, war das Haus so gut wie fertig. Ich will es nicht beschreiben, weil ich ihm ja doch nicht gerecht würde, aber es war ... ja, ja, eben etwas Besonderes; und es war schön, das spürte ich. Es war ein Haus, auf das man stolz sein konnte, das man mit Stolz herzeigte und betrachtete, stolz mit dem richtigen Menschen teilte. Und eines Tages sagte Santonix plötzlich zu mir: «Wissen Sie, daß ich auch für Sie so ein Haus bauen könnte? Ich weiß nämlich, welche Art Haus zu Ihnen paßt.»
Ich schüttelte den Kopf.
«Das weiß ich nicht einmal selbst», sagte ich aufrichtig.
«Vielleicht nicht. Aber ich weiß es für Sie.» Und er fügte hinzu: «Es ist jammerschade, daß Sie nicht das Geld dazu haben.»
«Und auch niemals haben werde.»
«Das kann man nicht wissen», meinte Santonix. «Arm geboren muß nicht arm sterben. Mit dem Geld ist es so eine Sache — es spürt, wo es gebraucht wird.»
«Ach, ich bin nicht smart genug ...»
«Nicht ehrgeizig genug. Ihr Ehrgeiz ist noch nicht geweckt, aber Sie haben welchen, täuschen Sie sich da nicht.»
«Na, wunderbar», sagte ich bitter, «eines Tages, wenn sich mein Ehrgeiz ausgeschlafen hat und ich zu Geld gekommen bin, dann gehe ich hin und sage zu Ihnen: ‹Bauen Sie mir ein Haus.›»
Da seufzte er. «So lange kann ich nicht warten ... Das kann ich mir nicht leisten. Ein Haus noch, vielleicht zwei, mehr nicht. Niemand will jung sterben, aber manchmal muß man's ... Im Grunde ist es wahrscheinlich völlig irrelevant.»
«Dann muß ich meinen Ehrgeiz eben ganz schnell wachrütteln.»
«Nein», sagte Santonix, «Sie sind gesund, Sie genießen das Leben, bleiben Sie ruhig dabei, ändern Sie sich nicht.»

«Könnte ich auch gar nicht, selbst wenn ich wollte.» Damals glaubte ich das fest.

An Santonix mußte ich noch oft denken; er faszinierte mich stärker als jeder Mensch, dem ich bisher begegnet war. Eines der seltsamsten Dinge im Leben, glaube ich, ist das System, nach dem wir unsere Erinnerungen auswählen. Irgend etwas in uns trifft diese Wahl, entscheidet sich für den einen Vorfall, übergeht den anderen. Bei mir fiel die Wahl zum Beispiel auf Santonix und sein Haus, auf das Bild in der Bond Street und auf den Besuch von *The Towers* und diese alte Sage von *Gipsy's Acre*. Manchmal entschied sich mein Gedächtnis auch für das eine oder andere Mädchen, das ich kennengelernt hatte, oder für eine bestimmte Auslandsreise. Aber die Kunden in meiner Chauffeursperiode glichen einander zu sehr, es war monoton. Sie wohnten stets in der gleichen Klasse Hotels und aßen die gleichen einfallslosen Mahlzeiten.

Dieses Gefühl, auf etwas zu warten, ließ jedoch nicht nach; zu warten, daß mir etwas angeboten wurde, etwas zustieß — ich weiß nicht, wie ich mich ausdrücken soll. Wahrscheinlich war ich in Wirklichkeit nur auf der Suche nach einem Mädchen, der rechten Art von Mädchen, und damit meine ich nicht die nette, standesgemäße Partie fürs Leben, wie sie meiner Mutter vorschwebte oder Onkel Joshua und einigen meiner Freunde. Damals wußte ich noch nichts über Liebe. Nur bei Sex, da wußte ich Bescheid, da war ich firm wie anscheinend alle meine Altersgenossen. Wahrscheinlich redeten wir zuviel darüber, hörten zu oft davon, nahmen Sex viel zu wichtig. Wir hatten keine Ahnung — weder ich noch einer meiner Freunde —, wie es wirklich sein würde, wenn es schließlich auch bei uns einschlug. Die Liebe, meine ich. Wir waren jung und viril und taxierten die Mädchen, die uns über den Weg liefen, wußten ihre Kurven zu würdigen, ihre Beine und die gewissen Blicke, die sie uns zuwarfen; und dabei überlegten wir nur: Wird sie, oder wird sie nicht? Ist es vielleicht bloß Zeitverschwendung? Und je mehr Mädchen man hatte, desto mehr gab man an, als um so tollerer Kerl galt man, und für um so toller hielt man sich schließlich selbst.

Mir kam nie die Idee, daß dies doch nicht alles sein konnte. Aber wahrscheinlich stößt es jedem früher oder später zu, und

wenn es geschieht, dann immer unvermutet. Man denkt nicht, wie man sich vorgestellt hat: Das könnte die Richtige für mich sein . . . Das ist das Mädchen, das eines Tages meine Frau wird. Nein. Zumindest waren das nicht die Gefühle, die ich hatte. Ich rechnete nicht damit, daß es schließlich, wenn es soweit war, ganz plötzlich geschehen würde; daß ich mir sagen würde: Das ist die Frau, zu der ich gehöre. Ihr gehöre ich, mit Haut und Haar und für alle Zeit.
Nein, daß es so kommen würde, das hätte ich mir nie träumen lassen. Hat nicht ein alter Komödiant einmal gewitzelt – und ich glaube, das war sein Standardrepertoire: «Ein einziges Mal im Leben war ich verliebt, und ich sage Ihnen, wenn ich merke, daß es mich wieder überkommt – dann wandere ich vorher aus.» Genauso war es bei mir. Wenn ich gewußt hätte, wenn ich nur geahnt hätte, wozu das alles führen würde, ich wäre rechtzeitig ausgewandert. Das heißt, wenn ich den Verstand dazu gehabt hätte.

4

Die Sache mit der Auktion wollte mir nicht mehr aus dem Kopf.
Bis dahin waren es noch drei Wochen. Mir fielen in dieser Zeit noch zwei Fahrten aufs Festland zu, die eine nach Frankreich, die andere nach Deutschland. Und in Hamburg geschah es auch, daß die Dinge ins kritische Stadium gerieten. Einmal faßte ich eine heftige Abneigung gegen meinen Fahrgast und seine Frau, denn die beiden verkörperten all das, was ich am meisten verabscheute. Sie waren grob, rücksichtslos, schon vom Äußeren her abstoßend und wahrscheinlich die Ursache dafür, daß ich plötzlich das Gefühl bekam, dieses Leben nicht länger ertragen zu können. Aber natürlich war ich auf der Hut. Mir schien es, als könnte ich es keinen Tag länger mit ihnen aushalten, aber wohlweislich sagte ich ihnen das nicht. Schließlich hat's keinen Zweck, sich mit seinem Arbeitgeber anzulegen. Nein, ich rief ihr Hotel an, meldete mich krank, und telegrafierte dasselbe auch nach London. Wahrscheinlich müßte

ich auf Isolierstation, fügte ich noch hinzu, und sie seien wohlberaten, wenn sie einen Ersatzfahrer für mich herüberschickten. Daraus konnte mir niemand einen Vorwurf machen. So sehr, daß sie Erkundigungen eingezogen hätten, sorgten sie sich in London nicht um mich, und wenn ich nichts mehr von mir hören ließ, dann mußten sie das lediglich hohem Fieber zuschreiben. Später konnte ich dann wieder in London auftauchen und Schauermärchen von meiner Krankheit erzählen. Aber im Grunde hatte ich dazu gar keine Lust. Das Fuhrgeschäft hing mir zum Hals heraus.

Diese meine Miniatur-Rebellion war für mich ein Wendepunkt. Ihretwegen und aus anderen Gründen erschien ich dann zur festgesetzten Zeit im Auktionssaal.

«Vorbehaltlich eines Verkaufs an Privat», hatte ein Aufkleber gewarnt, der quer über der ursprünglichen Ankündigung prangte. Aber sie hing noch aus, also war es nicht an Privat verkauft worden. Ich war so aufgeregt, daß ich kaum wußte, was ich tat.

Wie ich schon sagte, war ich noch nie zuvor auf einer öffentlichen Grundstücksversteigerung gewesen. Ich war erfüllt von der Idee, wie aufregend es dabei zugehen würde; aber es war alles andere als aufregend, sondern eines der tristesten Schauspiele, das ich je erlebt hatte. Es fand im Halbdunkel statt, in Gegenwart von höchstens sechs oder sieben Zuschauern. Der Auktionator war das genaue Gegenstück seiner Kollegen von Inventarauktionen und ähnlichem, alles Männer mit dem Herzen auf dem rechten Fleck, mit drolliger Ausdrucksweise und einem Sack voll Späßen. Dieser aber pries den Besitz mit halb erstorbener Stimme an, beschrieb das Grundstück und so weiter und forderte dann halben Herzens zum Bieten auf.

Das erste Gebot waren fünftausend Pfund. Der Auktionator rang sich ein gequältes Lächeln ab, wie einer, der einen faulen Witz hört; er sagte noch dies und das, und es folgten einige weitere Gebote. Die meisten der Anwesenden stammten vom Land: Der eine sah mir wie ein Landwirt aus, bei einem anderen tippte ich auf den interessierten Bauunternehmer, dann waren wahrscheinlich noch ein paar Anwälte da — und außerdem ein Mann, der mir aus London zu kommen schien; er war hier fremd, gut gekleidet und wirkte kompetent. Ich weiß nicht,

ob er wirklich mitbot, aber es konnte gut sein. Wenn, dann geschah es ganz unauffällig und nur durch einen Wink. Aber jedenfalls versiegten die Gebote allmählich, der Auktionator verkündete melancholischen Tones, daß der Schätzpreis nicht erreicht worden sei, und die Veranstaltung wurde aufgelöst.
«Was für ein lahmes Geschäft», sagte ich zu einem der rustikalen Typen, als wir miteinander hinaustrotteten.
«Auch nicht anders als sonst», meinte er. «Waren Sie schon oft dabei?»
«Nein. Das hier war eigentlich meine erste Auktion.»
«Die Neugier hat Sie hergetrieben, wie? Hab Sie gar nicht mitbieten sehen.»
«Keine Spur. Wollte nur wissen, wie die Sache ausging.»
«Na ja, so wie da kommt es sehr oft. Die wollen nämlich nur das Interesse testen.»
Ich sah ihn fragend an.
«Schätze, da waren nur drei ernsthafte Interessenten dabei», fuhr mein neuer Bekannter fort. «Einmal Whetherby aus Helminster, er ist Bauunternehmer, müssen Sie wissen. Dann noch Dakham und Coombe, die, wie ich höre, für irgendeine Firma aus Liverpool bieten, und zuletzt dieses unbeschriebene Blatt aus London, wahrscheinlich ein Anwalt. Natürlich können noch mehr dahinter her sein, aber die drei scheinen mir die Hauptinteressenten. Es wird billig zugeschlagen, das sagt hier jeder.»
«Weil der Platz in Verruf ist?»
«Oh, Sie haben schon von *Gipsy's Acre* gehört, wie? Aber das ist nur so ein Geschwätz unter den alten Bauern. Der Landrat hätte die Straße dort längst begradigen sollen – es ist die reinste Autofalle.»
«Aber daß der Platz verrufen ist, das stimmt doch?»
«Ach, das ist doch alles bloß Aberglaube. Aber wie ich schon sagte, das eigentliche Geschäft wird hinter den Kulissen abgeschlossen. Sie kommen jetzt und unterbreiten ihre Offerten. Wenn Sie mich fragen, dann machen die Liverpooler das Rennen. Whetherby wird wohl nicht so hoch gehen, der ist auf einen Rebbach aus. Heutzutage kommt viel unerschlossener Grundbesitz auf den Markt. Und überhaupt, die Leute sind nicht dicht gesät, die sich so was kaufen können, die alte Ruine abreißen und ein neues Haus hinsetzen können, stimmt's?»

«Jedenfalls begegnet es einem nicht oft.»
«Ist auch kompliziert. Bei den Steuern, und weiß Gott, welchen Abgaben noch, und außerdem bekommt man auf einem Land kein Hauspersonal. Nein, die Leute zahlen heute lieber horrende Preise für eine Luxuswohnung in der Stadt, im sechzehnten Stock von irgendeinem Wolkenkratzer. Diese großen, unhandlichen Landhäuser sind ein Alptraum in der Branche.»
«Aber man kann ja modern bauen», wandte ich ein. «Mit allen arbeitsparenden Einrichtungen.»
«Man kann, aber das ist ein teurer Spaß. Und außerdem – wer lebt schon gern so einsam?»
«Manche vielleicht doch», meinte ich.
Er lachte auf, und so trennten wir uns. Nachdenklich ging ich weiter. Wie von selbst schlugen meine Füße die Straße ein, die zwischen den Bäumen in vielen Kurven hinauf ins Hochmoor führte.
Und so kam ich zu der Stelle, an der mir Ellie zum erstenmal begegnete. Wie ich bereits sagte, stand sie da so einfach neben einem Baumstamm, und alles an ihr erweckte den Eindruck, wenn ich so sagen darf, als sei sie soeben noch gar nicht da gewesen, hätte gerade erst Gestalt angenommen – aus dem Stamm, allem Anschein nach. Sie trug irgendein dunkelgrünes Tweedkostüm, ihr Haar hatte das weiche Braun herbstlichen Laubes, und über ihrer ganzen Erscheinung hing ein Schleier des Unwirklichen, Körperlosen. Ich erblickte sie und verhielt den Schritt. Sie sah mich an, ihre Lippen teilten sich etwas, wie leicht überrascht. Vermutlich machte ich einen mindestens ebenso überraschten Eindruck. Ich wollte etwas sagen, mir fiel aber nichts ein. Dann brachte ich es schließlich heraus.
«Pardon, ich ... ich wollte Sie nicht erschrecken. Ich war nur nicht darauf gefaßt, hier jemandem zu begegnen.»
Mit sehr sanfter und weicher Stimme, fast der eines kleinen Mädchens, antwortete sie: «Das macht doch nichts. Ich hab mich auch ganz allein gefühlt.» Sie sah sich um. «Es ist ziemlich einsam hier oben.»
Ein kleiner Schauer überlief sie, und wirklich war der Nachmittag sehr kalt und windig. Ich trat einen Schritt näher.
«Und auch ein bißchen unheimlich, nicht?» meinte ich. «Äh ... wo das Haus doch eine Ruine ist und so.»

«*The Towers*», sagte sie nachdenklich. «So hat es doch früher mal geheißen, nicht wahr, obwohl ... Ich meine, es sieht gar nicht so aus, als hätte es je Türme gehabt.»
«Das war wahrscheinlich nur so ein Name», antwortete ich. «Die Leute taufen ihre Häuser meist so, daß es nach mehr klingt.»
Sie lachte ein bißchen. «So wird's wohl gewesen sein. Ich bin nicht ganz sicher, aber das ist doch das Haus, das sie heute verkaufen wollen, oder versteigern, nicht?»
«Doch», sagte ich, «ich komme gerade von der Versteigerung.»
«Oh ...» Sie schien überrascht. «Wollten Sie ... wollen Sie es kaufen?»
«Es liegt nicht ganz auf meiner Linie, ein baufälliges altes Haus mit ein paar hundert Morgen Waldland zu erstehen», erwiderte ich. «Soweit bin ich noch nicht.»
«Ist es denn verkauft worden?»
«Nein, die Angebote sind weit unter dem Schätzpreis geblieben.»
«Aha.» Es klang erleichtert.
«Wollten Sie es etwa auch kaufen?» erkundigte ich mich.
«Aber nein, wo denken Sie hin?» Das kam nicht ganz natürlich.
Einen Augenblick zögerte ich, aber dann sprudelte ich die Worte heraus, die sich mir auf die Zunge drängten.
«Ich hab Sie angeschwindelt», sagte ich. «Kaufen kann ich es natürlich nicht, weil mir das Geld dazu fehlt, aber es interessiert mich. Ich möchte es gern kaufen, sehr gern sogar. Jetzt dürfen Sie mich ruhig auslachen; es ist trotzdem so.»
«Aber ist es denn nicht zu baufällig, zu ...»
«Sicher», fiel ich ein, «ich will's ja auch nicht in seinem jetzigen Zustand. Nein, ich möchte es abreißen, den ganzen Schutt wegräumen. Es ist zu häßlich, und ich glaube, es muß früher auch deprimierend gewesen sein, traurig. Aber das Grundstück ist nicht häßlich, auch nicht deprimierend. Die Lage ist wunderbar. Schauen Sie mal: hier lang, durch die Bäume. Sehen Sie sich diesen Ausblick an – auf die Berge, zum Moor hin. Begreifen Sie? Wenn man für die Aussicht hier ein bißchen lichtet ... Und da, kommen Sie ...»
Ich nahm sie am Arm und führte sie zu einem anderen

beherrschenden Punkt des Areals. Falls wir uns seltsam benahmen, so fiel es ihr jedenfalls nicht auf. Übrigens war nichts an der Art, wie ich sie hielt; ich wollte ihr nur klarmachen, was ich vor mir sah.

«Hier, von hier aus können Sie sehen, wie der Hang zur Küste abfällt, und wo die Felsen herausragen — da. Dazwischen liegt ein ganzer Ort, aber man sieht ihn nicht, weil er von den Hügeln verdeckt wird, weiter unten am Hang. Und drittens können Sie in diese Richtung schauen, in dieses weite waldige Tal. Merken Sie jetzt — wenn man ein paar Bäume fällt, breite Ausblicke schafft für die Fernsicht und dieses Stück rund ums Haus lichtet, merken Sie jetzt, was für ein wunderschönes Haus man sich hier hinstellen könnte? Nicht auf den Platz, wo das alte steht, nein, man müßte es fünfzig, besser hundert Meter nach rechts rücken . . . hierhin. Hier könnten Sie sich ein Haus bauen lassen, ein herrliches Haus. Von einem Architekten, der ein Genie ist.»

«Kennen Sie denn solche Architekten?» fragte sie skeptisch.

«Ich kenne einen», sagte ich.

Und dann begann ich, ihr von Santonix zu erzählen. Wir setzten uns auf einen umgefallenen Baumstamm, und ich redete. Ich redete wie ein Buch vor diesem schmalen zarten Waldmädchen, das mir völlig fremd war, legte mein ganzes Ich hinein und erzählte ihr von dem Traum, der hier Wirklichkeit werden konnte.

«Es wird nie soweit kommen, das ist mir klar. Es wäre zu phantastisch. Aber stellen Sie sich's vor, so wie ich's mir vorstelle: Hier die Bäume würden wir schlagen lassen, und da müßte eine Lichtung hin, und man könnte alles neu anlegen, Rhododendron pflanzen und Azaleen. Und mein Freund Santonix müßte her. Er würde fürchterlich husten, er hat die Schwindsucht oder so, aber er würde es noch schaffen. Er würde es noch bauen vor seinem Tod, das herrlichste Haus, das man sich vorstellen kann. Sie kennen seine Häuser nicht. Er baut sie nur für reiche Leute, aber nicht für jedermann. Nur für Leute mit den richtigen Vorstellungen — nicht im konventionellen Sinn —, nein, für Leute, die sich einen Traum verwirklichen wollen. Die sich so etwas wünschen . . . etwas Wundervolles.»

«Ich auch», sagte Ellie, «ich wünsche mir das auch, so ein Haus.

Wenn ich Ihnen zuhöre, kann ich es richtig vor mir sehen, zum Greifen nahe ... Ja, hier muß es sich wunderbar leben lassen, wie in einem Traum, der plötzlich wahr geworden ist. Alles, was man sich gewünscht hat: Freiheit, Unabhängigkeit, keine Leute mehr, die einen herumkommandieren und Vorschriften machen, einem alles verbieten woran man Freude hat. Oh, ich hab sie so satt, meine Leute, dieses fürchterliche Leben — alles!»

So begann es mit Ellie und mir. Ich mit meinen Träumen, sie mit ihrer Revolte gegen ihre Umwelt — so kamen wir zusammen. Wir fielen in Schweigen und sahen uns an.

«Wie heißen Sie?» fragte sie dann.

«Mike Rogers», sagte ich, «Michael Rogers. Und Sie?»

«Fenella.» Sie zögerte und ergänzte: «Fenella Goodman», wobei sie mich etwas besorgt betrachtete.

Im Moment wußten wir nicht weiter, schauten uns nur an. Beide wollten wir einander wiedersehen, hatten aber keine Ahnung, wie das zu bewerkstelligen war.

5

Wie gesagt, so begann es mit Ellie und mir. Die Sache entwickelte sich nicht sonderlich schnell, wahrscheinlich weil wir beide unsere Geheimnisse hatten. Beide wollten wir verschiedenes für uns behalten, deshalb erzählten wir einander nicht soviel von uns selbst, wie man hätte annehmen können; und das wiederum richtete eine Art Mauer zwischen uns auf. Wir konnten nicht offen mit der Sprache herausrücken und beispielsweise fragen: «Wann sehen wir uns wieder? Wo kann ich Sie erreichen? Wo wohnen Sie?» Denn wenn man den anderen solche Dinge fragt, erwartet er von einem dieselben Auskünfte.

Fenella hatte ein bedenkliches Gesicht gemacht, als sie mir ihren Namen genannt hatte, so daß mir der Gedanke kam, es könnte möglicherweise nicht ihr richtiger Name sein. Vielleicht schwindelte sie mir etwas vor? Aber das war natürlich absurd. Schließlich hatte ich ihr auch meinen richtigen Namen genannt.

Wir wußten damals nicht ganz, wie wir uns voneinander ver-

abschieden sollten. Fast war es schon peinlich. Es war kühler geworden, und wir wollten beide von *The Towers* wieder hinunter, aber was dann? Ziemlich verlegen wagte ich einen Versuch: «Wohnen Sie hier in der Gegend?»
Sie erzählte, daß sie in Market Chadwell wohne, einem nahen Marktflecken. Wie ich wußte, gab es dort ein großes Drei-Sterne-Hotel. Wahrscheinlich war sie dort abgestiegen. Fast ebenso verlegen wie ich, fragte sie: «Und Sie? Wohnen Sie auch hier?»
«Nein, ich bin nur für einen Tag herübergekommen.»
Dann schwiegen wir abermals verlegen. Sie schauerte leicht zusammen, es war ein kalter Wind aufgekommen.
«Wir gehen jetzt besser los», schlug ich vor, «damit es uns wärmer wird. Sind Sie ... haben Sie ein Auto, oder nehmen Sie einen Bus oder Zug?»
Sie habe ein Auto im Dorf stehen, sagte sie. «Ich komme schon zurecht», fügte sie hinzu.
Sie schien mir etwas nervös. Ich dachte mir, sie wollte mich vielleicht loswerden, wußte aber nicht, wie sie es anstellen sollte. Deshalb sagte ich: «Wir können ja zusammen hinuntergehen, nur bis zum Dorf.»
Dafür bekam ich einen kurzen dankbaren Seitenblick. Langsam wanderten wir die gewundene Straße hinab, auf der schon so viele Autos verunglückt waren. Als wir um eine Kurve bogen, trat plötzlich eine Gestalt aus dem Schatten eines Fichtenbäumchens. Das kam so plötzlich, daß Ellie zusammenfuhr und einen kleinen Schrei ausstieß. Es war die Alte, die ich am Vortag vor ihrer Kate angesprochen hatte. Heute sah sie noch sehr viel wilder aus mit ihrem windzerzausten, schwarzen Haar und einem roten Umhang. Ihr herrisches Gehabe ließ sie hochgewachsener erscheinen.
«Und was habt ihr hier zu suchen, Kinder?» fragte sie. «Was führt euch zum Zigeuneranger?»
«Oh», sagte Ellie, «wir haben doch hoffentlich nicht Privatbesitz betreten?»
«Wie man's nimmt. Zigeuner waren früher hier die Herren, Zigeuner – aber sie haben uns davongejagt. Ihr bringt nichts Gutes hier herauf, und es widerfährt euch auch nichts Gutes hier oben beim Streunen auf *Gipsy's Acre*.»

Ellie ging Streit lieber aus dem Wege, sie war kein aggressiver Mensch. Sanft und höflich sagte sie: «Es tut mir leid, wenn wir unbefugt hier oben sind. Aber ich dachte, der Besitz wird heute verkauft.»
«Jawohl, und ein Unglück für den, der's kauft», sagte die Alte. «Hör auf mich, mein hübsches Kind, denn hübsch bist du wohl: Wer das hier kauft, der bringt sich ins Elend. Ein Fluch liegt auf dem Land, aus alter Zeit – bleib weg davon. Bleib weg von *Gipsy's Acre*. Es bringt dir nur Tod – Tod und Gefahr. Fahr zurück in deine Heimat überm Meer und kehre niemals wieder. Ich hab dich gewarnt.»
In Ellie regte sich der Trotz. «Wir tun niemand was zuleide.»
«Nun aber langsam, Mrs. Lee», mischte ich mich ein. «Machen Sie doch der jungen Dame hier keine Angst.»
Erklärend wandte ich mich an Ellie. «Mrs. Lee wohnt unten im Dorf, in einer Kate. Sie versteht sich aufs Wahrsagen und Prophezeien, nicht wahr, Mrs. Lee?»
«Ich hab das Gesicht», sagte sie einfach und reckte sich noch höher auf, «ich hab das Gesicht und sehe mehr als euereins. Es ist uns angeboren. Ich sage die Zukunft voraus, Miss, salb mir die Hand mit Silber, und ich sag dir deine Zukunft.»
«Ach nein, lieber nicht, ich bin nicht neugierig.»
«Aber es ist klug, klug, über die Zukunft Bescheid zu wissen. Du weißt dann, was du meiden mußt, was dir bevorsteht, wenn du nicht auf der Hut bist. Los doch, du hast die Taschen voll Geld. Viel Geld. Ich weiß Dinge, die dir nützlich sein werden.»
Wahrscheinlich steckt in jeder Frau der Drang, einen Blick in die Zukunft zu tun; mir war das schon bei anderen Mädchen aufgefallen. Ellie öffnete ihre Handtasche und legte der Alten zwei halbe Kronen in die Hand.
«Ah, meine Schöne, das ist recht. Nun höre, was die alte Mutter Lee dir zu sagen hat.»
Ellie streifte den Handschuh ab und legte ihre kleine feingliedrige Hand in die Klaue der Alten. Die blickte darauf nieder, murmelte: «Und was haben wir da? Was sehen wir da?»
Plötzlich ließ sie Ellies Hand fallen, als habe sie sich daran verbrannt.
«Fahr lieber weg von hier, schnell – geh und komm niemals

zurück! Das rate ich dir, und ich irre mich nie. Es zeigt sich in deiner Hand. Denk nicht mehr an *Gipsy's Acre*, vergiß, daß du's jemals gesehen hast. Nicht nur das verfallene Haus da oben — der Boden selbst ist verflucht.»

«Das ist schon eine Manie bei Ihnen», fuhr ich sie an. «Und überhaupt, die junge Dame hat mit der ganzen Sache gar nichts zu tun. Sie ist hier nur spazierengegangen, sie kommt von außerhalb, und diese Gegend sagt ihr gar nichts.»

Die Alte beachtete mich nicht. Starrsinnig fuhr sie fort: «Ich rate dir gut, Miss, ich warne dich. Du kannst ein glückliches Leben führen — solange du nur jegliche Gefahr meidest. Meide die Orte, die verflucht sind oder gefährlich für dich. Kehr zurück dahin, wo man dich liebt und umsorgt, wo du gut aufgehoben bist. Du mußt in sichere Obhut, merk dir das. Sonst ... sonst ...» Sie schüttelte sich. «Ich will's nicht sehen, ich will nicht sehen, was in deiner Hand eingegraben ist.»

Unvermutet drückte sie mit seltsam brüsker Bewegung Ellie die beiden Halb-Kronen-Stücke wieder in die Hand, wobei sie nur halb Verständliches vor sich hin murmelte. Ich glaubte, so etwas zu hören wie: «Grausam, grausam ist das Schicksal.» Dann wandte sie sich um und stolzierte hastig davon.

«Was für eine ... was für eine schreckliche Frau», sagte Ellie.

«Kümmern Sie sich nicht um sie», sagte ich schroff, «die ist sowieso nicht ganz richtig im Kopf. Sie will Ihnen nur einen Schrecken einjagen. Für die Leute ist dieser Ort hier etwas Besonderes. Sie dichten ihm Dinge an ...»

«Haben sich hier Unfälle ereignet? Ist Schlimmes passiert?»

«Unbedingt unfallträchtig, diese Ecke. Betrachten Sie doch allein die Kurve, und dann die schmale Fahrbahn. Man sollte den Landrat dafür auspeitschen, daß hier nichts geändert wird. Natürlich muß es da zu Unfällen kommen. Es gibt ja nicht einmal ein Vorwarnschild.»

«Nur Unfälle, oder auch anderes?»

«Hören Sie mal», begann ich, «die Leute weiden sich doch am Unglück anderer. Sie sammeln direkt die Unglücksfälle, und davon gibt es jederzeit genug. Auf diese Art entstehen dann Gerüchte.»

«Das ist wohl einer der Gründe, warum man glaubt, daß der Besitz billig zu haben sein wird?»

«Na ja, wahrscheinlich. Jedenfalls unter den Ortsansässigen. Aber ich glaube nicht, daß er an einen Einheimischen gehen wird. Eher schon an ein Siedlungsunternehmen. Aber Sie frösteln ja», unterbrach ich mich. «Kommen Sie, wir wollen lieber loslaufen. Sollen wir uns schon vor dem Ort trennen, wäre Ihnen das angenehmer?»

«Aber nein, nicht doch. Warum auch?»

Ich machte einen waghalsigen Vorstoß. «Passen Sie auf, ich habe morgen in Market Chadwell zu tun. Sie ... Ich weiß zwar nicht, ob Sie dann noch da sind, aber ... Ich meine, besteht die Möglichkeit, sich dort zu treffen?» Ich wandte das Gesicht ab, denn ich spürte, daß ich errötete. Aber wenn ich es jetzt nicht herausbrachte, wie sollte ich dann jemals weiterkommen?

«Doch, ja», sagte sie. «Ich fahre erst am Abend nach London zurück.»

«Dann könnten wir vielleicht ... würden Sie ... Aber das ist wohl ziemlich unverfroren ...»

«Nein, das ist es nicht.»

«Also: Würden Sie vielleicht mit mir eine Tasse Tee trinken, im Café? Es heißt, glaube ich, *Blue Dog*, und es soll ganz nett dort sein. Es ist ... Ich meine, es ...» Das Wort, das ich suchte, wollte mir nicht einfallen, deshalb benutzte ich den Ausdruck, den ich ein- oder zweimal von meiner Mutter gehört hatte. «Es ist durchaus standesgemäß für Sie», sagte ich eifrig.

Da lachte Ellie laut auf. Wahrscheinlich hörte sich «standesgemäß» in modernen Ohren ziemlich komisch an.

«Es wird bestimmt sehr nett», meinte sie dann. «Ja, ich komme. Um halb fünf, ist Ihnen das recht?»

«Ich werde Sie erwarten», versprach ich. «Und ich ... ich freue mich sehr.» Ich sagte ihr nicht, worüber ich mich freute.

Inzwischen waren wir zur letzten Wegbiegung gekommen, hinter der bereits die ersten Häuser standen.

«Dann adieu», sagte ich. «Bis morgen. Und ... denken Sie nicht mehr an das, was die alte Hexe da gegeifert hat. Sie spielt bloß den Kinderschreck. Schließlich ist sie nicht ganz bei Verstand.»

«Haben Sie denn das Gefühl, daß einem der Platz dort oben Angst einjagt?» fragte Ellie.

«*Gipsy's Acre?* Keine Spur.» Vielleicht sagte ich das mit einer Spur zuviel Nachdruck, aber ich hielt den Platz wirklich nicht für furchteinflößend. Nein, für mich war er nach wie vor wunderschön, ein wundervoller Rahmen für ein wundervolles Haus.

Derart also verlief meine erste Begegnung mit Ellie. Am nächsten Tag saß ich im *Blue Dog* von Market Chadwell und wartete auf sie; und sie kam. Wir tranken Tee miteinander, und wir unterhielten uns. Immer noch sprachen wir kaum über uns selbst, das heißt, über das Leben, das wir bisher geführt hatten. Statt dessen erläuterten wir dem anderen unsere Gedanken, unsere Gefühle. Und dann sah Ellie auf die Uhr und sagte, sie müsse jetzt aufbrechen, der Zug nach London gehe um halb sechs ...

«Ich denke, Sie sind motorisiert?» fragte ich.

Das verwirrte sie etwas, und sie beteuerte, nein, nicht doch, dieser Wagen von gestern, der habe nicht ihr gehört. Sie sagte aber nicht, wem sonst. Wieder senkte sich Verlegenheit wie ein Schatten über uns. Schließlich winkte ich der Kellnerin und zahlte, und dann fragte ich Ellie geradeheraus: «Werde ich ... kann ich Sie wiedersehen?»

Sie hob die Augen nicht vom Tischtuch. «Ich bleibe noch vierzehn Tage in London.»

«Wo? Und wie ...»

Wir verabredeten ein Rendezvous im Regent's Park, in drei Tagen. Das Wetter war herrlich. Wir speisten im Gartenrestaurant, promenierten im Queen Mary's Garden und ließen uns schließlich plaudernd in zwei Gartenstühlen nieder. Von nun an begannen wir auch über uns selbst zu sprechen. Ich erzählte ihr, daß ich eine ganz ordentliche Schulbildung genossen hätte, aber weiter kein großes Kirchenlicht sei, schilderte ihr meine Jobs bis auf wenige Ausnahmen und gestand ihr, daß ich es nie lange bei einer Sache ausgehalten, daß mich immer wieder die Unrast gepackt hatte, ich vom einen zum anderen getrieben worden war. Seltsamerweise war sie davon ganz hingerissen.

«So ein Unterschied», sagte sie versonnen. «Herrlich, dieser Unterschied.»

«Unterschied wozu?»

«Mir.»
«Sie sind wohl ein Kind reicher Eltern?» neckte ich sie. «Ein armes, kleines reiches Mädchen?»
«Jawohl, das bin ich: ein armes reiches Mädchen.»
In Bruchstücken erzählte sie mir dann von ihrem Leben in erstickendem Überfluß, Langeweile, in Konventionen und Vorschriften, wie sie sich niemals die Freunde wählen durfte, die ihr gefielen, oder tun, was ihr behagte; wie sie die Leute beneidete, wenn sie sie ein Leben genießen sah, das ihr verschlossen blieb. Sie hatte ihre Mutter früh verloren, ihr Vater hatte ein zweites Mal geheiratet. Und dann war auch er gestorben, erzählte sie. Ich erriet, daß sie ihrer Stiefmutter nicht sehr zugetan war. Die meiste Zeit hielt sie sich in den USA auf, reiste aber auch ziemlich viel.
Mir kam es phantastisch vor, daß ein Mädchen dieses Jahrhunderts noch so behütet und bevormundet leben sollte; gewiß, sie besuchte Partys und Zerstreuungen, aber nach der Art, wie sie davon sprach, hätten sie auch fünfzig Jahre zurückliegen können. Niemals schien sie dabei in näheren Kontakt mit anderen, niemals wirklich auf ihre Kosten gekommen zu sein. Ihr Lebensstil unterschied sich von meinem wie Tag und Nacht. Bis zu einem gewissen Grad faszinierte es mich, von diesen Dingen zu hören, aber andererseits erschien mir das Ganze ziemlich lächerlich.
«Und Sie haben wirklich gar keine engen Freunde oder Bekannte?» fragte ich ungläubig. «Und keinen Verehrer?»
«Meine Freunde oder Kavaliere werden für mich ausgesucht», sagte sie bitter. «Sie sind sterbenslangweilig.»
«Als ob man eingesperrt wäre», meinte ich.
«Genau.»
«Und wirklich gar keine Freunde?»
«Doch, aber erst jetzt. Jetzt hab ich Greta.»
«Wer ist das?»
«Ach, ursprünglich kam sie wohl *au pair* zu uns – na ja, vielleicht nicht ganz. Aber ich hatte zum Französischlernen immer ein Mädchen aus Frankreich bei mir wohnen, und dann kam Greta, aus Deutschland; damit ich auch Deutsch lernte. Aber Greta war ganz anders. Alles ist anders, seit Greta da ist.»
«Sie mögen sie wohl?»

«Sie hilft mir. Immer hält sie mir die Stange. Sie richtet es so ein, daß ich ausgehen, etwas unternehmen kann. Wenn es sein muß, lügt sie auch für mich. Wenn Greta nicht gewesen wäre, hätte ich unlängst auch nicht nach *Gipsy's Acre* kommen können. Während meine Stiefmutter jetzt in Paris ist, versorgt Greta mich und leistet mir Gesellschaft. Ich schreibe zwei oder drei Briefe für Paris, und wenn ich dann verreise, gibt Greta sie auf, damit sie einen Poststempel aus London tragen.»

«Aber warum wollten Sie unbedingt nach *Gipsy's Acre*?» fragte ich. «Wozu das?»

Sie zögerte mit der Antwort. «Das war so eine Idee von Greta und mir», sagte sie schließlich. «Greta ist unbezahlbar; sie hat die richtigen Einfälle.»

«Wie sieht diese Greta denn aus?»

«Oh, sehr attraktiv. Groß und blond. Und sehr tüchtig.»

«Mein Geschmack ist sie nicht», meinte ich.

Ellie lachte. «O doch, bestimmt, Sie müßten sie nur kennen. Sie ist nämlich auch sehr geschickt.»

«Ich mag keine geschickten Mädchen», beharrte ich, «und auch keine großen blonden. Ich mag zierliche, mit Haaren von der Farbe frischen Herbstlaubs.»

«Ich glaube fast, Sie sind eifersüchtig auf Greta», lachte Ellie.

«Vielleicht. Sie haben sie sehr gern, wie?»

«Ja, schrecklich gern. Sie hat die Welt für mich verwandelt.»

«Und sie hat auch vorgeschlagen, daß Sie hier herunterfahren sollten. Ich frage mich nur, warum? In dieser gottverlassenen Gegend gibt's weder viel zu sehen noch zu unternehmen. Mir kommt das alles ziemlich mysteriös vor.»

«Das ist eben unser Geheimnis», sagte Ellie und wurde wieder verlegen.

«Zwischen Greta und Ihnen? Erzählen Sie mir davon.»

Sie schüttelte den Kopf. «Irgend etwas muß ich schließlich auch für mich behalten dürfen.»

«Weiß Greta denn, daß Sie sich mit mir treffen?»

«Sie weiß nur, daß ich mich mit irgend jemand treffe, mehr nicht. Sie fragt mich nicht aus. Aber sie spürt, daß ich glücklich bin.»

Danach sah ich Ellie eine ganze Woche lang nicht. Ihre Stiefmutter war aus Paris zurückgekehrt, in Begleitung eines Herrn,

den Ellie «Onkel Frank» nannte; außerdem erwähnte sie fast beiläufig, daß sie bald Geburtstag habe und daß deshalb in London eine große Geburtstagsparty für sie stattfinde.
«Dann kann ich nicht weg», sagte sie. «Die ganze nächste Woche nicht. Aber danach . . . danach wird alles anders.»
«Was wird anders?»
«Na ja, von da an kann ich tun und lassen, was ich will.»
«Und natürlich dank Gretas Hilfe, wie üblich?»
Meine Einstellung zu Greta brachte Ellie immer zum Lachen. Meist sagte sie dann: «Wie dumm von Ihnen, diese Eifersüchtelei. Sie müssen sie wirklich bald kennenlernen. Sie wird Ihnen gefallen.»
«Herrschsüchtige Frauen gefallen mir nicht.»
«Wie kommen Sie auf die Idee, daß sie herrschsüchtig ist?»
«Na ja, wegen der Art, wie Sie von ihr sprechen. Immerzu muß sie alles managen.»
«Sie ist ja auch sehr tüchtig. Was sie anpackt, das klappt. Deshalb verläßt sich meine Stiefmutter auch so auf sie.»
Ich fragte nach Onkel Frank.
«Im Grunde kenne ich ihn gar nicht näher», antwortete Ellie. «Er ist auch gar kein direkter Verwandter, nur der Schwager meines Vaters. Ich glaube, er war immer viel auf Achse, und ein paarmal in ziemlichen Schwulitäten. Sie wissen ja, wie die Leute dann reden und ihre Andeutungen machen.»
«Aha, wohl nicht gesellschaftsfähig?» fragte ich. «Kleiner Schandfleck?»
«Ach, nicht direkt, das glaube ich nicht; aber er saß immer mal wieder in der Klemme. Finanziell, meine ich. Und dann mußten ihm Anwälte, Treuhänder und ähnliche Leute zu Hilfe kommen und ihn auslösen.»
«Genau», meinte ich, «er ist also das schwarze Schaf der Familie. Mit ihm käme ich wohl besser aus als mit diesem Musterexemplar von Greta.»
«Wenn er will, kann er sehr charmant sein. Er ist ein guter Gesellschafter.»
«Aber in Wirklichkeit können Sie ihn nicht ausstehen?»
«Ach, doch . . . Es ist nur, manchmal . . . Oh, ich kann das einfach nicht erklären. Ich hab nur immer das Gefühl, daß ich im Grunde gar nicht weiß, was er denkt oder vorhat.»

Sie machte nie den Vorschlag, daß ich ein Mitglied ihrer Familie kennenlernen sollte. Manchmal fragte ich mich, ob ich das Thema von mir aus anschneiden sollte. Ich war mir über ihre Einstellung da nicht im klaren. Schließlich fragte ich sie eines Tages geradeheraus.
«Paß mal auf, Ellie: Meinst du, du solltest mich deiner Familie vorstellen, oder wäre es dir lieber, wir ließen es sein?»
«Auf keinen Fall. Ich will euch auf keinen Fall zusammenbringen», sagte sie schnell.
«Na ja, ich weiß, daß ich kein besonderer ...»
«Nein, so meine ich das nicht, ganz und gar nicht! Ich wollte nur sagen, sie würden ein fürchterliches Theater darum machen. Und so was kann ich nicht ausstehen.»
«Manchmal hab ich das Gefühl, daß wir hier ein ziemlich schäbiges Verstecken spielen. Es wirft kein gutes Licht auf mich, meinst du nicht auch?»
«Ich bin alt genug, mir meine Freunde selbst auszusuchen», sagte Ellie. «Bald werde ich einundzwanzig, und dann kann ich verkehren, mit wem ich will, und niemand hat mir etwas zu verbieten. Aber jetzt, weißt du ... Na ja, wie gesagt, es gäbe ein fürchterliches Theater, sie würden mich irgendwohin schicken, nur damit wir uns nicht mehr treffen können. Es wäre ... O bitte, bitte, laß uns so weitermachen wie bisher.»
«Von mir aus, wenn es dir lieber ist», meinte ich. «Ich wollte nur keine Geheimniskrämerei.»
«Es hat nichts mit Geheimniskrämerei zu tun, wenn man einen Freund hat, mit dem man sich aussprechen kann. Jemand, mit dem man ...», unvermutet lächelte sie, «... mit dem man so tun kann, als ob. Du weißt ja gar nicht, wie ich das genieße.»
Ja, das verstanden wir gut, dieses So-tun-als-ob. Bei unserem Zusammensein verbrachten wir immer mehr Zeit damit. Manchmal ging es von mir aus, aber öfter war es Ellie, die vorschlug: «Komm, wir wollen uns vorstellen, wir hätten *Gipsy's Acre* gekauft und würden uns jetzt ein Haus darauf bauen.»
Ich hatte ihr sehr viel von Santonix und den Häusern erzählt, die er entwarf. Ich versuchte sie ihr zu beschreiben, aber wahrscheinlich gelang mir das nicht sehr treffend, weil Beschreibungen nicht meine Stärke sind. Ohne Zweifel hegte

Ellie ihre eigenen Vorstellungen über das Haus – unser Haus. Wir sagten nicht wörtlich «unser» Haus, aber wir wußten beide, daß wir es so meinten ...

Also, wie gesagt, über eine Woche lang sah ich Ellie danach nicht. Ich hatte meine Ersparnisse abgehoben (es war nicht allzuviel) und einen kleinen Shamrock-Ring mit einem irischen Halbedelstein gekauft. Ihn hatte ich ihr als Geburtstagsgeschenk überreicht, und sie schien sehr glücklich darüber.

«Er ist wunderschön», sagte sie.

Sie trug wenig Schmuck, und wenn, dann nur Brillanten und Smaragde oder ähnliches, da war ich ganz sicher; dennoch gefiel ihr mein kleiner, irisch-grüner Ring.

«Ich weiß jetzt schon, daß er mir von allen Geburtstagsgeschenken das liebste sein wird», sagte sie.

Danach bekam ich nur noch eine hastige Nachricht von ihr. Unmittelbar nach ihrem Geburtstag fuhr sie mit ihrer Familie ins Ausland, nach Südfrankreich.

«Aber mach Dir keine Sorgen», schrieb sie, «wir sind in zwei bis drei Wochen wieder da, als Zwischenstation auf dem Weg nach Amerika. Dann werden wir uns auf jeden Fall wiedersehen. Ich will nämlich etwas ganz Bestimmtes mit Dir besprechen.»

Es machte mich ruhelos und nervös, Ellie in Frankreich zu wissen; sie fehlte mir. Außerdem hatte ich einige Neuigkeiten über *Gipsy's Acre.* Offenbar war es tatsächlich an Privat verkauft worden, doch es kursierten fast keine Informationen über den Käufer, irgendein Londoner Anwaltsbüro. Ich versuchte, mehr zu erfahren, es gelang mir aber nicht. Die betreffende Firma war sehr verschwiegen, und natürlich trat ich nicht an die Chefs heran. Ich hielt mich an einen Angestellten und kam so zu einigen vagen Auskünften: Sie hatten das Grundstück für einen schwerreichen Mandanten erworben, der es als gute Investition betrachtete für den Fall, daß Bauland in dieser Gegend später erschlossen und sehr einträglich wurde.

Recherchen bei einer wirklich exklusiven Firma sind schon eine harte Nuß. Sie benehmen sich, als hätten sie mit lauter Staatsgeheimnissen zu tun, handeln stets im Auftrag irgendeiner Person im Hintergrund, die entweder anonym oder unerwähnt bleiben muß. Überredungskünste verfangen da nicht.

Schließlich geriet ich in eine so entsetzliche Verfassung, in eine so unerträgliche Unruhe, daß ich mir rigoros befahl, überhaupt nicht mehr daran zu denken. Ich ließ fünf gerade sein und fuhr meine Mutter besuchen.
Wir hatten uns lange nicht mehr gesehen.

6

Meine Mutter wohnte seit zwanzig Jahren in derselben Straße, einer höchst respektablen Gegend ohne jeden Charme oder Reiz. Die Haustürstufen waren wie immer sauber geweißt, nichts hatte sich verändert an Nr. 46. Ich klingelte, und meine Mutter öffnete mir und sah mich an. Auch sie hatte sich nicht verändert: groß und knochig, Mittelscheitel im grauen Haar, einen Mund wie ein Fuchseisen und ewig mißtrauische Augen. Wenn man sie so sah, schien sie stahlhart, aber was mich betraf, so hatte sie irgendwo eine schwache Stelle. Sie ließ es sich zwar nicht anmerken, jedenfalls nicht, solange es irgend ging, aber ich hatte sie durchschaut. Niemals hatte sie die Hoffnung aufgegeben, daß ich mich noch ändern würde.
«Oh», sagte sie, «du bist's also.»
«Ja», sagte ich, «ich bin's.»
Sie ließ mich ein, und ich betrat das Haus, ging an der Wohnzimmertür vorbei und in die Küche. Sie kam mir nach, blieb dann stehen und betrachtete mich.
«Wir haben uns lange nicht gesehen», sagte sie. «Was hast du so getrieben?»
Ich hob die Schultern. «Dies und das.»
«Aha», sagte meine Mutter. «Wie üblich, eh?»
«Wie üblich.»
«Und wie viele Jobs hast du gehabt, seit wir uns das letzte Mal sahen?»
Ich überlegte. «Fünf.»
«Wann wirst du bloß endlich erwachsen?»
«Ich bin groß und volljährig und habe das Leben gefunden, das mir zusagt. Wie ist es dir so ergangen?» setzte ich hinzu.
«Wie immer», sagte meine Mutter.

«Gesund und wohlauf?»
«Fürs Krankfeiern hab ich keine Zeit.» Dann fragte sie abrupt: «Warum bist du gekommen?»
«Braucht es denn einen besonderen Grund dazu?»
«Bei dir meistens.»
«Was hast du bloß dagegen, daß ich mir die Welt ansehe? Ich weiß wirklich nicht, weshalb dich das so aufbringt.»
«In Luxusautos durch ganz Europa zu gondeln! Nennst du das etwa sich die Welt ansehen?»
«Gewiß.»
«Aber Karriere wirst du dabei nicht machen. Jedenfalls dann nicht, wenn du von heute auf morgen die Flinte ins Korn wirfst, dich krank meldest und deine Fahrgäste in irgendeiner gottverlassenen Stadt sitzenläßt.»
«Woher weißt du denn das?»
«Deine Firma hat hier angerufen. Ob ich deine Adresse hätte.»
«Wozu das?»
«Wahrscheinlich wollten sie dich wieder einstellen», sagte sie. «Obwohl mir schleierhaft ist, warum.»
«Ich bin eben ein guter Fahrer, und die Kunden mögen mich. Es ist doch auch nicht meine Schuld, wenn ich krank werde, oder?»
«Na, ich weiß nicht.» In ihren Augen war es offensichtlich doch meine Schuld. Sie seufzte. «Was ist dir lieber, Tee oder Kaffee?»
Ich wählte Kaffee; der Gewohnheit, immer und überall Tee zu trinken, war ich entwachsen. So saßen wir, jeder hinter seiner Tasse, und sie holte einen selbstgebackenen Kuchen aus der Dose und schnitt uns je eine Scheibe ab.
«Du hast dich verändert», sagte sie plötzlich.
«Ich? Wieso?»
«Ich weiß nicht. Aber du bist anders. Was ist passiert?»
«Nichts ist passiert. Was soll schon passieren?»
«Du bist aufgeregt.»
«Ich will ja auch 'ne Bank überfallen», sagte ich. Aber sie war nicht in der Stimmung für Späße.
«Nein, davor hab ich bei dir keine Angst. Aber ich merk's dir an, wenn du was im Schilde führst. Was hast du vor, Micky? Hängt es mit einem Mädchen zusammen?»

«Warum denn ausgerechnet mit einem Mädchen?»
«Ich hab immer gewußt, daß es eines Tages so kommen würde.»
«Warum ‹eines Tages›? Ich hab schon eine Menge Mädchen gehabt.»
«Nein, das meine ich nicht. Das waren nur die Launen eines jungen Herrn, der weiter nichts vorhat. Du bist mit Mädchen nicht zu kurz gekommen, aber ernst war dir's dabei nie.»
«Und jetzt, meinst du, ist's mir ernst?»
«Ist es denn ein Mädchen, Micky?»
Ich mied ihren Blick. «In gewissem Sinn . . .»
«Was für ein Mensch ist sie denn?»
«Genau das richtige für mich.»
«Wirst du sie mir vorstellen?»
«Nein», sagte ich.
«So ist das also . . .»
«Nein, so ist es nicht. Ich will dir nicht weh tun, aber . . .»
«Du tust mir nicht weh. Du willst sie mir nicht zeigen, weil ich dir dann abraten würde. Ist es so?»
«Ich würde nicht auf dich hören.»
«Vielleicht nicht, aber es würde dich doch ein bißchen erschüttern. Es würde dich unsicher machen, weil es dir nicht gleichgültig ist, was ich sage oder denke. Es gibt Dinge bei dir, die errate ich, auch ohne daß du mir etwas sagst, und vielleicht hab ich richtig geraten, und du bist dir darüber klar. Ich bin der einzige Mensch auf der Welt, der dein Selbstvertrauen erschüttern kann. Ist dieses Mädchen ein Luder, von dem du bloß nicht loskommen kannst?»
«Ein Luder?» Ich lachte laut auf. «Wenn du sie nur sehen könntest! Mach dich nicht lächerlich.»
«Was willst du von mir? Du willst doch irgend etwas. Das war immer so bei dir.»
«Ich will Geld», sagte ich.
«Von mir nicht. Wozu willst du Geld? Damit du's für dieses Mädchen ausgeben kannst?»
«Nein. Ich möchte mir einen erstklassigen Anzug kaufen, für meine Hochzeit.»
«Du willst sie heiraten?»
«Wenn sie mich nimmt.»

Das brachte sie aus der Fassung.
«Wenn du einem nur mehr erzählen wolltest!» schimpfte sie. «Es hat dich bös erwischt, das sieht man; jetzt ist das eingetreten, was ich immer befürchtet habe: Du hast dir die falsche Art Mädchen ausgesucht.»
«Falsch! Himmelherrgott!» Ich schrie sie an, so wütend war ich. Dann rannte ich aus dem Haus und schlug die Tür hinter mir zu.

7

Als ich nach Hause kam, erwartete mich ein Telegramm – in Antibes aufgegeben.
Morgen um halb fünf am gewohnten Ort.
Ellie war verändert, das sah ich sofort. Wir trafen uns wie immer im Regent's Park, und anfangs benahmen wir uns fremd und verlegen. Ich trug schwer an etwas, das ich ihr sagen wollte, und hatte mich in Nervosität hineingesteigert, weil ich über die beste Methode mit mir uneins war. Vermutlich geht es jedem Mann ähnlich, wenn er an den Punkt gelangt, an dem er seinen Heiratsantrag macht.
Und auch Ellie schlug sich mit irgend etwas herum. Vielleicht suchte sie nach der nettesten und schonendsten Art, nein zu sagen, mich abzuweisen. Doch irgendwie hielt ich das für unwahrscheinlich. Mein ganzes Weltbild beruhte auf der Annahme, daß Ellie mich liebte. Aber sie strahlte eine neue Unabhängigkeit aus, ein neues Selbstvertrauen, das sich kaum allein auf die Tatsache zurückführen ließ, daß sie ein Jahr älter geworden war. Kein weiterer Geburtstag kann für ein Mädchen derart viel bedeuten. Sie war mit ihrer Familie in Südfrankreich gewesen und erzählte mir einiges davon. Und zuletzt sagte sie ziemlich unsicher: «Ich ... ich hab mir dort das Haus angesehen, das Haus, von dem du mir erzählt hast. Das dein Freund, der Architekt, gebaut hat.»
«Was – Santonix?»
«Ja. Wir waren einmal zum Lunch dort.»
«Wie kam denn das? Kennt deine Stiefmutter den Hausherrn?»

«Dimitri Constantine? Na ja, nicht direkt, aber sie haben sich kennengelernt und ... Also, im Grunde hat es Greta so eingerichtet, daß wir hinkonnten.»
«Immer und ewig Greta», sagte ich und ließ den gewohnten Überdruß durchklingen.
«Ich sage dir doch», beharrte Ellie, «Greta versteht sich darauf, alles aufs beste einzurichten.»
«Also gut. Und da hat sie's so eingerichtet, daß du und deine Stiefmutter ...»
«Und Onkel Frank», ergänzte Ellie.
«Ein ansehnliches Familienkränzchen. Und natürlich auch Greta, wie?»
«Na ja, Greta nicht; sie kam nicht mit, weil ...» Ellie zögerte. «Cora, meine Stiefmutter, behandelt Greta nicht ganz so.»
«Sie gehört nicht zur Familie, ist nur ein Anhängsel, stimmt's?» stichelte ich. «Genaugenommen nur ein ‹*au pair*›-Gast. Greta muß über diese Art der Behandlung manchmal ganz schön verärgert sein.»
«Oh, hör schon auf», sagte Ellie, «ich will dir doch etwas erzählen. Jetzt weiß ich, was du gemeint hast, als du damals von deinem Freund Santonix sprachst. Das Haus ist wundervoll. Etwas ... etwas ganz Ausgefallenes. Ich weiß jetzt, wenn er für uns bauen würde, bekämen wir ein herrliches Haus.»
Ganz unbewußt hatte sie das Wort gebraucht: «Für uns», hatte sie gesagt. Sie war an die Riviera gefahren und hatte Greta alles so arrangieren lassen, damit sie das Haus besichtigen konnte, das ich ihr beschrieben hatte; sie wollte sich das Haus, das wir uns in unseren Wunschträumen von Rudolf Santonix bauen lassen wollten, klarer vorstellen können.
«Ich bin froh, daß du es so siehst», sagte ich.
Dann fragte sie: «Und was hast du inzwischen gemacht?»
«Bloß meine öde Arbeit», antwortete ich. «Dann war ich noch bei den Rennen und habe ein bißchen auf einen Außenseiter gesetzt. Chancen 30:1. Ich hab meinen letzten Penny investiert, und das Pferd hat gewonnen – mit einer ganzen Länge. Wer sagt da noch, ich sei kein Glückspilz?»
«Freut mich, daß du gewonnen hast», meinte Ellie, aber sie sagte es ohne jede Erregung, denn in ihrer Welt bedeutete es nichts, den letzten Penny auf einen Außenseiter gesetzt zu

haben, der dann wider alle Erwartungen auch gewann. Jedenfalls bedeutete es nicht so viel wie in meiner Welt.

«Und zu guter Letzt hab ich meine Mutter besucht», fuhr ich fort.

«Du hast mir nie viel von deiner Mutter erzählt.»

«Warum sollte ich auch?»

«Magst du sie nicht?»

Ich überlegte mir das. «Kann ich nicht behaupten», meinte ich schließlich. «Vielleicht mache ich mir wirklich nicht viel aus ihr. Man wird immerhin erwachsen mit der Zeit.»

«Aber ich glaube, du hast sie doch recht gern», beharrte Ellie. «Sonst wärst du nicht so unsicher, wenn du über sie sprichst.»

«Irgendwie fürchte ich mich vor ihr. Sie kennt mich zu gut. Von meiner schlechtesten Seite, meine ich.»

«Irgendwer muß das schließlich auch», meinte Ellie.

«Was willst du damit sagen?»

«Irgendein großer Dichter hat doch mal gesagt, vor seinem Diener ist niemand ein Held. Vielleicht sollte jedermann so einen Diener haben. Andernfalls muß es einem viel zu schwer fallen, immer den hohen Erwartungen der anderen gerecht zu werden.»

«Also, du hast wirklich seltsame Einfälle, Ellie.» Ich nahm ihre Hand. «Kennst du mich denn?»

«Ich glaube schon.» Ellie sagte das ganz still und einfach.

«Ich hab dir aber nie viel von mir erzählt.»

«Du meinst, du hast mir überhaupt nichts von dir erzählt, du warst der reinste Einsiedlerkrebs. Das ist etwas ganz anderes. Aber ich kenne dich trotzdem ganz gut, dein wirkliches Ich.»

«Das möchte ich bezweifeln», sagte ich. Dann fuhr ich fort: «Wenn ich dir jetzt sage, daß ich dich liebe, so klingt das ziemlich dumm. Es ist schon etwas spät dafür, nicht? Ich will damit sagen, du weißt das schon eine ganze Weile, praktisch von Anfang an, nicht wahr?»

«Ja. Und du auch, stimmt's, was mich angeht?»

«Jetzt fragt sich nur», fuhr ich fort, «was sollen wir damit anfangen? Es wird nicht leicht sein, Ellie. Du weißt doch recht gut, was ich bin, was ich bisher gemacht habe, welche Art Leben ich führe. Ich bin noch einmal meine Mutter besuchen gefahren, sie und diese kleine Straße mit ihrer verbissenen

Anständigkeit. Ich komme nicht aus derselben Welt wie du, Ellie. Und ich weiß nicht, ob sich diese beiden Welten jemals vertragen werden.»

«Du könntest mich zu deiner Mutter bringen.»

«Ja, das könnte ich. Aber ich möchte es lieber nicht tun. Das hört sich für dich wahrscheinlich sehr grob an, vielleicht sogar grausam, aber weißt du, wir müßten miteinander ein ziemlich unkonventionelles Leben führen, du und ich. Nicht das Leben, das du gewöhnt bist, und auch nicht nach meiner bisherigen Art. Wir müßten einen ganz neuen Lebensstil finden, der uns eine Plattform schafft, auf der wir uns in der Mitte treffen können, in der Mitte zwischen meiner Armut und Unwissenheit und deinem Reichtum, deiner Kultur und gesellschaftlichen Versiertheit. Meine Freunde werden dich für altmodisch halten, und deine Freunde mich für nicht standesgemäß. Was sollen wir also tun?»

«Das will ich dir genau sagen», verkündete Ellie. «Wir werden auf *Gipsy's Acre* leben, und zwar in einem Haus — einem Traum von Haus —, das dein Freund Santonix für uns entwerfen wird. Und vorher werden wir heiraten. Das hast du doch damit gemeint, nicht?»

«Ja», sagte ich, «das hab ich gemeint. Wenn du dir deiner Sache sicher bist.»

«Es ist ganz einfach», fuhr Ellie fort, «wir können schon nächste Woche heiraten. Ich bin nämlich jetzt volljährig, ich kann tun und lassen, was ich will. Das macht einen Riesenunterschied. Vielleicht hast du recht mit unserer Verwandtschaft. Ich erzähle meiner Familie nichts und du nichts deiner Mutter, jedenfalls solange, bis alles vorbei ist; danach können sie Schreikrämpfe kriegen, das ändert dann auch nichts.»

«Du bist wunderbar, Ellie. Einfach wunderbar. Aber eines hast du nicht bedacht, und es fällt mir schrecklich schwer, es dir zu sagen: Wir können nicht auf *Gipsy's Acre* leben, Ellie. Wir können unser Haus überall hinbauen, bloß nicht dort. Denn es ist verkauft.»

«Ich weiß, daß es verkauft ist», sagte Ellie; sie lachte jetzt. «Verstehst du denn nicht, Mike? *Ich* war das, die *Gipsy's Acre* gekauft hat.»

8

Da saß ich nun, im Gras am Bachufer, zwischen Wasserlilien, kleinen Fußpfaden und Steinplatten. Rund um uns saßen noch eine Reihe von Leuten, aber weder störten wir uns an ihnen, noch bemerkten wir sie überhaupt, denn wir waren ganz wie sie: junge Pärchen, die über ihre Zukunft sprachen. Ich saß da und starrte Ellie nur an. Reden konnte ich nicht.

«Mike», sagte sie, «ich muß dir etwas erzählen. Etwas, das mich betrifft.»

«Das brauchst du nicht», wehrte ich ab. «Du mußt mir gar nichts von dir erzählen.»

«Doch, das muß ich. Ich hätte es dir schon lange sagen sollen, aber ich wollte nicht, denn ... denn es hätte dich abschrecken können. Doch es erklärt in gewisser Hinsicht auch das mit *Gipsy's Acre.*»

«Du hast es gekauft?» fragte ich. «Aber wie denn bloß?»

«Durch Anwälte. Wie man das eben so macht. Es war eine geschickte Investition, mußt du wissen, der Grundstückspreis dort ist im Steigen begriffen. Meine Anwälte waren durchaus zufrieden damit.»

Ellie, die sanfte und schüchterne Ellie, plötzlich mit solchem Sachverstand und Selbstvertrauen von Geschäften reden zu hören, war seltsam.

«Du hast es für uns gekauft?»

«Ja doch. Ich hab mir eigens dafür einen Anwalt gesucht, nicht den, den unsere Familie immer hat. Ihm erzählte ich von meinem Vorhaben, brachte ihn dazu, daß er sich das Grundstück ansah, und so kam alles ins Rollen. Es gab noch zwei andere Interessenten, aber sie waren nicht so versessen darauf wie ich und wollten nicht so hoch gehen im Preis. Der springende Punkt war nur, daß die ganze Sache so eingerichtet und vorbereitet werden mußte, damit ich sofort nach meiner Volljährigkeit unterschreiben konnte. Jetzt ist alles perfekt und erledigt.»

«Aber du mußt doch vorher irgendeine Anzahlung geleistet haben. Hattest du denn genug Geld dafür?»

«Nein», sagte Ellie, «so viel Geld hatte ich im voraus nicht zur Verfügung, aber natürlich gibt es immer Leute, die einem die nötigen Mittel vorstrecken. Und wenn man sich ein neues Rechtsanwaltsbüro sucht, dann sind sie ja daran interessiert, einen als Klienten zu behalten, wenn man später zu dem erwarteten Geld kommt; deshalb sind sie bereit, das Risiko einzugehen, daß du knapp vor deinem einundzwanzigsten Geburtstag tot umfällst.»

«Du redest auf einmal wie ein gewiegter Kaufmann. Das verschlägt mir den Atem.»

«Lassen wir das Kaufmännische mal beiseite», fuhr Ellie fort. «Ich muß zurückkommen auf das, was ich dir zu sagen habe. Bis zu einem gewissen Grade hab ich's dir schon zu verstehen gegeben, aber ich glaube nicht, daß du dir darüber klar bist.»

«Ich will's nicht wissen», wehrte ich ab. Ich hob die Stimme, fast schrie ich sie an. «Erzähl mir nichts, gar nichts! Ich will nicht wissen, was du getrieben hast, wen du geliebt hast und was dir alles zugestoßen ist.»

«Aber nein, nichts in dieser Richtung. Ich hab mir nicht klargemacht, daß du eine Art Geständnis befürchtest. Nein, nichts dergleichen, keine Beichten. Es gibt für mich keinen außer dir. Es ist nur, daß ... na ja, daß ich reich bin.»

«Weiß ich doch. Das hast du mir schon gesagt.»

«Ja.» Ellie lächelte schwach. «Und du hast mich ein ‹armes, kleines reiches Mädchen› genannt. Aber es ist mehr als nur das. Mein Großvater, weißt du, war enorm reich geworden. Mit Öl. Hauptsächlich mit Öl, aber auch mit anderen Dingen. Die Frauen, denen er Abfindungen gezahlt hat, sind alle gestorben, und es waren nur mein Vater und ich übrig, weil seine anderen beiden Söhne umkamen. Der eine im Krieg, der andere bei einem Verkehrsunfall. Und so floß das ganze riesige Vermögen in einen großen Trust, und als mein Vater dann plötzlich starb, ging alles auf mich über. Mein Vater hatte schon vorher Vorkehrungen für meine Stiefmutter getroffen, deshalb erbte sie nichts mehr dazu. Es gehörte alles mir. Ich bin ... ich bin tatsächlich eine der reichsten Frauen Amerikas, Mike.»

«Herr im Himmel», sagte ich. «Das hab ich nicht geahnt. Ja, du hast recht, ich wußte nicht, daß es so aussieht.»

«Ich wollte auch nicht, daß du's weißt. Ich scheute mich, es dir zu sagen. Deshalb war ich auch so nervös, als ich dir meinen

Namen nannte – Fenella Goodman. Wir schreiben es G-u-t-e-m-a-n, und ich dachte, du kennst den Namen vielleicht, deshalb verschluckte ich ein bißchen und machte ‹Goodman› daraus.»

«Ja, an den Namen Guteman kann ich mich vage erinnern. Aber ich glaube, selbst dann hätte ich ihn nicht erkannt. Eine Menge Leute heißen so ähnlich.»

«Und deshalb», fuhr sie fort, «war ich auch immer so abgeschirmt, abgekapselt und eingesperrt. Man hat mich von Detektiven bewachen lassen, und junge Männer sind auf Herz und Nieren geprüft worden, bevor sie auch nur mit mir sprechen durften. Sooft ich mich mit jemand anfreundete, haben sie sich vorher vergewissert, daß es auch keine unpassende Freundschaft war. Du hast keine Ahnung, was für ein jämmerlich eingekerkertes Dasein das ist! Aber jetzt ist ja alles vorbei, und wenn es dir nichts ausmacht . . .»

«Natürlich nicht», unterbrach ich. «Wir werden das Leben toll genießen. Für mich kannst du gar nicht reich genug sein.»

Wir lachten beide, und sie sagte: «Das mag ich so an dir, daß du so natürlich an die Dinge herangehst.»

«Außerdem», schränkte ich ein, «mußt du wahrscheinlich Unsummen an Steuern zahlen, nicht? Das ist eine der wenigen guten Seiten, die meine Art Leben aufweist: Alles, was ich verdiene, geht in meine Tasche, und keiner kann es mir wegnehmen.»

«Jedenfalls bekommen wir unser Haus», sagte Ellie, «unser Haus auf *Gipsy's Acre.*» Sie schauerte kurz zusammen.

«Dir ist doch nicht kalt, Liebling?» Ich sah zur Sonne auf.

«Nein.»

Es war auch recht heiß, und wir hatten ein kleines Picknick gemacht. Fast, als wären wir in Südfrankreich.

«Nein», wiederholte Ellie, «mir ist nur diese . . . diese Frau von neulich eingefallen.»

«Oh, denk nicht mehr daran. Die war doch übergeschnappt.»

«Hältst du es für möglich, daß sie wirklich glaubt, dieses Stück Land sei verflucht?»

«Ich glaube, Zigeuner sind eben so. Du weißt schon – immer wählen sie sich Schauermärchen zum Gegenstand ihrer Lieder oder Tänze.»

«Kennst du dich aus mit Zigeunern?»
«Nicht die Spur», erwiderte ich wahrheitsgemäß. «Wenn du nicht nach *Gipsy's Acre* willst, Ellie, dann können wir uns ja sonstwo ein Haus kaufen. Auf einem Berggipfel in Wales, an der Costa Brava oder an einem Berghang in Italien. Santonix kann dort genausogut für uns bauen.»
«Nein», sagte Ellie, «ich will es gar nicht anders. Dort, wo ich dich zum erstenmal die Straße heraufkommen sah, als du so plötzlich um die Kurve bogst, mich dann bemerktest, stehenbliebst und mich anstarrtest — dort will ich wohnen. Ich werde diesen Augenblick niemals vergessen.»
«Ich auch nicht.»
«Also soll unser Haus dort stehen. Und dein Freund Santonix wird es entwerfen.»
«Hoffentlich ist er noch am Leben», sagte ich, plötzlich beunruhigt. «Er war schon damals schwer krank.»
«O ja», sagte Ellie, «er lebt. Ich hab ihn besucht.»
«Du hast ihn besucht?»
«Ja, in Südfrankreich. Er lag dort in einem Sanatorium.»
«Ellie, du erstaunst mich jede Minute mehr. All die Dinge, die du bedenkst und arrangierst . . .»
«Ich glaube, er ist ein wunderbarer Mensch», fuhr Ellie fort. «Aber er macht einem auch Angst.»
«Angst — dir?»
«Ja, er hat mir große Angst gemacht, weiß der Himmel, warum.»
«Hast du mit ihm über uns gesprochen?»
«Ja. O ja, ich hab ihm von uns und von *Gipsy's Acre* erzählt. Da sagte er mir dann, daß wir's bei ihm darauf ankommen lassen müßten. Er ist sehr krank. Zwar sagte er, er hätte noch genügend Lebensgeister um hinzufahren und sich das Grundstück anzusehen, um die Pläne zu zeichnen und alles zu entwerfen. Er meinte, es würde ihm nichts ausmachen, wenn er sterben müßte, bevor das Haus vollendet sei, aber ich hab ihm gesagt, das dürfe er auf keinen Fall, vorher sterben, denn ich wolle, daß er uns darin wohnen sieht.»
«Und was hat er darauf gesagt?»
«Er hat mich gefragt, ob ich wüßte, was ich täte, indem ich dich heiratete, und ich sagte, natürlich wüßte ich das.»

«Und weiter?»
«Dann sagte er noch, er frage sich, ob du weißt, was du tust.»
«Und wie ich das weiß.»
«Er drückte sich so aus: ‹Sie werden immer wissen, wohin Sie gehen, Miss Guteman, und Sie werden immer dahin gehen, wohin Sie gelangen wollen, denn es ist Ihr selbstgewählter Weg. Aber Mike könnte den falschen Weg einschlagen. Er ist nicht reif genug, um das Ziel zu kennen.› Darauf sagte ich, daß du bei mir schon gut aufgehoben sein würdest.»
«Ich weiß schon, was ich will», erwiderte ich verdrossen. «Ich hab mir das Ziel selber ausgesucht, und wir gehen gemeinsam dahin, du und ich.» Santonix' Worte ärgerten mich. Er war wie meine Mutter: besser über mich im Bilde als ich selbst.
Ellie wandte sich praktischeren Dingen zu. «Sie haben schon angefangen, die Ruine von *The Towers* abzureißen. Sobald die Pläne fertig sind, muß es sehr schnell gehen. Wir müssen uns beeilen, sagt Santonix. Wollen wir nächsten Dienstag heiraten? Dienstag ist mir sympathisch.»
«Nur wir zwei, sonst niemand.»
«Bis auf Greta», sagte Ellie.
«Ach, hol sie doch der Teufel, diese Greta», explodierte ich. «Zu meiner Hochzeit kommt sie mir nicht. Nur du und ich – sonst niemand. Die Zeugen können wir uns von der Straße holen.»
Wenn ich jetzt zurückblicke, so war das, glaube ich, wirklich der glücklichste Tag meines Lebens.

ZWEITES BUCH

9

Damit also war alles klar: Ellie und ich heirateten.

So formuliert, klingt es sehr abrupt, aber genauso war es ja auch: Wir hatten uns entschlossen und führten unseren Entschluß aus.

Im Grunde war alles unwahrscheinlich einfach. In ihrem Freiheitsdrang hatte Ellie ihre Spuren bisher sehr geschickt verwischt. Die hilfreiche Greta hatte all die notwendigen Schritte unternommen und wachte ständig über sie. Ziemlich bald war mir klar, daß es eigentlich niemanden gab, dessen Hauptaugenmerk die Sorge um Ellies Wohlergehen oder um ihr Tun und Lassen war. Ihre Stiefmutter war vollauf mit ihren eigenen gesellschaftlichen Verpflichtungen und Affären beschäftigt, und wenn Ellie es vorzog, sie in irgendeinen Winkel der Welt lieber nicht zu begleiten, so blieb ihr das unbenommen.

Natürlich hatte man ihr all die standesgemäßen Erzieherinnen, Zofen und Ausbildungsmöglichkeiten gewährt, und wenn ihr der Sinn nach Europa stand — warum nicht? Wenn sie ihren einundzwanzigsten Geburtstag in London feiern wollte — was sprach dagegen? Jetzt, da sie die Verfügungsgewalt über ihr ungeheures Vermögen besaß, hatte sie die gesamte Familie an der Kandare. Wenn sie sich eine Villa an der Riviera, ein Schloß an der Costa Brava, eine Jacht oder sonst etwas wünschte, brauchte sie diese Tatsache nur zu erwähnen, und sofort hätte einer aus dem Gefolge, das Millionäre immer umgibt, alles nötige veranlaßt.

Greta galt der Familie offenbar als hochwillkommener Handlanger: tüchtig, ein Organisationsgenie, zweifellos unterwürfig und liebenswürdig gegenüber der Stiefmutter, dem Onkel und den verschiedenen Vettern, die sich im Dunstkreis der Familie herumzutreiben schienen. Nach dem zu schließen, was Ellie gelegentlich erwähnte, hörten nicht weniger als drei Anwälte ständig auf ihr Kommando, war sie der Mittelpunkt eines riesigen finanziellen Geflechts von Bankiers, Rechtsberatern

und Treuhandverwaltern – eine Welt, in die ich nur hin und wieder einen Blick werfen konnte, meist auf Grund achtloser Zufallsbemerkungen Ellies, der es natürlich nie in den Sinn kam, daß mir all dies böhmische Dörfer waren. Sie allerdings war in diesem Milieu erzogen worden und folgerte nur zu selbstverständlich, daß jeder andere im Bilde sein mußte.
In der Tat genossen wir es während unserer Flitterwochen mit am meisten, solche gelegentlichen Blicke auf die besonderen Eigenheiten des Lebens werfen zu können, das der andere führte. Um es einmal ganz grob zu sagen – und ich vergröberte damals vieles, denn es war die einzige Methode, wie ich mein neues Leben bewältigen konnte –, um es also grob zu sagen: Die Armen haben keine Ahnung vom Leben der Reichen und umgekehrt, und dieser Unwissenheit abzuhelfen, birgt für beide Seiten viele Reize.
Eines Tages fragte ich etwas unbehaglich: «Schau mal, Ellie, werden sie nicht ein fürchterliches Gezeter veranstalten, wegen unserer Heirat, meine ich?»
Ellie erwog das ohne besonderes Interesse. «Oh», sagte sie dann, «sicher, sie werden sich wahrscheinlich schrecklich anstellen.» Und sie fügte hinzu: «Hoffentlich macht es dir nicht allzuviel aus.»
«Mir? Warum denn auch? Aber du – werden sie dich deshalb schikanieren?»
«Wahrscheinlich», meinte Ellie, «aber man muß ihnen ja nicht zuhören. Hauptsache, sie können nichts mehr dagegen tun.»
«Aber versuchen werden sie wohl alles?»
«Oh, bestimmt. Versuchen werden sie's.» Und nach einer Pause fügte sie nachdenklich hinzu: «Vermutlich werden sie dich abfinden wollen.»
«Mich abfinden?»
«Sei nicht so schockiert.» Ellie lachte wie ein glückliches kleines Mädchen. «Man nennt es nicht geradeso, aber sie haben auch Minnie Thompsons ersten Mann mit Geld abgefunden, wußtest du das?»
«Minnie Thompson? Ist das die Ölerbin, wie man sie nennt?»
«Ja, genau die. Sie brannte damals durch und heiratete einen Rettungsschwimmer vom Strand weg.»
«Hör zu, Ellie», sagte ich nervös, «ich war auch mal Rettungsschwimmer, in Littlehampton.»

«Ach, wirklich? Wie lustig! In Dauerstellung?»
«Nein, natürlich nicht. Einen Sommer, nicht länger.»
«Mach dir nur keine Sorgen», bat Ellie.
«Wie war das genau mit Minnie Thompson?»
«Ich glaube, sie mußten bis auf zweihunderttausend Dollar hinaufgehen. Darunter hätte er's nicht getan. Minnie war nämlich mannstoll und im Grunde ein Fall für die Nervenklinik.»
«Du bist einfach umwerfend, Ellie. Ich hab mir in dir also nicht allein ein Eheweib zugelegt, sondern außerdem ein Anhängsel, das ich jederzeit für gutes Geld weiterverkaufen kann.»
«Sehr richtig», lachte Ellie. «Du brauchst nur nach einem tüchtigen Anwalt zu schicken und ihm bedeuten, du seist gewillt, Tacheles zu reden. Dann arrangiert er alles mit der Scheidung und der Abfindungssumme», setzte Ellie meine Lektion fort. «Meine Stiefmutter beispielsweise war viermal verheiratet und hat allerhand dabei herausgeschlagen.» Sie stutzte. «Oh, Mike, schau doch nicht so entsetzt drein!»
Seltsamerweise war ich tatsächlich entsetzt. Ellie hatte so etwas Kleinmädchenhaftes, Einfaches an sich gehabt, fast etwas Rührendes, daß es mich erstaunte, sie so weltgewandt und abgebrüht zu erleben. Und doch war mein erstes Urteil im Kern richtig. Ich kannte Ellies Art ziemlich gut, ihre Geradlinigkeit, ihre Gefühlsbedingtheit und den natürlichen Liebreiz. Aber dies bedeutete nicht, daß sie zugleich weltfremd sein mußte. Was sie kannte und für selbstverständlich hielt, war eine bestimmte, nicht allzu verbreitete Sorte Menschen. Andererseits wußte sie wenig über meine Welt, die Welt der Stellungslosen, der Rauschgift- und Wett-Banden, der bösen Fallstricke, der mit allen Wassern gewaschenen Erfolgstypen, die ich so gut kannte, weil ich mich mein ganzes Leben lang gegen sie hatte behaupten müssen. Sie wußte nicht, was es hieß, in allen Ehren, aber immer knapp bei Kasse aufzuwachsen, mit einer Mutter, die sich im Namen dieser Ehrbarkeit die Finger wund arbeitete und eisern entschlossen war, daß ihr Sohn ein anständiges Leben führen sollte. Die jeden Penny zusammenkratzte und sparte und dann verbittert mitansah, wie der lebenslustige sorglose Herr Sohn auf all seine Chancen pfiff oder sein gesamtes Geld auf einen guten Tip im 3.30-Uhr-Rennen setzte.

Ellie hörte mich genauso gern aus meinem Leben erzählen wie ich sie aus dem ihren. Jeder von uns erforschte da ein unbekanntes Land.
Jetzt in der Rückschau weiß ich, wie herrlich glücklich jene ersten Tage mit Ellie waren. Damals allerdings hielt ich dieses Leben für selbstverständlich, und sie tat es ebenfalls. Wir heirateten auf einem Standesamt in Plymouth. Guteman ist kein seltener Name, und niemand, weder Reporter noch sonstwer, wußte, daß sich die Guteman-Erbin in England aufhielt. Gelegentlich waren in den Zeitungen Meldungen aufgetaucht, wonach sie sich in Italien oder auf irgendeiner Jacht befand.
So schlossen wir die Ehe nur in Gegenwart des Standesbeamten und einer Sekretärin in mittleren Jahren, als Zeugin. Der Beamte hielt uns eine ernsthafte kleine Predigt über verantwortungsbewußte Eheführung und wünschte uns zuletzt viel Glück. Dann traten wir hinaus auf die Straße, unbehelligt und frisch getraut, als Mr. und Mrs. Michael Rogers! Eine Woche blieben wir noch in einem Strandhotel, dann fuhren wir ins Ausland. Drei wundervolle Wochen reisten wir kreuz und quer durch die Welt, wohin es uns gerade zog und ohne daß wir uns auch nur das geringste abgehen ließen.
Von Griechenland ging es nach Florenz und von da nach Venedig, wo wir uns auf dem Lido aalten, dann weiter an die französische Riviera und in die Dolomiten: Orte, von denen ich heute nicht einmal mehr die Namen weiß. Wir flogen, charterten eine Jacht oder mieteten uns große schicke Wagen. Und die ganze Zeit, während wir das Leben genossen, hielt Greta die Heimatfront, wie ich von Ellie erfuhr. Das hieß, sie absolvierte ihre besondere Reiseroute, schrieb Briefe und sandte all die diversen Postkarten ab, die Ellie ihr vorbereitet hinterlassen hatte.
«Natürlich müssen wir irgendwann die Karten auf den Tisch legen», sagte Ellie. «Dann bricht das ganze Ungewitter über uns herein. Aber bis dahin können wir uns genausogut tüchtig amüsieren.»
«Und was wird mit Greta?» fragte ich. «Muß sich nicht ein großer Teil des Zorns auf sie entladen?»
«Ganz gewiß. Aber Greta wird sich nichts daraus machen. Sie verträgt einiges.»

«Könnte es ihr nicht schaden, wenn sie einen neuen Job sucht?»
«Aber warum soll sie sich denn einen neuen Job suchen? Sie wird doch bei uns wohnen.»
«Kommt nicht in Frage.»
«Wie meinst du — was kommt nicht in Frage, Mike?»
«Wir wollen keine fremde Menschen im Haus haben», sagte ich.
«Aber Greta fällt niemand zur Last», versicherte Ellie. «Und sie würde sich sehr nützlich machen. Wirklich, ich wüßte gar nicht, wie ich ohne sie zurechtkommen sollte. Sie organisiert und arrangiert doch alles.»
Ich runzelte die Stirn. «Aber mir gefällt das nicht so recht. Außerdem wollen wir doch unser Haus — unser Traumhaus, Ellie — ganz allein für uns.»
«Sicher, ich weiß, was du meinst. Aber trotzdem ...» Sie zögerte. «Es hieße doch, ziemlich hart mit Greta umspringen, wenn wir sie so auf die Straße setzen wollten. Schließlich war sie jetzt vier Jahre bei mir, hat alles für mich getan. Denk doch nur daran, wie sie uns bei der Hochzeit geholfen hat.»
«Aber ich will nicht, daß sie überall die Finger drin hat, nicht in dem, was uns beide angeht.»
«So was liegt ihr fern, Mike, völlig fern. Du hast sie ja noch gar nicht kennengelernt.»
«Nein, ich weiß, aber ... aber das hat mit Sympathie oder Antipathie gar nichts zu tun. Wir wollen doch allein sein, Ellie.»
«Lieber, lieber Mike», sagte Ellie weich.
Und dabei beließen wir es zunächst.
Im Lauf unseres Herumreisens hatten wir uns auch mit Santonix getroffen, und zwar in Griechenland. Er wohnte dort in einer Fischerhütte an der See. Sein Zustand erschreckte mich, er sah viel schlechter aus als vor einem Jahr, bei unserer letzten Begegnung. Aber er begrüßte Ellie und mich sehr herzlich.
«Also habt ihr's doch geschafft, ihr beiden.»
«Ja», strahlte Ellie, «und jetzt wird unser Haus gebaut, nicht wahr?»
«Ich habe die Zeichnungen und Entwürfe fertig», sagte er, zu mir gewandt. «Hat sie Ihnen erzählt, wie sie mich aufgestöbert und mich bombardiert hat mit ihren ... Anordnungen?» Er wählte das letzte Wort mit Bedacht.

«Oh, doch nicht mit Anordnungen», protestierte Ellie. «Ich hab ihn einfach angefleht.»
«Wissen Sie, daß wir das Grundstück schon gekauft haben?» fragte ich.
«Ellie hat es mir telegrafiert. Und außerdem einen Stoß Fotografien gesandt.»
«Aber natürlich müssen Sie sich die Lage erst einmal ansehen», meinte Ellie. «Vielleicht gefällt sie Ihnen nicht.»
«Doch, sie gefällt mir.»
«Aber da können Sie doch nicht sicher sein, ehe Sie's nicht gesehen haben.»
«Mein Kind, ich habe mir den Platz bereits angesehen. Ich bin vor fünf Tagen hingeflogen und habe mich außerdem mit einem Ihrer adlergesichtigen Anwälte getroffen, dem englischen.»
«Ach, mit Mr. Crawford?»
«Richtig, so hieß er. Um ehrlich zu sein, die Arbeiten haben bereits begonnen: Der Boden wird eingeebnet, die alte Ruine abgerissen, das Fundament wird ausgehoben. Drainagen gelegt... Wenn Sie nach England zurückkehren, werde ich Sie auf der Baustelle erwarten.» Dann holte er die Pläne, und wir saßen lange, besprachen und betrachteten unser zukünftiges Haus. Außer den technischen Zeichnungen hatte Santonix sogar ein Aquarell angefertigt.
«Gefällt es Ihnen, Mike?»
Ich holte tief Atem. «Ja, das ist es. Das ist ES, voll und ganz.»
«Sie haben mir ja auch genug davon vorgeschwärmt, Mike. Wenn ich in Phantasierlaune war, kam mir immer der Gedanke, daß dieser Fleck Sie geradezu verhext hatte. Sie waren verliebt in ein Haus, das Sie wahrscheinlich niemals besitzen und niemals sehen würden, ja, das wahrscheinlich nie gebaut werden würde.»
«Aber nun wird es doch gebaut», sagte Ellie. «Es wird gebaut, oder?»
«Mit Gottes oder des Teufels Hilfe», bestätigte Santonix. «Von mir jedenfalls hängt es nicht ab.»
«Es geht Ihnen ... nicht besser?» fragte ich besorgt.
«Für mich gibt es keine Besserung, ist das denn nicht in Ihren Dickschädel hineinzukriegen? Es soll eben nicht sein.»

«Unsinn», sagte ich, «man entwickelt ständig neue Therapien für alle möglichen Krankheiten. Nur diese brutalen Schwarzseher, die Ärzte, geben die Leute immer gleich auf, aber dann drehen ihnen gerade diese Patienten lachend eine lange Nase und leben noch fünfzig Jahre gesund und in Freuden.»

«Ihr Optimismus ist bewundernswert, Mike, aber mein Leiden gehört nicht zu dieser Kategorie. Sie bringen einen ins Krankenhaus, machen einen Blutaustausch und entlassen einen mit einer kurzen Galgenfrist; und immer weiter so, bloß, daß man jedesmal ein wenig schwächer wird.»

«Wie tapfer Sie sind», sagte Ellie.

«O nein, nicht tapfer. Bei etwas so Unabänderlichem bleibt kein Spielraum für Tapferkeit. Das einzige, was man tun kann, ist, sich ein bißchen Trost zu suchen.»

«Indem man Häuser baut?»

«Nein, das nicht. Man verliert von Mal zu Mal mehr Vitalität, müssen Sie wissen, und deshalb fällt einem die Arbeit immer schwerer, nicht leichter. Die Kraft läßt nach. Nein, aber es gibt Trost, wenn auch mitunter recht seltsamen.»

«Ich verstehe Sie nicht», sagte ich.

«Nein, das hab ich auch nicht erwartet, Mike. Ich weiß auch nicht, ob Ellie es versteht. Möglicherweise doch. Ich habe jetzt *carte blanche* aufs Leben und kann alles tun, was mir gefällt.»

Als wir nach dem Besuch bei Santonix nach Athen zurückfuhren, sagte Ellie: «Ein seltsamer Mensch, dieser Santonix. Manchmal fürchte ich mich direkt vor ihm.»

«Vor Rudolf Santonix? Warum denn das?»

«Weil er so ganz anders ist und so etwas ... na ja ... so eine Skrupellosigkeit und Arroganz an sich hat. Wahrscheinlich wollte er uns nur andeuten, daß das Bewußtsein des nahen Todes diese seine Arroganz noch verstärkt hat. Angenommen», Ellie sah mich ganz aufgeregt an, fast hingerissen, «angenommen, er baut uns diese wunderbare Burg da auf den Klippen im Wald, und angenommen, wir ziehen ein, er erwartet uns auf der Schwelle, ...»

«Und was, Ellie?»

«Und er kommt uns nach, schließt langsam die Tür hinter uns, und opfert uns da auf der Schwelle. Schneidet uns die Kehle durch oder so.»

«Also, Ellie, du machst mir Angst. An was du manchmal denkst!»
«Der Haken bei uns beiden, Mike, ist, daß wir gar nicht in der Wirklichkeit leben. Wir träumen uns phantastisches Zeug zusammen, das nie eintritt.»
«Aber denk nicht an Blutopfer in Zusammenhang mit *Gipsy's Acre*.»
«Ach, daran ist nur der Name schuld, oder auch der Fluch.»
«Es gibt keinen Fluch!» schrie ich. «Das ist alles Quatsch. Wir wollen nie mehr davon reden.»
Das war in Griechenland.

10

Es war am nächsten Tag, in Athen. Plötzlich, auf den Stufen der Akropolis, lief Ellie Bekannten in die Arme. Sie waren auf einer Hellas-Kreuzfahrt und bei einem der kurzen Landbesuche. Eine etwa fünfunddreißigjährige Frau löste sich aus der Touristengruppe und rannte über die Treppe auf Ellie zu, wobei sie rief: «Nein, also so etwas! Ist das wirklich Ellie Guteman? Herr im Himmel, was machen *Sie* denn hier? Ich hatte ja keine Idee ... Sind Sie auch auf Kreuzfahrt?»
«Nein», sagte Ellie, «nur zu Besuch.»
«Also, jedenfalls – ich freu mich schrecklich, Sie hier zu treffen. Wie geht's Cora, ist sie auch mit?»
«Nein, ich glaube, sie ist in Salzburg.»
«Na, so etwas.» Die Frau sah jetzt mich an, und Ellie sagte gelassen: «Darf ich vorstellen – Mr. Rogers. Das ist Mrs. Bennington.»
«Guten Tag. Wie lange bleiben Sie?»
«Ich will morgen abreisen», sagte Ellie.
«Ach, du meine Güte! Himmel, ich verliere noch meine Gruppe, wenn ich jetzt nicht gehe, und es ist ja auch schade um jedes Wort aus der Führung, das man versäumt. Wirklich, sie hetzen einen ziemlich herum. Abends bin ich immer völlig erledigt. Können wir uns irgendwo auf einen Drink zusammensetzen?»
«Heute nicht», meinte Ellie. «Wir machen einen Ausflug.»

Mrs. Bennington hastete davon, ihrer Gruppe nach. Ellie, die mit mir die Stufen der Akropolis hinaufgestiegen war, wandte sich jetzt um und schritt abwärts.
«Damit hat sich's», sagte sie zu mir.
«Was hat sich?»
Ellie schwieg eine Weile, dann seufzte sie: «Heute abend muß ich schreiben.»
«Wem?»
«Ach, an Cora, und wahrscheinlich auch an Onkel Frank und Onkel Andrew.»
«Onkel Andrew? Der ist mir neu.»
«Andrew Lippincott. Genaugenommen ist er gar nicht mein Onkel, eher mein Vormund, oder mein Treuhänder, ganz wie man's nennen will. Er ist Anwalt, ein ziemlich bekannter sogar.»
«Was willst du ihnen schreiben?»
«Daß ich geheiratet habe. Ich konnte eben nicht so aus heiterem Himmel zu Nora Bennington sagen: ‹Darf ich Ihnen meinen Mann vorstellen.› Das hätte ein fürchterliches Gekreische gegeben und aufgeregte Kommentare wie: ‹Ist das eine Überraschung! Erzählen Sie, Liebste, erzählen Sie alles!› und so weiter und so fort. Es ist nicht mehr als fair, daß meine Stiefmutter und Onkel Frank und Onkel Andrew als erste davon erfahren.» Sie seufzte auf. «Na ja, bisher hatten wir ja auch herrliche Tage.»
«Wie werden sie es aufnehmen?» fragte ich.
«Wahrscheinlich fürchterlich», meinte Ellie in ihrer seelenruhigen Art. «Aber damit ändern sie auch nichts mehr, und sie haben genug Grips, um das bald einzusehen. Allerdings müssen wir wohl ein Familientreffen halten, nehme ich an. Würde dir New York dafür zusagen?» Sie sah mich forschend an.
«Ganz und gar nicht, nein.»
«Dann werden sie wahrscheinlich nach London kommen, jedenfalls einige von ihnen. Aber ich weiß nicht, ob dir das besser gefallen würde.»
«Weder noch sagt mir zu. Ich will mit dir allein sein und zusehen, wie unser Haus Stein für Stein in die Höhe wächst, wenn Santonix erst einmal dort ist.»
«Das können wir ja auch», tröstete Ellie. «Schließlich dauern

Familientreffen nicht ewig. Vielleicht geht es mit einem einzigen saftigen Mordskrach ab; am besten, man bringt's rasch hinter sich. Entweder fliegen wir hin, oder sie kommen alle her.»

«Ich denke, deine Stiefmutter ist in Salzburg?»

«Ach, das hab ich nur so gesagt. Es hätte zu seltsam geklungen, wenn ich zugegeben hätte, daß ich überhaupt keine Ahnung habe, wo sie steckt. Jawohl», sagte sie mit einem kleinen Seufzer, «wir fahren am besten heim und stellen uns ihnen. Hoffentlich macht es dir nicht zuviel aus, Mike.»

«Was — deine Familie?»

«Ja. Mach dir nichts draus, wenn sie gemein zu dir sind.»

«Ich nehme an, das ist der Preis dafür, daß ich dich geheiratet habe. Ich werde es überleben.»

«Und dann ist da auch noch deine Mutter», meinte Ellie nachdenklich.

«Herrgott, Ellie, du wirst doch nicht ein Treffen zwischen deiner Stiefmutter in Samt und Seide und meiner Mutter aus der Hintergasse veranstalten? Was, meinst du, hätten die beiden einander zu sagen?»

«Eine ganze Menge, wenn Cora meine leibliche Mutter wäre», beharrte Ellie. «Bitte reite doch nicht immer so auf Klassenunterschieden herum, Mike.»

«Ich?» fragte ich ungläubig. «Wie sagt man dafür bei euch in Amerika — ich komme von der falschen Seite der Bahn, nicht?»

«Aber willst du's auf ein Plakat schreiben und dir anstecken?»

«Ich weiß nicht, wie man sich entsprechend kleidet», sagte ich verbittert, «oder wie man angemessen Konversation macht, und ich verstehe im Grunde nichts von Kunst oder Musik. Zur Zeit lerne ich gerade erst, wem man wieviel Trinkgeld gibt.»

«Meinst du nicht, Mike, daß es gerade deshalb für dich um so aufregender ist? Ich glaube schon.»

«Egal», sagte ich. «Auf keinen Fall darf meine Mutter in dein Klanstreffen mit hineingezogen werden.»

«Ich will niemand irgendwo hineinziehen, aber ich glaube wirklich, Mike, ich sollte deiner Mutter einen Besuch machen, wenn wir nach England zurückkehren.»

«Nein», entgegnete ich schroff.

Sie war etwas bestürzt. «Aber warum denn nicht, Mike? Ich

meine doch ... abgesehen von allem anderen, meine ich, wäre es doch ziemlich ungezogen, wenn ich es nicht täte. Hast du ihr gesagt, daß du geheiratet hast?»

«Noch nicht.»

«Warum nicht?»

Ich antwortete nicht.

«Wäre es nicht am einfachsten, wenn du ihr Bescheid gäbst und mich ihr vorstellen würdest, sobald wir wieder in England sind?»

«Nein», sagte ich abermals. Diesmal kam es nicht so explosiv, klang aber immer noch entschieden genug.

«Also du willst nicht, daß ich sie kennenlerne», sagte Ellie langsam.

Natürlich wollte ich das nicht. Wahrscheinlich war das nur zu offensichtlich, aber ich hätte es niemals erklären können. Ich hätte nicht gewußt, wie.

«Es wäre nicht richtig», sagte ich vorsichtig, «das mußt du einsehen. Ich bin ganz sicher, daß es Ärger geben würde.»

«Weil ich ihr nicht sympathisch wäre?»

«Niemand kann dich anders als sympathisch finden, aber es wäre — ach, ich weiß einfach nicht, wie ich mich ausdrücken soll. Es könnte sie aufbringen und verwirren. Schließlich, na ja, ich meine, schließlich habe ich außerhalb meines Standes geheiratet. So heißt das bei den alten Leuten. Und *das* würde ihr nicht behagen.»

Ellie wiegte den Kopf. «Gibt es wirklich heutzutage noch Leute, die so denken?»

«Aber natürlich. Und auch bei euch.»

«Ja», sagte sie, «in gewisser Hinsicht stimmt das, aber — wenn einer gut vorankommt ...»

«Du meinst, wenn er tüchtig verdient.»

«Na ja, nicht nur das.»

«Doch», sagte ich, «nur das. Wenn einer massenhaft Geld verdient, dann bewundert man ihn, sieht respektvoll zu ihm auf, und es ist völlig egal, aus welchem Nest er kommt.»

«Na ja, aber das ist doch überall so», meinte Ellie.

«Bitte, Ellie. Bitte, geh nicht zu meiner Mutter.»

«Ich bin nach wie vor der Ansicht, daß es ein Affront wäre.»

«Nein, das ist es nicht. Traust du mir nicht zu, daß ich am

besten weiß, was für meine Mutter gut ist und was nicht? Sie würde sich nur aufregen, ich sag's dir doch.»
«Aber du mußt ihr doch mitteilen, daß du geheiratet hast.»
«Na schön, das will ich.»
Mir kam der Gedanke, daß es wahrscheinlich einfacher wäre, meiner Mutter zu schreiben, gleich jetzt, aus dem Ausland. Und abends, als Ellie an Onkel Andrew und an Onkel Frank und an ihre Stiefmutter Cora van Stuyvesant schrieb, da saß ich selber auch über einem Brief. Er war recht kurz.

Liebe Mama, schrieb ich, ich hätte Dir's schon früher sagen sollen, aber es war mir ein bißchen peinlich. Ich habe vor drei Wochen geheiratet. Es kam alles ziemlich überraschend. Sie ist sehr hübsch und sehr lieb. Außerdem hat sie eine Menge Geld, und das macht es manchmal ein wenig peinlich. Wir wollen uns ein Haus bauen, irgendwo auf dem Land. Zur Zeit reisen wir noch durch Europa. Alles Gute, Dein Mike.

Das Echo auf diesen unseren Korrespondenz-Abend war bei Ellie und mir etwas unterschiedlich. Meine Mutter ließ sich eine Woche Zeit, bevor sie mir einen Brief sandte, der bemerkenswert typisch für sie war.

Lieber Mike. Dein Brief hat mich gefreut. Hoffentlich werdet Ihr glücklich. Deine Dich liebende Mutter.

Wie Ellie vorausgesagt hatte, gab es auf ihrer Seite weit mehr Getue. Wir hatten förmlich in ein Hornissennest gestochen. Nun wurden wir von Reportern belagert, die auf Einzelheiten über unsere romantische Heirat erpicht waren, die Zeitungen brachten Artikel über die Guteman-Erbin und ihren amourösen Seitensprung, es kamen Briefe von Bankiers und Rechtsanwälten. Und zuletzt wurden die offiziellen Konferenzen anberaumt. Wir trafen uns mit Santonix auf dem Bauplatz, besahen uns dort die Pläne, besprachen alles, und dann, als wir sahen, daß die Dinge hier ihren Lauf nahmen, fuhren wir nach London, nahmen eine Suite im *Claridge* und bereiteten uns auf den Frontalangriff vor.
Als erster erschien Andrew P. Lippincott, ein älterer Herr von

trockenem und präzisem Auftreten, hoher, hagerer Gestalt und höflichen Manieren. Er stammte aus Boston, und nur seiner Stimme nach hätte ich ihn niemals als Amerikaner eingestuft. Nach telefonischer Vereinbarung sprach er um 12 Uhr mittags in unserer Suite vor. Ich merkte, daß Ellie nervös war, obwohl sie es sehr geschickt verbarg.

Lippincott begrüßte Ellie mit einem Kuß und mich mit ausgestreckter Hand und einem liebenswürdigen Lächeln.

«Also, Ellie, meine Liebe, du siehst prächtig aus. Blühend, möchte man fast sagen.»

«Wie geht's dir, Onkel Andrew? Wie bist du gekommen? Mit dem Flugzeug?»

«Nein, mit der *Queen Mary*. Eine äußerst angenehme Überfahrt. Und dies ist dein Mann?»

«Das ist Mike, ja.»

Ich paßte mich an, oder glaubte es jedenfalls zu tun. «Es ist mir eine Ehre, Sir», sagte ich und fragte ihn dann, ob er etwas trinken wolle, was er liebenswürdig verneinte. Er ließ sich in einem steifen hohen Sessel mit vergoldeter Armlehne nieder und ließ den Blick, immer noch lächelnd, zwischen Ellie und mir wandern.

«Tja», sagte er, «ihr jungen Leute habt uns einen gehörigen Schrecken eingejagt. Alles ganz romantisch, wie?»

«Tut mir leid», sagte Ellie. «Es tut mir wirklich leid.»

«Tatsächlich?» fragte Lippincott trocken.

«Ich hielt es so für den besten Weg», antwortete Ellie.

«Da bin ich ganz und gar nicht deiner Ansicht, meine Liebe.»

«Onkel Andrew», begann Ellie, «du weißt doch sehr gut, daß es ganz entsetzliche Szenen gegeben hätte, wenn ich anders vorgegangen wäre.»

«Warum hätte es entsetzliche Szenen geben sollen?»

«Du weißt doch, wie sie sind. Und du bist keine Ausnahme», fügte sie anklagend hinzu. «Von Cora habe ich schon zwei Briefe bekommen, einen gestern, und einen heute morgen.»

«Du mußt uns ein gewisses Ausmaß an Unruhe zugestehen, meine Liebe. Das ist unter diesen Umständen nur natürlich, meinst du nicht?»

«Es ist meine Angelegenheit, wen ich wo und wann heirate.»

«Davon magst du überzeugt sein, aber du wirst finden, daß es

kaum eine Familie gibt, in der die Frauen dir darin beipflichten.»
«Also wirklich, ich habe jedermann nur eine Menge Ärger erspart.»
«So kann man es ausdrücken.»
«Aber es stimmt doch, oder?»
«Allerdings hast du – oder etwa nicht? – dich dabei einiger Täuschungsmanöver bedient, unterstützt von einer Person, die es besser gelassen hätte.»
Ellie errötete.
«Du meinst Greta? Sie hat nur das getan, worum ich sie bat. Sind jetzt alle böse mit ihr?»
«Gewiß. Sie und du, ihr beide konntet doch nichts anderes erwarten, nicht wahr? Bitte bedenke, daß sie eine Vertrauensstellung innehatte.»
«Ich bin volljährig. Ich kann tun, was ich will.»
«Ich spreche von der Zeit, die vor deiner Volljährigkeit liegt. Damals begannen die Irreführungen, nicht wahr?»
«Sie dürfen nicht Ellie die Schuld geben, Sir», sagte ich. «Zunächst einmal war ich nicht im Bilde, und da all ihre Verwandten im Ausland lebten, konnte ich mich nicht so schnell mit ihnen in Verbindung setzen.»
«Ich bin mir völlig darüber klar», fuhr Lippincott fort, «daß Greta bestimmte Briefe zur Post brachte und Mrs. van Stuyvesant und auch mir gewisse Auskünfte gab, genau wie Ellie es von ihr verlangt hatte; dabei hat sie, wenn ich so sagen darf, sich sehr geschickt angestellt. Kennen Sie Greta Andersen, Michael? Ich darf Sie doch Michael nennen, da Sie ja Ellies Gatte sind.»
«Natürlich», sagte ich, «nennen Sie mich Mike. Nein, Miss Andersen kenne ich noch nicht ...»
«In der Tat? Das nimmt mich wunder.» Er bedachte mich mit einem langen nachdenklichen Blick. «Ich hätte gedacht, daß sie bei Ihrer Heirat zugegen war.»
«Nein, Greta war nicht dabei», sagte Ellie. Sie warf mir einen tadelnden Blick zu, und mir wurde unbehaglich.
Lippincott musterte mich immer noch nachdenklich. Er machte mich nervös. Schließlich schien er etwas sagen zu wollen, überlegte es sich aber anders.
«Ich fürchte», meinte er dann nach einer Weile, «daß ihr beide

euch auf ein gewisses Ausmaß an Vorwürfen und Kritik von seiten der Familie gefaßt machen müßt.»
«Ich nehme an, sie werden wie die Furien über mich herfallen», sagte Ellie.
«Sehr wahrscheinlich», meinte Mr. Lippincott. «Ich habe aber versucht, die Wogen zu glätten.»
«Du stehst auf unserer Seite, Onkel Andrew?» fragte Ellie und lächelte ihn an.
«Du kannst von einem besonnenen Anwalt kaum erwarten, daß er *so* weit geht. Doch ich habe gelernt, daß es von Lebensklugheit zeigt, ein *fait accompli* zu akzeptieren. Ihr beide habt euch ineinander verliebt, habt geheiratet, und habt – so habe ich dich verstanden, Ellie – im Süden Englands ein Grundstück gekauft und bereits begonnen, darauf ein Haus zu bauen. Folglich beabsichtigt ihr, auf dem Lande zu leben?»
«Wir wollen uns dort niederlassen, ja. Haben Sie etwas dagegen?» fragte ich mit einer Spur von Gereiztheit in der Stimme. «Ellie ist meine Frau und daher jetzt Britin. Warum sollte sie also nicht in England leben?»
«Ich wüßte keinen Grund dagegen. Im Gegenteil, ich wüßte nicht, weshalb Fenella nicht in jedem Land leben sollte, das sie sich wählt, oder Grundbesitz in mehr als einem Land haben sollte. Auch das Haus in Nassau gehört dir, Ellie, vergiß das nicht.»
«Ich dachte eigentlich, es gehört Cora. Sie jedenfalls hat sich immer so benommen.»
«Als tatsächliche Grundeigentümerin bist du eingetragen. Auch das Haus auf Long Island steht dir zur Verfügung, wann immer du möchtest. Und du besitzt große Ländereien im Westen, auf denen Öl entdeckt wurde.» Er sagte es freundlich und liebenswürdig, aber ich hatte das Gefühl, daß er seine Worte seltsamerweise an mich richtete. War das seine Methode, einen Keil zwischen Ellie und mich zu treiben? Ich war mir da nicht ganz sicher.
Es schien nicht sonderlich logisch, einem Mann einzuhämmern, daß seine Frau märchenhaft reich war und überall in der Welt Besitzungen hatte. Wenn mir irgend etwas eingeleuchtet hätte, dann der Versuch, Ellies Vermögensverhältnisse zu bagatellisieren. War ich der Mitgiftjäger, für den er mich offensicht-

lich hielt, so goß er damit ja nur Wasser auf meine Mühle. Aber mir war völlig klar, daß Lippincott eine vielschichtige Persönlichkeit war und keineswegs leicht zu durchschauen. Wollte er mir auf seine ganz spezielle Art Unbehagen einjagen, mir suggerieren, daß man mich öffentlich als Glücksritter brandmarken würde? Er sagte zu Ellie: «Ich habe einige Papiere mitgebracht, die wir miteinander durchgehen müssen, Ellie. Ich werde für viele dieser Formalitäten deine Unterschrift brauchen.»
«Ja, natürlich, Onkel Andrew. Mir paßt es jederzeit.»
«Jederzeit, sehr richtig. Es eilt keineswegs. Ich habe noch andere Dinge in London zu erledigen und werde etwa zehn Tage hierbleiben.»
Zehn Tage, dachte ich. Das war eine lange Zeit. Mir wäre es fast lieber gewesen, Lippincott hätte sich nicht zehn Tage hier aufgehalten. Obwohl er sich mir gegenüber freundlich genug gab, als ob er andeuten wollte, daß er sich in gewissen Punkten ein endgültiges Urteil noch vorbehalte; ich fragte mich in diesem Augenblick, ob er mir tatsächlich feindlich gesinnt war. Wenn, dann wäre er kaum der Mann gewesen, seine Karten aufzudecken.
«Also gut», fuhr er fort, «nun haben wir uns alle kennengelernt und eine gemeinsame Basis gefunden, was die Zukunft angeht; und jetzt möchte ich mich gern kurz mit deinem Angetrauten da unterhalten.»
Ellie war immer noch in Harnisch. «Du kannst mit uns beiden sprechen.»
Ich legte ihr die Hand auf den Arm. «Nun sträub mal nicht gleich das Gefieder, du bist keine Glucke, die ihre Jungen verteidigen muß.» Ich dirigierte sie sanft zu der Tapetentür, die ins Schlafzimmer führte. «Onkel Andrew will mir Maß nehmen», sagte ich. «Das ist sein gutes Recht.»
Sanft schob ich sie durch die Doppeltür, schloß die Flügel und kehrte in das Zimmer zurück. Lippincott gegenüber ließ ich mich nieder. «Also dann kann's losgehen.»
«Vielen Dank, Michael. Zuallererst möchte ich Ihnen versichern, daß ich nicht und in keiner Weise Ihr Feind bin, wie Sie vielleicht glauben mögen.»
«Nun», meinte ich, «das freut mich zu hören.» Es klang aber nicht allzu überzeugt.

«Lassen Sie mich offen sprechen», begann Lippincott, «und zwar offener, als ich es vor diesem liebenswerten Kind gekonnt hätte, dessen Vormund ich bin und das ich sehr gern habe. Sie mögen es noch nicht ganz ermessen können, Michael, aber Ellie ist ein außergewöhnlich reizender und liebenswerter Mensch.»
«Nur keine Angst, ich bin ganz schön verliebt.»
«Das ist nicht unbedingt dasselbe», sagte Lippincott in seiner trockenen Art. «Ich hoffe, daß Sie nicht nur in sie verliebt sind, sondern es auch zu würdigen wissen, was für ein zauberhaftes, aber auf gewisse Weise sehr verwundbares Wesen sie ist.»
«Ich werde mir Mühe geben», meinte ich. «Und das sollte mir nicht allzu schwerfallen. Ellie ist absolute Spitze, unbedingt.»
«Dann will ich also fortfahren mit dem, was ich zu sagen habe. Und zwar mit äußerster Offenheit. Sie sind nicht der Typ des jungen Mannes, den ich Ellie gewünscht hätte. Ich — und ebenso ihre Familie — hätte es gern gesehen, daß sie jemand aus ihrer Welt, aus ihrer eigenen Schicht . . .»
«Einen feinen Pinkel, mit anderen Worten», unterbrach ich ihn.
«Nein, nicht nur das. Meiner Ansicht nach ist eine gleichgeartete Herkunft unbedingt wünschenswert als Basis für eine Ehe. Und ich meine das nicht snobistisch. Schließlich hat ihr Großvater Herman Guteman als Dockarbeiter angefangen. Aber er starb als einer der reichsten Männer Amerikas.»
«Wer sagt denn, daß ich es nicht genauso machen werde? Vielleicht wird aus mir einer der reichsten Männer Englands.»
«Möglich ist alles», meinte Lippincott. «Geht Ihr Ehrgeiz in diese Richtung?»
«Es kommt mir nicht nur aufs Geld an. Ich würde gern . . . ich möchte gern vorankommen, etwas leisten und . . .» Ich zögerte und schwieg.
«Sie sind also ehrgeizig, wollen wir es so ausdrücken? Na ja, das ist ein sehr positiver Zug, unbedingt.»
«Ich fange dabei gegen den Wind an», sagte ich, «und zwar am Nullpunkt. Ich bin nichts und niemand, und das will ich auch gar nicht verbergen.»
Er nickte. «Das war sehr offen und wohl gesprochen. Ich weiß es zu schätzen. Also, Michael, ich bin zwar mit Ellie nicht verwandt, aber ich habe als ihr Vormund fungiert, bin von ihrem

Großvater als Treuhänder ihres Vermögens eingesetzt, ich verwalte ihren Besitz und beaufsichtige ihre Investitionen. Deshalb beanspruche ich für dergleichen eine gewisse Verantwortung und wüßte gern alles über den Mann, den sie sich gewählt hat, was es da nur zu wissen gibt.»

«Sie können ja Nachforschungen über mich anstellen lassen, nehme ich an, und dabei sehr leicht alles erfahren, was Sie wollen.»

«Ganz recht», nickte Lippincott, «das wäre der eine Weg. Und eine durchaus vernünftige Vorsichtsmaßnahme. Aber eigentlich, Michael, möchte ich das alles lieber aus Ihrem eigenen Mund erfahren. Ich möchte Ihre Version hören, wie Ihr Leben bis heute ausgesehen hat.»

Das behagte mir natürlich nicht, und ich nehme an, er wußte es auch sehr genau. Niemandem in meiner Lage wäre dabei behaglich gewesen. Es wird einem zur zweiten Natur, immer das Beste an sich herauszustreichen; das hatte ich mir schon in der Schule zum Grundsatz gemacht und ihn auch später beibehalten: man lobt sich ein bißchen, erwähnt ein paar bestimmte Dinge, biegt die Wahrheit ein wenig zurecht. Ich schäme mich dessen nicht, halte es nur für natürlich. Aber jetzt, bei Andrew Lippincott, wollte mir diese Methode nicht zusagen. Er hatte die Möglichkeit diskreter Nachforschungen über mich zwar von sich gewiesen, aber ich war gar nicht so sicher, ob er sie nicht trotzdem anstellen würde. So sagte ich ihm die ungeschminkte Wahrheit.

Ich erzählte von meiner verwahrlosten Kindheit, erwähnte die Tatsache, daß mein Vater ein Trinker, meine Mutter aber eine anständige Frau gewesen war, die sich ziemlich abgerackert hatte, um mir eine halbwegs gute Schulbildung mitzugeben. Ich verheimlichte ihm auch nicht, daß ich ein Hans-Dampf gewesen war und häufig die Jobs gewechselt hatte. Er war ein guter Zuhörer, direkt ermutigend. Dennoch, hin und wieder schimmerte durch, wie gerissen er war: an ein paar kleinen Fragen, die er einstreute, an dem einen oder anderen Kommentar. Ja, ich hatte so ein Gefühl, daß ich hier auf der Hut sein mußte. Und nach zehn Minuten, als er sich zurücklehnte und das Verhör, wenn man es überhaupt so nennen konnte, vorbei zu sein schien, atmete ich direkt auf.

«Ihre Einstellung zum Leben ist von Abenteuerlust geprägt, Mr. Rogers – Michael. Keine schlechte Sache. Und nun erzählen Sie mir mehr von diesem Haus, das ihr beide da baut.»
«Nun», begann ich, «es liegt in der Nähe der Stadt Market Chadwell ...»
«Ja», sagte er, «das ist mir ein Begriff. Offen gestanden war ich schon dort, um es mir anzusehen. Und zwar gestern, genauer gesagt.»
Das verwirrte mich etwas. Es bewies wieder einmal, daß er zu der verschlagenen Sorte gehörte, die man nicht unterschätzen durfte.
«Die Lage ist bildschön», sagte ich lahm, «und das Haus, wie wir es uns wünschen, wird wunderbar. Der Architekt heißt Santonix, Rudolf Santonix. Wahrscheinlich haben Sie noch nie von ihm gehört, aber ...»
«O doch», unterbrach Lippincott, «er ist ziemlich bekannt in der Branche.»
«Er hat auch in den Staaten gebaut, glaube ich.»
«Ja, ein vielversprechendes Talent. Leider soll sein Gesundheitszustand nicht der beste sein.»
«Er hält sich für einen sterbenden Mann», sagte ich, «aber ich kann das nicht glauben. Ich denke, er wird sich wieder erholen. Den Ärzten darf man nicht alles abnehmen.»
«Hoffentlich ist Ihr Optimismus gerechtfertigt. Denn Sie sind ein Optimist.»
«Jedenfalls, was Santonix angeht.»
«Ich wünsche Ihnen, daß sich alle Ihre Hoffnungen erfüllen. Ich möchte sagen, daß Sie und Ellie meiner Ansicht nach ein äußerst gutes Geschäft mit diesem Grundstück gemacht haben.»
Ich fand es nett von dem alten Knaben, mich mit einzuschließen und mir nicht unter die Nase zu reiben, daß Ellie den Kauf ganz allein getätigt hatte.
«Na ja», meinte ich, «es ist ja auch verflucht.»
«Pardon, Michael, was sagten Sie?»
«Ein Fluch liegt darauf, Sir», erklärte ich. «Fluch der Zigeuner, und so weiter. Am Ort nennt man es nur Zigeuneranger.»
«Ah. Ein Aberglaube?»
«Ja, und zwar ziemlich konfus. Ich weiß nicht, was davon

Wahrheit und was Erfindung ist. Vor langer Zeit geschah dort ein Mord oder so ähnlich, irgend etwas zwischen Mann und Frau und einem Liebhaber. Es heißt, der Mann hat die beiden erschossen und sich dann selbst umgebracht. Aber niemand weiß es mehr genau, es ist zu lange her. Seitdem hat das Grundstück vier- oder fünfmal den Besitzer gewechselt, aber keiner hat es lange da ausgehalten.»

«Aha», machte Lippincott anerkennend, «ein beachtliches Beispiel für altenglische Folklore.» Er warf mir einen neugierigen Blick zu. «Und ihr beide habt keine Angst vor dem Fluch?»

«Natürlich nicht. Wir glauben nicht an solchen Unfug. Es war sogar ein glücklicher Zufall, daß wir's deshalb so billig bekamen.»

«Tja, ich bin auch nicht abergläubisch», meinte Lippincott, «und die Aussicht von dort ist ganz wundervoll.» Er zögerte. «Ich hoffe nur, Ellie wird nicht zuviel von dem scheußlichen Gerede zu hören bekommen, wenn ihr erst einmal dort lebt.»

«Ich werde es, so gut ich kann, fern von ihr halten», versprach ich. «Wahrscheinlich wird ihr gegenüber ohnehin niemand etwas erwähnen.»

«Das Landvolk erzählt solche Geschichten nur zu gern weiter», sagte Lippincott. «Und – denken Sie daran – Ellie ist nicht so abgebrüht wie Sie, Michael. Sie ist leicht zu beeinflussen, zumindest in manchen Dingen. Das bringt mich auf ...» Er hielt inne und trommelte mit den Fingern auf den Tisch. «Ich möchte nun noch ein ziemlich heikles Thema anschneiden. Sie sagten eben, Sie hätten diese Greta Andersen noch nicht kennengelernt?»

«Nein.»

«Eigenartig. Sehr eigenartig.»

«Wieso?»

«Ich hätte eher das Gegenteil als sicher vorausgesetzt», meinte er langsam. «Was wissen Sie von ihr?»

«Nur, daß sie schon einige Zeit bei Ellie ist.»

«Ja, und zwar seit Ellies siebzehntem Jahr. Sie hat eine ausgesprochene Vertrauensstellung inne, obwohl sie zunächst als Sekretärin und Gesellschafterin engagiert worden war, als Ellies Betreuerin für die Zeit, in der Mrs. van Stuyvesant, ihre Stiefmutter, nicht zu Hause weilte, was ziemlich oft der Fall

war, wenn ich so sagen darf.» Letzteres kam in besonders trockenem Ton heraus. «Wie ich höre, stammt Greta aus guter Familie und hatte ausgezeichnete Referenzen; ein Kind deutsch-schwedischer Eltern. Und Ellie entwickelte natürlich eine sehr starke Bindung an sie.»
«Scheint mir auch so.»
«In mancher Beziehung sogar eine zu starke Bindung – wenn Sie mir meinen Freimut nicht verübeln.»
«Nein, warum sollte ich? Offen gesagt, habe ich ... na ja, mir ist selber schon dieser Gedanke gekommen. Bei ihr heißt es immer nur Greta, Greta dies und Greta das. Ich weiß, es geht mich nichts an, aber manchmal fiel mir das auf die Nerven.»
«Und dennoch hat sie Ihnen nicht nahegelegt, Greta kennenzulernen?»
«Na ja, das läßt sich nicht so leicht erklären. Ja, sie hat es gelegentlich angedeutet, aber wir hatten mit uns selbst mehr als genug zu tun. Außerdem, na ja, ich war nicht gerade scharf darauf, diese Greta kennenzulernen. Ich wollte eben Ellie mit niemand teilen.»
«Verstehe. Ja, ich verstehe. Und Ellie hat nicht vorgeschlagen, daß Greta bei der Hochzeit zugegen sein sollte?»
«Doch, das hat sie.»
«Aber Sie waren dagegen? Warum?»
«Ach, ich weiß nicht. Ich hatte nur so das Gefühl, daß diese Frau – oder dieses Mädchen, jedenfalls eine mir völlig Unbekannte – sich immer in alles einmischte. Daß sie Ellies ganzes Leben managte, verstehen Sie? Sie schickte Postkarten und Briefe ab und deckte Ellie immerzu, arbeitete einen ganzen fiktiven Reiseweg für die Familie aus. Mir schien, daß Ellie zu sehr abhing von Greta, sich von ihr dirigieren ließ, brav alles tat, was Greta wollte. Ich ... oh, es tut mir leid, Mr. Lippincott, wahrscheinlich sollte ich das für mich behalten. Sagen wir, ich war einfach eifersüchtig. Auf jeden Fall ging es mit mir durch, und ich bestand darauf, daß wir unsere Hochzeit für uns allein hatten, ohne Greta. Und so fuhren wir einfach aufs Standesamt und ließen uns trauen, mit einem Beamten und einer Sekretärin als Zeugen. Vermutlich war es gemein von mir, daß ich Greta nicht dabeihaben wollte, aber ich wollte Ellie eben für mich allein.»

«Verstehe, ja, ich verstehe», wiederholte er. «Und wenn ich das noch hinzufügen darf, ich halte es für sehr klug von Ihnen, Michael.»
«Sie mögen Greta auch nicht», stellte ich fest.
«Von ‹auch› können Sie eigentlich nicht sprechen, da Sie sie ja noch nicht kennengelernt haben.»
«Nein, ich weiß, aber wenn man soviel über einen Menschen hört, bildet man sich ja doch ein Urteil – na ja, nennen wir's bei mir blanke Eifersucht. Aber was haben Sie gegen Greta?»
«Ich möchte Sie nicht voreingenommen machen, Michael, aber Sie sind Ellies Mann, und Ellies Glück liegt mir sehr am Herzen. Also, ich glaube nicht, daß Gretas Einfluß auf Ellie unbedingt begrüßenswert ist. Sie rafft zuviel an sich.»
«Glauben Sie, daß sie versuchen wird, uns gegeneinander aufzubringen?»
«Zu Äußerungen dieser Art habe ich keinerlei Recht.»
Blinzelnd wie eine alte runzlige Schildkröte saß er da und musterte mich abwartend.
Ich wußte nicht recht, was ich nun als nächstes sagen sollte; also ergriff er wieder das Wort, wobei er sich sehr sorgfältig ausdrückte.
«Dann ist also noch nicht der Vorschlag gemacht worden, daß Greta Andersen bei Ihnen wohnen sollte?»
«Nicht, wenn ich es verhindern kann.»
«Ah – ist das also Ihr Standpunkt? Demnach wurde die Frage bereits aufgeworfen.»
«Ja, Ellie hat so was erwähnt. Aber wir sind jung verheiratet, Mr. Lippincott, wir möchten im Haus – in unserem neuen Heim – für uns sein. Natürlich wird sie uns manchmal besuchen kommen, nehme ich an. Das wäre nur natürlich.»
«Ganz wie Sie sagen: nur natürlich. Aber vielleicht sind Sie sich auch darüber klar, daß Greta in einer heiklen Lage ist, was eine neue Stellung angeht. Will sagen, es kommt ja nicht nur darauf an, was Ellie selbst von ihr hält, sondern vor allem auf das, was die Menschen, die sie vertrauensvoll engagierten, jetzt von ihr halten.»
«Sie meinen, daß Sie oder Mrs. van Soundso Greta für einen anderen Posten dieser Art nicht weiterempfehlen werden?»
«Kaum. Bis auf das rein rechtlich Unumgängliche natürlich.»

«Und Sie glauben nun, daß sie sich demnach in England niederlassen und von Ellie leben will.»
«Ich will Sie nicht zu sehr gegen sie einnehmen, schließlich sind das im wesentlichen nur Hypothesen von mir. Ich mißbillige eben einiges, was sie getan hat, und wie sie es getan hat. Doch Ellie mit ihrer Großmut wird sich wohl von dem Bewußtsein bedrücken lassen, daß sie, sozusagen, Gretas Zukunftsaussichten stark vermindert hat. Vielleicht besteht sie darauf, daß sie bei Ihnen wohnt.»
«Daß sie darauf besteht, glaube ich nicht», meinte ich langsam. Dennoch klang es wohl ziemlich skeptisch, und Lippincott entging das nicht. «Aber könnten wir nicht – könnte nicht Ellie – Greta irgendwie abfinden? Sozusagen pensionieren?»
«So würde ich es nicht unbedingt formulieren», meinte er. «Mit dem Wort Pension verbindet sich unwillkürlich ein Altersbegriff, und Greta ist eine junge Frau, eine sehr ansehnliche junge Frau, wenn ich das sagen darf. Direkt schön», fügte er mißbilligend hinzu. «Und auf Männer wirkt sie außerdem ausgesprochen anziehend.»
«Na ja, dann wird sie ja vielleicht heiraten», sagte ich. «Überhaupt, wenn sie solche Vorzüge hat, warum ist sie dann nicht schon längst verheiratet?»
«Es hat Bewerber gegeben, höre ich, aber sie hat keinen in Erwägung gezogen. Dennoch halte ich Ihren Vorschlag für sehr vernünftig. Wahrscheinlich läßt er sich auch in eine Form kleiden, die niemanden verletzt. Es könnte sogar ganz natürlich scheinen, jetzt nach Ellies Volljährigkeit und ihrer Heirat, die weitgehend durch Gretas Dienste zustande kam – man wirft in einem Anfall von Dankbarkeit einfach eine bestimmte Summe für sie aus.» Beim letzten Satz wurde Lippincotts Ton essigsauer.
«Na, dann wäre das ja geregelt», meinte ich vergnügt.
«Abermals wird mir Ihr ganzer Optimismus bewußt. Wir wollen nur hoffen, daß Greta dieses Angebot auch akzeptiert.»
«Warum sollte sie denn nicht? Sie wäre ja blöd.»
«Da bin ich nicht so sicher. Gewiß, es wäre ganz außergewöhnlich, wenn sie nicht akzeptierte ... Sie werden natürlich immer die besten Freundinnen bleiben.»
«Sie glauben – was glauben Sie denn?»

«Ich sähe es gern, daß Gretas Einfluß auf Ellie unterbunden wird», sagte Lippincott und erhob sich. «Sie werden hoffentlich alles tun, mich dabei zu unterstützen?»
«Worauf Sie sich verlassen können. Nichts wäre mir lästiger, als Greta die ganze Zeit auf unserer Tasche liegen zu haben.»
«Möglicherweise überlegen Sie es sich anders, wenn Sie sie erst gesehen haben», sagte Mr. Lippincott.
«Bestimmt nicht. Ich kann herrschsüchtige Weibsbilder nicht ausstehen, ganz gleich, wie tüchtig oder hübsch sie sind.»
«Besten Dank, Michael, daß Sie mir so geduldig zugehört haben. Ich hoffe, Sie machen mir das Vergnügen, Sie beide, einmal mit mir zu Abend zu essen? Vielleicht nächsten Dienstag? Bis dahin werden Cora van Stuyvesant und Frank Barton wahrscheinlich in London eingetroffen sein.»
«Und ich muß ihnen vorgestellt werden, nehme ich an?»
«O ja, das läßt sich nicht vermeiden.» Er lächelte mich an, und diesmal schien mir sein Lächeln wärmer zu sein. «Machen Sie sich nicht zu viel daraus», tröstete er mich. «Cora wird wahrscheinlich sehr unhöflich zu Ihnen sein, Frank schlicht und einfach taktlos. Reuben wird noch nicht so bald herüberkommen.»
Wer dieser Reuben war, ahnte ich nicht; vermutlich noch irgendein Verwandter.
Ich ging und öffnete die Verbindungstür. «Na, komm, Ellie, der dritte Grad ist vorbei.»
Mit einem schnellen Blick auf Lippincott und mich trat sie ins Zimmer, dann lief sie hinüber und küßte ihn auf die Wange.
«Lieber Onkel Andrew, ich sehe, du warst nett zu Michael.»
«Tja, mein Kind, wenn ich deinen Mann nicht nett behandeln würde, hättest du wohl in Zukunft nicht mehr viel Verwendung für mich, oder? Aber ich behalte mir das Recht vor, hin und wieder ein beratendes Wort zu äußern. Ihr seid beide nämlich noch ziemlich jung.»
«Also gut», lächelte Ellie, «wir werden geduldige Zuhörer sein.»
«Und jetzt, meine Liebe, hätte ich mich gern mit dir unterhalten, wenn du erlaubst.»
Nun marschierte ich ins Schlafzimmer. Mit Nachdruck schloß ich die beiden Doppeltüren, aber von drinnen öffnete ich dann

leise wieder die innere Tür. Da ich nicht so gut erzogen war wie Ellie, wollte ich brennend gern herausfinden, ob sich Lippincott als doppelzüngig erwies. Doch dann kam nichts zur Sprache, das mein Lauschen gelohnt hätte. Er riet Ellie, sich zu vergegenwärtigen, daß ich es als nicht einfach empfinden könnte, den armen Mann mit der reichen Frau zu spielen, und machte ihr dann die Abfindung für Greta schmackhaft. Lebhaft stimmte sie zu: Sie habe ihm das schon vorschlagen wollen. Außerdem regte er noch ein zusätzliches Arrangement für Cora van Stuyvesant an.

«Natürlich verpflichtet dich nichts auf der Welt dazu», fuhr er fort. «Sie ist dank der Unterhaltszahlung verschiedener Ehemänner glänzend versorgt. Und sie hat außerdem – wie du weißt – Einkünfte, wenn auch nicht sehr hohe, aus dem treuhänderisch verwalteten Vermögen deines Großvaters.»

«Und doch findest du, ich sollte ihr noch mehr geben?»

«Es besteht für dich keine gesetzliche oder moralische Verpflichtung dazu. Aber ich glaube, du wirst sie viel weniger lästig finden, weniger zu Tratsch und Sticheleien geneigt, wenn du dich dazu überwindest. Ich würde die Sache in die Form einer jederzeit rückgängig zu machenden Zuwachsrente kleiden. Wenn du dann erfahren mußt, daß sie über dich oder Michael oder über euer Zusammenleben bösartige Gerüchte in die Welt setzt, kannst du die Rente streichen, und dieses ständige Bewußtsein wird sie wenigstens vor den allergiftigsten Pfeilen zurückschrecken lassen, die sie sonst so geschickt zu placieren versteht.»

«Ich weiß, Cora hat mich schon immer gehaßt», sagte Ellie. Und etwas schüchtern setzte sie hinzu: «Dir gefällt Mike nun doch, nicht wahr, Onkel Andrew?»

«Ich halte ihn für einen äußerst anziehenden jungen Mann», antwortete Lippincott. «Und mir ist durchaus begreiflich, wieso du ihn geheiratet hast.»

Mehr konnte ich vermutlich nicht von ihm erwarten. Im Grunde lag ich ihm nicht, das wußte ich. Behutsam zog ich die Tür zu, und gleich darauf kam Ellie mich holen.

Wir standen beide in der Tür und verabschiedeten gerade Lippincott, als es klopfte und ein Page mit einem Telegramm erschien. Ellie öffnete es und stieß einen kleinen Freudenschrei aus.

«Von Greta», sagte sie. «Heute abend kommt sie in London an, und morgen früh will sie uns besuchen. Wie schön.» Sie sah uns beide an. «Nicht wahr?»
Zwei saure Mienen und höfliche Stimmen antworteten ihr. Die eine sagte: «Aber gewiß, meine Liebe», und: «Natürlich», die andere.

11

Am nächsten Morgen hatte ich mich bei Einkäufen etwas verspätet; als ich schließlich ins Hotel zurückkehrte, fand ich Ellie in der Haupthalle sitzen, neben sich eine große, blonde junge Frau: Greta. Die beiden schwatzten auf Teufel komm raus.
Im Personenbeschreiben bin ich kein großes Licht, aber ich will es bei Greta einmal versuchen. Also zunächst konnte man nicht abstreiten, daß sie – genau wie Ellie schon erwähnt hatte – sehr schön und auch, wie Lippincott widerstrebend eingeräumt hatte, sehr ansehnlich war. Sie war der Typ, nach dem sich die Männer umschauen: die typische Nordländerin mit weizenblondem Haar, das sie, der Mode entsprechend, locker aufgesteckt trug. Ihre deutsch-schwedische Herkunft war ihr deutlich anzumerken. Ihre Augen leuchteten klar und blau, und ihre Figur war bewundernswert. Zugegeben, Greta stellte allerhand dar.
Ich trat auf sie zu und begrüßte sie mit, wie ich hoffte, gelöster Freundlichkeit, obwohl ich wider Willen etwas verlegen wurde. Das Schauspielern liegt mir nicht immer. Ellie sagte sofort: «Also endlich, Mike, hier hast du Greta.»
«Das hätte ich fast erraten», antwortete ich bemüht munter, was mir nicht ganz glückte. «Ich freue mich, Sie endlich kennenzulernen, Greta», fügte ich noch hinzu.
«Wie du ja weißt», fuhr Ellie fort, «hätten wir ohne Greta niemals heiraten können.»
«Wir hätten es schon irgendwie geschafft», meinte ich.
«Aber nicht, wenn meine Familie wie eine Steinlawine über uns hereingebrochen wäre. Sie hätten es bestimmt hintertrieben. Sag mal, Greta, waren sie sehr schlimm? Du hast mir davon noch gar nichts erzählt.»

«Wie werd ich denn einem glücklichen jungen Paar solche Sachen in die Flitterwochen schreiben.»
«Aber waren sie sehr wütend auf dich?»
«Natürlich. Was denkst denn du? Aber ich war darauf vorbereitet, sei versichert.»
«Was haben sie gemacht?»
«Alles, was sie irgend konnten», sagte Greta heiter. «Angefangen natürlich beim Rausschmiß.»
«Ja, das war vermutlich unvermeidbar. Aber . . . aber was hast du schon verbrochen? Sie können dir schließlich nicht das Zeugnis verweigern.»
«Sicher können sie das. Von ihrem Standpunkt aus habe ich eine Vertrauensstellung schamlos mißbraucht. Und das mit innigem Vergnügen.»
«Aber was wirst du jetzt machen?»
«Oh, auf mich wartet schon eine neue Stelle.»
«In New York?»
«Nein, hier in London. Als Sekretärin.»
«Aber wird's dir denn gutgehen?»
«Ellie-Liebling, wie könnte es mir denn anders als gutgehen, mit diesem tollen Scheck, den du mir geschickt hast in weiser Vorausahnung der Dinge, die passieren mußten, wenn die Bombe erst geplatzt war?»
Ihr Englisch war sehr gut, fast ohne Akzent, obwohl sie gelegentlich eine Redewendung falsch gebrauchte.
«Ich habe allerhand von der Welt gesehen, mich in London eingerichtet und mir außerdem eine Menge hübscher Sachen gekauft.»
«Mike und ich auch», sagte Ellie lächelnd.
Das stimmte. Wir hatten den europäischen Einkaufsbummel ziemlich ernst genommen. Dabei war es herrlich, daß wir in Dollar bezahlen konnten, nicht mit schäbigen Reiseschecks, und uns über Devisenausfuhrbeschränkungen nicht den Kopf zerbrechen mußten. Wir hatten Brokat und andere Dekorationsstoffe für das Haus ausgesucht, auch Gemälde in Italien und Paris, zu märchenhaften Preisen. Eine ganz neue Welt hatte sich für mich aufgetan, von der es mir früher nicht einmal im Traum eingefallen wäre, daß sie Wirklichkeit werden könnte.

«Ihr seht beide beachtlich glücklich aus», meinte Greta.
«Und dabei hast du unser Haus noch gar nicht gesehen», schwärmte Ellie. «Es wird einfach wundervoll, genau wie wir es uns erträumt haben, nicht wahr, Mike?»
«Aber ich hab's doch gesehen», sagte Greta. «Gleich an meinem ersten Tag in England hab ich mir einen Wagen gemietet und bin hinausgefahren.»
«Na und?» fragte Ellie.
«Und?» fragte auch ich.
«Na ja», meinte Greta abschätzend und wiegte den Kopf.
Ellie sah drein wie vom Verhängnis ereilt, völlig gebrochen. Aber ich ließ mich nicht bluffen. Ich sah sofort, daß Greta nur ihren Spaß mit uns trieb. Wenn es mir tatsächlich durch den Kopf schoß, daß diese Art Späße nicht sonderlich freundlich waren, so hatte der Gedanke doch keine Zeit, sich näher zu artikulieren. Greta brach in Lachen aus, ein hohes, melodisches Gelächter, das die Leute an den Nebentischen die Köpfe nach uns wenden ließ.
«Oh, ihr hättet eure Gesichter sehen sollen», sagte sie. «Besonders deins, Ellie. Ich wollte euch nur ein bißchen auf den Arm nehmen. Nein, das Haus ist großartig, einfach herrlich. Und dieser Architekt ist ein Genie.»
«Ja», sagte ich, «er ist schon etwas Besonderes. Warten Sie nur, bis Sie ihn kennenlernen.»
«Aber ich kenne ihn», erwiderte Greta, «er war an dem Tag gerade auf der Baustelle. Ja, er ist ein ganz ungewöhnlicher Mensch. Direkt furchteinflößend, meinst du nicht auch?»
«Furchteinflößend?» fragte ich überrascht. «Inwiefern?»
«Ach, ich weiß nicht. Als ob er durch einen hindurchschauen könnte — direkt hindurch bis auf die andere Seite. So etwas bringt einen immer aus der Fassung. Er sieht übrigens schlecht aus», fügte sie hinzu.
«Er ist auch krank. Sehr krank», sagte ich.
«Was für ein Jammer. Was ist denn los mit ihm, hat er Tbc oder so?»
«Nein», antwortete ich, «das glaube ich nicht. Es hat irgendwas mit dem Blut zu tun.»
«Ach so. Aber die Ärzte bringen ja heute die reinsten Wunder zuwege, falls sie einen nicht vorher im Verlauf der Behandlung

abmurksen. Aber reden wir lieber von etwas anderem. Reden wir vom Haus. Wann wird es fertig?»
«Recht bald wahrscheinlich, nach dem Aussehen zu urteilen. Ich hätte nie gedacht, daß ein Haus so schnell in die Höhe wachsen kann», sagte ich.
«Ach», meinte Greta gedankenlos, «bei soviel Geld? Man legt doppelte Schichten ein, zahlt Prämien — und so weiter. Im Grunde weißt du selber nicht, Ellie, wie herrlich es ist, so viel Geld zu haben.»
Aber ich, ich wußte es. Ich hatte es gelernt, so wie ich eine ganze Menge gelernt hatte in den letzten Wochen. Ellies Welt war anders, als ich mir sie vorgestellt hatte. Sie bestand nicht nur aus Luxusbadezimmern, großen Villen, besserem Essen und schnelleren Autos. Nein, sie war vielmehr seltsam einfach. Von der Art Einfachheit, die daher rührt, daß man nicht drei Jachten auf einmal oder vier Autos besitzen will, daß man nicht viel mehr als drei Mahlzeiten am Tag zu sich nehmen und — wenn man ein Bild kauft — nicht mehr als *ein* wirkliches Meisterwerk in jedem Zimmer aufhängen kann. So einfach ist das. Zunächst blieb mir das verschlossen, aber dann begann ich nach und nach zu begreifen.
Mit Ellie verheiratet zu sein, bedeutete nicht nur Jux und Tollerei. Man mußte auch büffeln, mußte lernen, wie man ein Restaurant betrat, was man bestellte, welche Trinkgelder man gab; man mußte sich merken, was man wozu trank. Ich mußte mir fast alles abschauen. Ellie fragen konnte ich nicht, denn das war eines der Dinge, die sie nicht verstanden hätte. Sie hätte gesagt: «Aber Liebling, du kannst doch alles haben, was du willst. Wen kümmert es schon, wenn der Kellner denkt, man sollte diesen speziellen Wein zu jenem speziellen Gang trinken?» Ihr hätte es nichts ausgemacht, weil sie in dieses Milieu hineingeboren worden war, aber mich beschäftigte es, weil ich mich nicht so verhalten konnte, wie es mir lag. Ich war nicht einfach genug. Zum Beispiel in Garderobefragen. Obwohl Ellie mir da eher helfen konnte. Sie führte mich eben in die richtigen Geschäfte und bedeutete mir, den Leuten nur ihren Willen zu lassen.
Natürlich hatte ich noch nicht das rechte Auftreten und Benehmen. Aber das war nicht weiter schlimm. Ich hatte in etwa eine

Ahnung, worauf es ankam, und das reichte, um bei Leuten wie dem alten Lippincott oder, wie es vermutlich in Kürze der Fall sein würde, bei Ellies Stiefmutter und Onkel zu bestehen; in Zukunft würde es dann überhaupt keine Rolle mehr spielen. Wenn das Haus erst fertig und wir eingezogen waren, hatten wir einen ausreichenden Abstand zur Umwelt.

Ich musterte Greta, die mir gegenübersaß, und fragte mich, was sie wohl wirklich von unserem Haus halten mochte. Jedenfalls war es genau das, was ich mir gewünscht hatte. Es befriedigte mich zutiefst. Ich wollte hinfahren, jetzt gleich, und durch das Wäldchen zu der schmalen Bucht hinunterlaufen, die unser Privatstrand war, unzugänglich für andere vom Land aus. Tausendmal schöner, dachte ich, dort ins Meer zu springen, als auf dem Lido. Ich wünschte mir nicht all diese sinnlosen Dinge der Reichen. Ich wollte – da war es wieder, dieses mein ureigenes Wort «ich will, ich will» ... Eine Welle des Gefühls stieg in mir auf. Ich wollte eine wundervolle Frau und ein wundervolles Haus, so schön wie kein zweites auf der Welt, es sollte angefüllt sein bis zum Dach mit wundervollen Dingen. Dingen, die *mir* gehörten. Alles sollte mir gehören.

«Er denkt an unser Haus», meinte Ellie.

Augenscheinlich hatte sie zweimal vorgeschlagen, daß wir nun in den Speisesaal gehen sollten. Ich sah sie liebevoll an.

Später, es war am Abend, und wir zogen uns fürs Dinner um, fragte Ellie tastend: «Mike, du magst ... du hast Greta nun doch ganz gern, nicht?»

«Aber natürlich.»

«Ich könnte es nicht ertragen, wenn sie dir zuwider wäre.»

«Aber ich mag sie doch», protestierte ich. «Was bringt dich nur auf die Idee, ich könnte sie nicht leiden?»

«Ich weiß nicht ganz. Vielleicht deine Art, sie kaum anzusehen, wenn du mit ihr sprichst.»

«Tja, das kommt wohl ... das liegt wohl daran, daß sie mich nervös macht.»

«Greta – dich nervös?»

«Ja, sie schüchtert einen direkt ein, weißt du.» Und ich erzählte Ellie, daß Greta mich an eine Walküre erinnerte.

«Oh, aber doch nicht der Figur nach», lachte Ellie.

Ich stimmte mit ein. «Dir macht es nichts aus, weil du sie schon

jahrelang kennst. Aber ich, ich fühle mich ihr gegenüber im Nachteil.»
«Oh, Mike!» Ellie drückte plötzlich das Gewissen. «Ich weiß, wir beide hatten so viel miteinander zu schwatzen, über alte Bekannte, gemeinsame Erlebnisse und so — ja, ich glaube, das mußte dir unbehaglich werden. Aber du wirst dich bald mit ihr anfreunden. Sie mag dich, sogar sehr. Das hat sie mir selbst gesagt.»
«Ach, Ellie, sie würde dir auf keinen Fall das Gegenteil sagen.»
«Aber sicher. Greta ist ein Mensch, der das Herz auf der Zunge trägt. Das hast du doch auch merken können, bei all dem, was sie heute erzählt hat.»
Es stimmte, Greta hatte beim Lunch kein Blatt vor den Mund genommen. Eher zu mir als zu Ellie hatte sie gesagt: «Sie werden sich manchmal gewundert haben, daß ich Ellie so die Stange hielt, obwohl ich Sie noch gar nicht kannte. Aber ich war so wütend — so wütend auf das Leben, in das sie Ellie zwängten. Sie spannen sie ein in einen Kokon aus Geld und Konventionen, niemals kam sie dazu, sich zu amüsieren, etwas auf eigene Faust zu unternehmen. Sie hätte ja gern dagegen rebelliert, aber sie wußte nicht, wie. Und deshalb ... Also gut, ich hab sie angestiftet. Hab ihr vorgeschlagen, sich in England nach Grundstücken umzusehen. Und wenn sie dann einundzwanzig war, konnte sie von sich aus eins kaufen und der ganzen New Yorker Clique ade sagen.»
«Greta hat immer die besten Ideen», meinte Ellie. «Ihr fallen Dinge ein, auf die ich nie im Leben gekommen wäre.»
Wie hatte sich Lippincott noch ausgedrückt? «Sie hat zuviel Einfluß auf Ellie.» Aber ich fragte mich, ob das wirklich zutraf. Seltsamerweise war ich nicht ganz davon überzeugt. Ich spürte, daß in Ellie irgendwo ein Kern steckte, den Greta trotz ihrer langen engen Freundschaft niemals ganz richtig einschätzen konnte. Ellie, da war ich ganz sicher, akzeptierte stets jede Anregung, die ihren eigenen Vorstellungen entsprach, wie zum Beispiel diese Idee mit der Rebellion. Doch ich fühlte, nun, da ich Ellie besser kannte, daß sie zu jenen scheinbar unkomplizierten Menschen gehörte, die aber dennoch unerwartete Reserven besitzen. Meiner Ansicht nach war Ellie durchaus imstande, einen eigenen Standpunkt durchzusetzen, wenn sie

wollte. Aber eben das wollte sie nicht sehr oft. Wie schwierig war es doch, den anderen zu verstehen! Sogar Ellie. Oder Greta. Selbst meine eigene Mutter vielleicht ... Wie sie mich angesehen hatte, mit Furcht in den Augen.
Lippincott wollte mir nicht aus dem Kopf. Beim Nachtisch, als wir unsere riesigen Pfirsiche schälten, sagte ich daher: «Mr. Lippincott scheint unsere Heirat eigentlich ganz gelassen aufgenommen zu haben. Das hat mich direkt überrascht.»
«Mr. Lippincott», sagte Greta, «ist ein alter Fuchs.»
«Ja, der Ansicht warst du immer, Greta», wandte Ellie ein. «Aber wenn du mich fragst, ist er einfach ein Goldstück. Sehr korrekt und strikt und all das.»
«Na, dann bleib du mal bei dieser Ansicht», meinte Greta. «Aber ich, ich traue ihm nicht über den Weg.»
«Ihm nicht trauen!» Ellie war schockiert.
Greta schüttelte den Kopf. «Ja, ich weiß. Er ist der verkörperte Anstand, eine Stütze der Gesellschaft. Das Musterbeispiel eines Treuhänders und Anwalts.»
Ellie lachte. «Meinst du, er unterschlägt mein Geld? Sei nicht albern, Greta. Denk an das Heer von Buchprüfern, Banken und Kontrollen.»
«Ach, wahrscheinlich ist er auch integer», räumte Greta ein. «Trotzdem, genau diese Typen entpuppen sich nachher als Betrüger. Die ganz besonders Vertrauenswürdigen. Und hinterher sagt jeder: ‹Also dem hätte ich das niemals zugetraut›, oder: ‹Er wäre der letzte gewesen, bei dem ich so etwas vermutet hätte.› Ja, so reden sie dann.»
Ellie meinte nachdenklich, daß sie ihren Onkel Frank viel eher einer Unehrlichkeit für fähig hielte. Aber der Gedanke schien sie nicht sonderlich zu überraschen oder zu beunruhigen.
«Ja, sicher, er sieht aus wie ein Gauner», erwiderte Greta. «Aber gerade das ist sein Handikap — diese ganze Bonhomie und Munterkeit. Damit wird er nie eine Position erreichen, die ihm Schwindeleien in großem Stil ermöglicht.»
«Ist er der Bruder deiner Mutter?» Ellies Verwandtschaftsverhältnisse waren mir immer noch ein Buch mit sieben Siegeln.
«Nein, der Mann meiner Tante, einer Schwester meines Vaters», berichtigte Ellie. «Sie hat ihn verlassen und einen anderen geheiratet und ist vor sechs oder sieben Jahren

gestorben. Onkel Frank ist der Familie mehr oder weniger erhalten geblieben.»
«Es sind drei im ganzen», half mir Greta, die Freundlichkeit selbst, «drei Parasiten. Ellies wirkliche Onkel sind umgekommen, der eine in Korea, der andere bei einem Verkehrsunfall. Geblieben sind ihr eine ziemlich lädierte Stiefmutter, das Anhängsel Onkel Frank, ihr Vetter Reuben – er ist ihr Vetter, obwohl sie ihn ‹Onkel› nennt – und Andrew Lippincott sowie Stanford Lloyd.»
«Wer ist denn das schon wieder, Stanford Lloyd?» fragte ich verwirrt.
«Oh, noch so ein Treuhandverwalter, nicht wahr, Ellie? Jedenfalls handhabt er ihre Investitionen und so weiter. Das kann im Grunde keine sonderlich schwierige Aufgabe sein bei einem Vermögen dieser Größenordnung; wo Tauben sind, fliegen Tauben zu. Diese fünf sind die eigentliche Suite», fuhr Greta fort, «und ich habe nicht den geringsten Zweifel, daß Sie sie bald alle kennenlernen werden. Sie werden bald eintreffen, um Sie unter die Lupe zu nehmen.»
Ich stöhnte auf und warf Ellie einen beredten Blick zu.
«Mach dir nichts draus, sie werden auch wieder abziehen», tröstete mich Ellie sehr sanft und lieb.

12

Und wie sie alle kamen! Doch blieb keiner sonderlich lange, nicht diesmal, nicht beim ersten Besuch. Sie wollten mich nur in Augenschein nehmen. Ich fand es etwas schwer, mich mit ihnen zu verständigen, denn sie waren alle Amerikaner, und zwar von einem Typus, den ich nicht sonderlich gut kannte. Einige von ihnen waren recht annehmbar, wie zum Beispiel Onkel Frank. Was ihn betraf, so gab ich Greta völlig recht. Ihm hätte ich keinen Hosenknopf anvertraut. Menschen seiner Art waren mir auch in England schon begegnet: ein großer schwerer Mann mit Bauchansatz und Tränensäcken, die dem Gesicht etwas Verlebtes gaben, was wohl auch den Tatsachen entsprach. Er hatte ein gutes Auge für Frauen und ein noch besseres für seinen Vorteil. Ein- oder zweimal lieh er sich Geld von mir, keine großen Summen, nur ein Taschengeld für die nächsten ein, zwei Tage. Mir kam die Idee, daß es ihm nicht so sehr um das Geld ging wie um mich; er wollte mich testen, ob ich leicht anzupumpen war. Es machte mich etwas nervös, weil ich nicht die rechte Einstellung dazu fand. Wäre es besser gewesen, ihn schlankweg abblitzen zu lassen, oder hätte ich den Großzügigen und Gedankenlosen spielen sollen, obwohl mir doch nichts ferner lag? Ach, hol der Teufel Onkel Frank, dachte ich.

Am meisten interessierte mich Cora, Ellies Stiefmutter. Sie war eine Frau von etwa Vierzig, gut erhalten, mit gefärbtem Haar und ziemlich überschwenglichem Gehabe. Zu Ellie war sie die Liebenswürdigkeit selbst.

«Sei mir nicht bös über diese Briefe, Ellie», flötete sie. «Du mußt immerhin zugeben, es war ein fürchterlicher Schock für uns, diese überstürzte Heirat. Und so heimlich. Aber ich weiß natürlich, daß nur Greta dahintersteckt; sie hat dir das alles eingeflüstert.»

«Schieb nicht alles auf Greta», sagte Ellie. «Ich wollte euch nur nicht so aufregen. Ich dachte mir, wenn ... Na ja, je weniger Theater ...»

«Aber sicher, Ellie, da hast du nicht so unrecht. Die Männer waren alle wie vor den Kopf geschlagen, Stanford Lloyd und Andrew Lippincott vor allem. Vermutlich glaubten sie, daß jetzt alle ihnen die Schuld geben würden, weil sie nicht besser auf dich aufgepaßt hätten. Natürlich hatte keiner eine Ahnung, wie charmant Michael ist. Ich auch nicht.»

Sie schenkte mir ein Lächeln, das süßeste und verlogenste Lächeln, das ich je gesehen hatte. Wie sie mich hassen mußte! Daß sie Ellie so zuckersüß behandelte, war nur zu verständlich: Andrew Lippincott war inzwischen in die Staaten zurückgeflogen und hatte ihr zweifellos ein paar warnende Worte zukommen lassen.

Ellie verkaufte einige Vermögenswerte in Amerika, weil sie sich ein für allemal in England niederlassen wollte, aber sie traf großzügige Vorkehrungen für Cora, so daß diese ihren Aufenthalt nehmen konnte, wo es ihr beliebte. Coras Mann wurde kaum erwähnt. Ich schloß daraus, daß er sich bereits in einen anderen Teil der Welt abgesetzt hatte, und zwar zu zweit. Aller Wahrscheinlichkeit nach hing wieder eine Scheidung in der Luft, und in dieser steckte, was den Unterhalt betraf, für Cora nicht viel drin. Sie hatte einen viel jüngeren Mann geheiratet, dessen Stärke mehr auf physischem als auf finanziellem Gebiet lag.

Cora war auf Ellies Zuwendungen also angewiesen. Sie war eine Frau von extravaganter Lebensführung. Zweifellos hatte der alte Lippincott ihr bedeutet, daß diese Geldquelle jederzeit wieder versiegen konnte, je nach Ellies Gutdünken, falls Cora sich soweit vergaß, Ellies Ehemann allzu heftig herunterzumachen.

Vetter — oder «Onkel» — Reuben scheute die weite Reise. Statt dessen schrieb er Ellie einen freundlichen, unverbindlichen Brief, in dem er ihr viel Glück wünschte und seiner Skepsis Ausdruck gab, was einen dauernden Aufenthalt in England betraf. «Wenn dir das Leben dort nicht mehr gefällt, Ellie», schrieb er, «dann komm nur sofort wieder nach Hause. Du wirst mit offenen Armen empfangen werden, besonders von Deinem Onkel Reuben.»

«Hört sich nett an, der Brief», meinte ich.

«Sicher», antwortete Ellie nachdenklich. Anscheinend war sie da nicht ganz so überzeugt wie ich.

«Hast du denn auch nur einen von der ganzen Mischpoche richtig gern?» fragte ich. «Oder sollte ich dich das gar nicht erst fragen?»

«Aber natürlich, du kannst mich alles fragen.» Dennoch zögerte sie mit der Antwort. Als sie dann sprach, war ihr Ton sehr entschieden und abschließend. «Nein, ich glaube, im Grund mag ich keinen besonders. Das klingt komisch, liegt aber wohl daran, daß sie alle gar nicht richtig zu mir gehören. Oder wenn, dann nur durch die Umstände; mit keinem bin ich blutsverwandt. Meinen Vater habe ich geliebt, oder jedenfalls die Erinnerung an ihn. Wahrscheinlich war er ein ziemlich schwacher Charakter und die große Enttäuschung meines Großvaters, weil er keinen Sinn fürs Geschäft besaß. An meine Mutter erinnere ich mich gar nicht. Onkel Henry und Onkel Joe hatte ich sehr gern, sie waren so lustig. Als sie ums Leben kamen, war Großvater schon krank, und es war ein schreckli-

cher Schlag für ihn, daß nun alle seine drei Söhne tot waren. Er mochte weder Cora noch sonst einen der entfernten Verwandtschaft, auch nicht Onkel Reuben. ‹Bei dem weiß man nie, woran man ist›, sagte er immer. Deshalb gab er sein Geld auch in Treuhandverwaltung, und ein großer Teil ging an Museen und Krankenhäuser.»
«Das meiste aber an dich?»
«Ja, doch ich glaube, das hat ihm ein bißchen Kopfzerbrechen gemacht. Jedenfalls tat er sein Bestes, damit es gut verwaltet wurde.»
«Durch Onkel Andrew und Mr. Stanford Lloyd, einen Anwalt und einen Bankier.»
«Ja, vermutlich hat er mir nicht zugetraut, daß ich selber damit zu Rande kommen kann. Seltsam ist nur, daß er mir die volle Verfügungsgewalt schon an meinem einundzwanzigsten Geburtstag gab; viele warten damit bis zum fünfundzwanzigsten. Aber wahrscheinlich hat er das getan, weil ich ein Mädchen bin.»
«Arme Ellie», sagte ich plötzlich.
«Wie meinst du das?»
«Ich hab das schon mal gesagt, erinnerst du dich?»
«Ja, du nanntest mich ‹armes, kleines reiches Mädchen›. Und damit hattest du ganz recht.»
«Diesmal meine ich's anders. Nicht in dem Sinn, daß du mir leid tust, weil du so reich bist. Nein, ich glaube, ich hab damit gemeint, du tust mir leid, weil du so viele Leute am Hals hast. Alle wollen sie etwas von dir, aber keiner macht sich im Grund viel aus dir. Das stimmt doch, nicht?»
«Ach, Onkel Andrew hat mich, glaub ich, doch recht gern», meinte Ellie nachdenklich. Es klang nicht ganz überzeugt. «Er war immer so nett zu mir, so verständnisvoll. Bei den anderen hast du recht, sie wollen nur dauernd etwas von mir. Aber wahrscheinlich ist das ganz natürlich», fuhr Ellie ruhig fort. «Und außerdem bin ich ja nun fertig mit ihnen. Ich werde hier in England leben und sie kaum noch sehen.»
Damit hatte sie natürlich unrecht, aber das war ihr noch nicht klargeworden. Auch Stanford Lloyd tauchte später *in persona* auf, mit einer Unzahl von Dokumenten und Papieren, die Ellie unterschreiben mußte; außerdem wollte er ihr Plazet für eine

Reihe neuer Investitionen und konferierte mit ihr über Obligationen, Aktien und Besitzanteile – für mich alles böhmische Dörfer. Ich hätte ihr weder helfen noch raten können, sie auch nicht warnen, wenn Stanford Lloyd sie über den Löffel balbiert hätte.

Stanford Lloyd war fast zu edel, um echt zu sein. Er war Bankier, und das sah man ihm schon von weitem an. Er war stattlich, wenn auch nicht mehr jung. Er war höflich zu mir und hielt mich für den letzten Dreck.

«Na also», sagte ich, als er sich endlich empfohlen hatte, «damit hätten wir den ganzen Verein.»

«Du hältst von keinem sonderlich viel, nicht wahr?» fragte Ellie.

«Deine Stiefmutter ist für mich ein doppelzüngiges Biest reinsten Wassers, wenn ich so sagen darf. Pardon, vielleicht sollte ich das lieber für mich behalten.»

«Warum, wenn du davon überzeugt bist? Vermutlich liegst du da auch nicht ganz falsch.»

«Du mußt sehr einsam gewesen sein, Ellie.»

«Ja, bis Greta kam. Danach wurde alles anders. Zum erstenmal hatte mich jemand richtig gern. Es war eine Erlösung.» Ihr Gesicht wurde weich.

«Ich wollte . . .» Aber ich brach ab und wandte mich zum Fenster.

«Was wolltest du?»

«Ach, ich weiß nicht. Ich wollte, du wärst nicht so – so abhängig von Greta. Es ist nicht gut, sich derart an jemand zu klammern.»

«Du magst sie nicht, Mike.»

«Doch, doch», protestierte ich hastig, «ich mag sie wirklich. Aber sie ist mir fremd, und vielleicht bin ich etwas eifersüchtig auf sie. Mir war bisher gar nicht klar, wie eng ihr verbunden seid.»

«Bitte, sei nicht eifersüchtig auf sie. Greta war als einzige gut zu mir, besorgt um mich – bis du kamst.»

«Aber jetzt bin ich da, und wir sind verheiratet. Und wir wollen immer glücklich sein.»

13

Ich versuche wirklich mein Bestes, so wenig das sein mag, ein Bild der Personen zu zeichnen, die in unser Leben traten, will sagen, in mein Leben, denn zu Ellie gehörten sie natürlich bereits. Unser Fehler war, zu glauben, daß sie nun aus Ellies Leben verschwinden würden. Genau das taten sie nicht, hatten es auch gar nicht vor. Aber damals wußten wir das noch nicht.

Als nächstes begann die englische Episode. Unser Haus wurde fertig, ein Telegramm von Santonix traf ein. Er hatte uns gebeten, dem Bauplatz eine Woche fernzubleiben, dann kabelte er: «Kommt morgen.» Wir fuhren hinaus und trafen bei Sonnenuntergang ein. Santonix hörte unseren Wagen und trat vors Haus, uns zu begrüßen. Als ich unser Haus so dastehen sah, fix und fertig, machte irgend etwas in mir einen Satz, sprang hoch und wollte mir schier die Haut sprengen. *Mein Haus* — endlich hatte ich es! Ich umklammerte Ellies Arm.

«Gefällt es euch?» fragte Santonix.

«Absolute Spitzenklasse», sagte ich stupide, aber er wußte schon, wie's gemeint war.

«Ja», antwortete er, «es ist das beste geworden, das ich je gebaut habe. Zwar kostet es euch einen Haufen Geld, aber es ist jeden Penny davon wert. Die Voranschläge habe ich natürlich weit überschritten. Also los, Mike, nehmen Sie sie schon hoch und tragen Sie sie über die Schwelle. Das gehört sich so.»

Errötend hob ich Ellie auf die Arme — sie war leicht wie eine Feder — und trug sie, wie Santonix vorgeschlagen hatte, über meine Schwelle. Als ich dabei ein bißchen stolperte, runzelte Santonix die Stirn. «Na also», sagte er, «da wären wir. Seien Sie anständig zu ihr, Mike; geben Sie auf sie acht. Selber kann sie das nicht, auch wenn sie's glaubt.»

«Was sollte mir schon passieren?» fragte Ellie.

«Ach, es ist eine böse Welt, mit schlechten Leuten darin», sagte Santonix. «Und ein paar davon sind auch um Sie, Kind. Ich weiß es, ich habe schließlich einige von ihnen hier herumschnüffeln sehen. Wie die Ratten. Entschuldigen Sie meine Sprache, aber irgend jemand muß es Ihnen mal sagen.»

«Uns werden sie nicht mehr belästigen», meinte Ellie. «Sie sind alle in die Staaten zurückgekehrt.»

«Mag sein. Aber schließlich sind es bis dort nur ein paar Flugstunden.»
Er legte ihr die Hände auf die Schultern, sie waren jetzt sehr hager und blaß. Er sah entsetzlich aus.
«Wenn ich könnte, mein Kind», sagte er, «würde ich selber auf Sie achtgeben. Aber ich kann nicht. Es dauert nicht mehr lange mit mir. Sie werden sich allein durchschlagen müssen.»
«Schluß jetzt mit dem Orakeln», mischte ich mich ein. «Zeigen Sie uns das Haus — und zwar Zoll für Zoll.»
So machten wir den ersten Rundgang. Einige Zimmer waren noch leer, aber wir feierten doch Wiedersehen mit den meisten Dingen, die wir unterwegs gekauft hatten — Bildern, Möbeln und Vorhängen.
«Wir haben noch keinen Namen dafür», sagte Ellie plötzlich. «*The Towers* können wir es nicht nennen, das war lächerlich. Wie war noch der andere Name, den du einmal erwähnt hast?» wandte sie sich an mich. «*Gipsy's Acre*, nicht wahr?»
«So soll es aber nicht heißen», sagte ich scharf. «Ich mag den Namen nicht.»
«Hier am Ort nennen es aber alle so», meinte Santonix.
«Weil sie ein Haufen abergläubischer Trottel sind», explodierte ich.
Dann ließen wir uns auf der Terrasse nieder, genossen den Sonnenuntergang und die Aussicht, und überlegten uns Namen für das Haus. Doch dann wurde es unversehens kühl, es dunkelte schon, und wir gingen hinein. Wir schlossen nur die Fenster, die Vorhänge ließen wir offen. Für heute waren wir noch Selbstversorger; am nächsten Tag sollte das Personal eintreffen, das wir für teures Geld eingestellt hatten.
«Bestimmt werden sie sich über die Einsamkeit beschweren und sofort wieder kündigen wollen», unkte Ellie.
«Zahlen Sie ihnen eben den doppelten Lohn, dann bleiben sie schon», meinte Santonix.
«Sie denken wohl, jeder ist käuflich», lachte Ellie, aber es war nicht spaßig gemeint.
Wir hatten Pastete mitgebracht, Weißbrot und große rote Garnelen. Vergnügt saßen wir um den Tisch, aßen und unterhielten uns. Sogar Santonix wirkte gestärkt und belebt; seine Augen glänzten erregt.

Es geschah ganz plötzlich. Ein Stein flog durchs Fenster und krachte auf den Tisch. Dabei zerbrach ein Weinglas, und ein Splitter verletzte Ellie an der Wange. Einen Augenblick lang waren wir wie gelähmt, dann sprang ich auf, rannte zum Fenster, riß es auf und stürzte auf die Terrasse hinaus. Weit und breit niemand. Ich kehrte ins Zimmer zurück.
Mit einer Papierserviette wischte ich Ellie einen Tropfen Blut von der Wange. «Du bist verletzt ... Hier, Liebes, es ist nur ein Kratzer. Nicht schlimm.»
Ich begegnete Santonix' Blick.
«Warum machen sie so was?» fragte Ellie.
«Halbstarke», sagte ich, «du kennst sie ja, junge Taugenichtse. Wahrscheinlich wußten sie, daß wir heute einziehen wollten. Ein Glück, daß sie nur einen Stein geworfen haben. Sie hätten auch ein Luftgewehr oder so nehmen können.»
«Aber warum? Was haben sie gegen uns?»
«Das weiß ich doch nicht. Pure Roheit wahrscheinlich.»
Ellie erhob sich plötzlich. «Ich habe Angst», sagte sie. «Ich fürchte mich.»
«Morgen werden wir's schon herauskriegen», beruhigte ich sie. «Die Leute hier sind uns noch fremd.»
«Liegt es daran, daß wir reich sind und sie arm?» Sie fragte es nicht mich, sondern Santonix, als ob er es besser wüßte.
«Nein», antwortete Santonix langsam, «daran liegt es nicht, glaube ich ...»
«Nein, sie hassen uns einfach», sagte Ellie. «Sie hassen Mike und mich. Warum? Weil wir glücklich sind?»
Wieder schüttelte Santonix den Kopf.
«Nein», stimmte Ellie ihm zu, «nein, es ist noch anders. Etwas, das wir nicht kennen. Es ist *Gipsy's Acre*. Jeder, der hier wohnt, ist ihnen verhaßt. Wird von ihnen verfolgt. Vielleicht gelingt es ihnen am Ende noch, uns von hier zu vertreiben ...»
Ich schenkte ihr ein Glas Wein ein.
«Bitte nicht, Ellie, sag so was nicht. Hier, trink. Das eben war ein scheußliches Erlebnis, aber doch nur ein Dummerjungenstreich.»
«Wer weiß», murmelte Ellie, «wer weiß ...» Sie sah mich scharf an. «Irgendwer will uns vertreiben, Mike.»
«Wir lassen uns aber nicht», versprach ich und fügte hinzu:

«Ich gebe schon acht auf dich. Niemand wird dir was tun.»
Wieder sah sie Santonix an.
«Sie müßten es doch wissen. Sie waren die ganze Zeit hier auf der Baustelle. Haben sie Ihnen gegenüber nichts erwähnt? Auch schon Steine geworfen, oder die Bauarbeiten sabotiert?»
«Man bildet sich so leicht etwas ein», sagte Santonix.
«Also doch Zwischenfälle?»
«Die gibt es immer beim Bau, das ist nicht weiter ernst zu nehmen. Ein Mann kippt von der Leiter, ein anderer läßt sich was auf den Fuß fallen, ein dritter reißt sich einen Splitter ein, und der Finger eitert.»
«Und sonst nichts? Nichts, das absichtlich herbeigeführt sein konnte?»
«Nein», sagte Santonix, *«nein*. Ich schwör's Ihnen, nein!»
Ellie wandte sich an mich.
«Weißt du noch, Mike, diese Zigeunerin ... Wie komisch die sich damals aufführte, als sie mich vor dem Platz hier warnte.»
«Die ist nur ein bißchen verdreht, nicht ganz richtig im Kopf.»
«Aber wir haben auf *Gipsy's Acre* gebaut», fuhr Ellie fort. «Wir haben genau das getan, wovor sie uns warnte.» Wütend stampfte sie mit dem Fuß auf. «Und ich lasse mich nicht wegjagen! Von niemand. Nie und nimmer!»
«Niemand soll uns verjagen», versprach ich. «Wir werden hier glücklich sein.»

14

So begann unser Leben auf *Gipsy's Acre*. Wir fanden einfach keinen anderen Namen für das Haus; der erste Abend hatte uns auf *Gipsy's Acre* festgelegt.
«Also nennen wir es *Gipsy's Acre*», trotzte Ellie. «Jetzt gerade. Es ist unser Land, und zur Hölle mit den Zigeunern!»
Schon am nächsten Tag war sie wieder sie selbst, froh und unbeschwert, und bald waren wir vollauf mit dem Einziehen beschäftigt, mit dem Erforschen der Umgebung und der Nachbarn. Ich machte mit Ellie einen Spaziergang zu der Kate hinunter, wo die alte Zigeunerin wohnte. Ich spürte, daß es Ellie

nur guttun konnte, die Alte ihren Kohl anbauen zu sehen. Bisher hatte sie sie nur beim Wahrsagen kennengelernt. Aber wir trafen sie nicht an. Die Kate war verschlossen. Ich fragte eine Nachbarin, ob die Alte gestorben war, aber die schüttelte den Kopf.

«Wahrscheinlich ist sie nur wieder mal auf Achse», sagte sie. «Das tut sie öfter. Sie ist nämlich eine Zigeunerin, deshalb hält sie's nie lange in Häusern. Mal ist sie da, mal macht sie sich auf Wanderschaft.» Die Nachbarin tippte sich an die Stirn. «Die hat doch nicht alle Tassen im Schrank.»

Schließlich erkundigte sie sich in schlecht verhehlter Neugier: «Sie sind von dem neuen Haus da oben, nicht wahr?»

«Ganz recht», sagte ich, «wir sind gestern erst eingezogen.»

«Es muß wunderschön sein», meinte sie. «Als es gebaut wurde, waren wir alle mal oben und haben es uns angesehen. Was das doch für einen Unterschied macht, so ein Haus wie Ihres statt der düsteren alten Bäume.» Verlegen fragte sie Ellie: «Sie kommen aus Amerika, Madam, wie man hört?»

«Ja», antwortete Ellie, «ich bin Amerikanerin — ich war es vielmehr, denn jetzt bin ich mit einem Engländer verheiratet und Engländerin geworden.»

«Und Sie wollen sich für immer hier niederlassen, ja?»

Wir bestätigten das.

«Na ja, hoffentlich gefällt es Ihnen.» Das klang skeptisch.

«Warum sollte es nicht?»

«Ach, nur so. Es ist halt ein bißchen einsam da oben. Manche Leute halten es nicht lange aus, so allein mit all dem Wald.»

«*Gipsy's Acre*», sagte Ellie.

«Ach, Sie kennen den Namen? Das Haus, das vorher da stand, hieß *The Towers*, ich weiß auch nicht, warum. Es hatte keinen einzigen Turm, jedenfalls nicht, solange ich's kannte.»

«*The Towers* ist mir zu albern», sagte Ellie. «Wahrscheinlich werden wir es weiterhin *Gipsy's Acre* nennen.»

«Darüber müssen wir noch der Post Bescheid geben», erinnerte ich. «Sonst kriegen wir keine Briefe. Aber vielleicht wäre das gar nicht so übel, was?»

«Na ja, auf jeden Fall gäbe es eine Menge Scherereien. Mit unbezahlten Rechnungen und so. Und außerdem bekomme ich gern Briefe. Ich will wissen, wie Greta so lebt.»

«Ach was, Greta», sagte ich. «Weiter geht's mit dem Erforschen.»
So sahen wir uns Kingston Bishop an. Es war ein netter Ort, mit sympathischen Leuten in den Läden. Er hatte wahrlich nichts Finsteres an sich. Unser Hauspersonal konnte sich zunächst nicht sehr dafür begeistern, aber wir richteten es so ein, daß ihnen Mietwagen für die Fahrt ins nächste Seebad oder nach Market Chadwell zur Verfügung standen, wenn sie frei hatten. Auch der Standort des Hauses sagte ihnen nicht sonderlich zu, aber nicht, weil sie abergläubisch gewesen wären. Ich setzte Ellie auseinander, daß es in Neubauten schließlich nicht zu spuken pflege.
«Nein», sagte sie, «am Haus liegt es auch nicht. Es ist draußen. Diese Straße mit ihren Kurven, und dann die dunkle Stelle im Wald, wo damals diese Frau stand und mich so erschreckte.»
«Na ja», meinte ich, «vielleicht sollten wir nächstes Jahr die Bäume dort fällen und ein paar Rhododendren setzen.»
So machten wir unsere Pläne.
Greta kam uns übers Wochenende besuchen. Das Haus versetzte sie in helle Begeisterung, und sie lobte unsere Einrichtung, die Bilder und Farbzusammenstellungen. Am Montag morgen sagte sie, nun wolle sie die Flitterwöchner nicht länger stören, und außerdem müsse sie wieder zurück in die Sielen.
Ellie hatte es Freude gemacht, Greta das Haus zu zeigen. Wieder wurde mir bewußt, wie sehr sie Greta liebte. Ich bemühte mich, vernünftig und höflich zu sein, aber dennoch atmete ich auf, als Greta nach London zurückfuhr; ihre Anwesenheit im Haus hatte mich belastet.
Nach einigen Wochen waren wir unter die Einheimischen aufgenommen und machten die Bekanntschaft des ungekrönten Königs. Er kam uns eines Nachmittags einfach besuchen. Ellie und ich fochten gerade eine kleine Meinungsverschiedenheit über den besten Platz für eine Blumenrabatte aus, als unser überkorrekter Diener herauskam und meldete, Major Phillpot säße im Salon. Ich flüsterte Ellie zu: «Der liebe Gott», und sie erkundigte sich, wie ich das gemeint hätte.
«Na ja, die Einheimischen behandeln ihn so», erklärte ich.
Also begaben wir uns ins Haus, und da saß Major Phillpot. Er war nichts weiter als ein sympathischer, etwas farbloser Mann

um die Sechzig, in rustikaler, fast schäbiger Kleidung, mit grauem, dünner werdendem Haar und einem kurzen Bürstenschnurrbart. Er entschuldigte sich, daß seine Frau nicht hatte mitkommen können, sie sei leidend. Dann setzte er sich hin und schwatzte mit uns. Nichts, was er sagte, war irgendwie bemerkenswert oder interessant, aber er hatte den Dreh heraus, wie man sein Gegenüber dazu brachte, sich zu entspannen. Ohne direkt Fragen zu stellen, berührte er oberflächlich eine Reihe von Themen, und hatte sich bald ein Bild darüber gemacht, wo unsere wirklichen Interessen lagen.
Mit mir unterhielt er sich über Rennen, mit Ellie über das Gärtnern und zählte auf, welche Dinge hier besonders gut gediehen. Ein- oder zweimal war er auch in den Staaten gewesen. Er fand bald heraus, daß Ellie, auch wenn sie nicht viel von Rennveranstaltungen hielt, doch selbst gern ritt, und erklärte ihr, welchen besonderen Pfad sie zu Pferde einschlagen müsse, damit sie durch die Wälder ein Stück freies Hochmoorgelände erreichte, wo sie einen anständigen Galopp hinlegen könne. Dann kamen wir auf unser Haus und die Sagen um *Gipsy's Acre* zu sprechen.
«Aha, der örtliche Name ist Ihnen schon zu Ohren gekommen», sagte er. «Und mit ihm wahrscheinlich dieser ganze Aberglaube, nehme ich an.»
«Zigeunersprüche noch und noch», lächelte ich. «Und zwar meistens von der alten Mrs. Lee.»
«Ach, du lieber Himmel», seufzte Phillpot, «die arme alte Esther. Ist sie Ihnen auf die Nerven gefallen?»
«Es stimmt wohl nicht mehr alles bei ihr, wie?» erkundigte ich mich.
«Sie stellt sich schlimmer, als sie ist; ich fühle mich ein bißchen für sie verantwortlich und habe ihr auch zu dieser Kate verholfen. Nicht daß sie mir Dank dafür gewußt hätte. Trotzdem, irgendwie mag ich das alte Schlachtroß, obwohl sie einem schon auf die Nerven gehen kann.»
«Mit ihrer Wahrsagerei?»
«Nein, das nicht gerade. Warum, hat sie Ihnen wahrgesagt?»
«Ich weiß nicht, ob man es so nennen kann», meinte Ellie. «Es war mehr eine Warnung. Wir sollten hier wegbleiben.»
«Seltsam.» Major Phillpots buschige Augenbrauen hoben sich.

«Wenn es um die Zukunft ihrer Kunden geht, redet sie sonst immer mit Engelszungen. Von einem stattlichen Unbekannten, von Hochzeitskutschen, sechs Kindern und unverhofftem Reichtum. ‹Sie werden zu Geld kommen, schöne Dame . . .›» Überraschend gekonnt imitierte er den weinerlichen Zigeunersingsang. «Ja, in meiner Jugendzeit war hier oben ein Zigeunerlager», fuhr er fort. «Irgendwie hab ich mich mit ihnen angefreundet, obwohl sie ja allesamt diebische Elstern waren. Aber sie haben mich immer fasziniert. Solange man nicht davon ausgeht, daß die Gesetze auch für sie gelten, kann man ganz gut mit ihnen auskommen. Wie viele Blechnäpfe voll Zigeunergulasch hab ich als Schuljunge nicht gegessen! Unsere Familie fühlte sich Mrs. Lee immer ein bißchen verpflichtet, sie hat meinem Bruder einmal das Leben gerettet. Hat ihn aus dem Teich gefischt, als er beim Schlittschuhlaufen durchs Eis brach.»

«Wahrscheinlich ist sie wirklich ganz harmlos», räumte Ellie ein. «Es war sehr dumm von mir, daß ich mich so erschrecken ließ.»

«Erschreckt hat sie Sie?» Wieder hob sich die Braue. «So weit ist sie gegangen, tatsächlich?»

«Mich wundert's nicht», warf ich ein. «Sie hat uns eher gedroht als gewarnt.»

«Gedroht!» Er schien es kaum glauben zu können.

«Na ja, für mich hat es sich jedenfalls wie eine Drohung angehört. Und dann, an unserem ersten Abend hier, hat sich noch etwas ereignet.»

Ich erzählte ihm von dem Stein, der durchs Fenster geworfen worden war.

«Ja, ich fürchte, die Jugend ist heutzutage ziemlich verwahrlost», klagte er. «Obwohl es hier mit den Gammlern nicht ganz so schlimm ist wie in manchen anderen Gegenden. Trotzdem kommt so was gelegentlich vor, so leid es mir tut.» Er sah Ellie an. «Sehr bedauerlich, daß Sie so erschreckt wurden, ausgerechnet an Ihrem ersten Abend im neuen Heim.»

«Ach, nun bin ich ja darüber hinweg», sagte Ellie. «Es war nur . . . es war nur nicht das einzige Mal. Nicht lange danach passierte noch so etwas.»

Ich erzählte ihm auch das. Wir waren eines Morgens hinuntergekommen und hatten einen toten Vogel gefunden, durchbohrt von einem Messer, das einen Zettel mit der unorthographischen Warnung hielt: «Raus mit euch, wenn euch euer Leben lieb ist.»

Darüber schien sich Phillpot wirklich zu erbosen. «Das hätten Sie aber der Polizei melden sollen.»

«Wir wollten es nicht», sagte ich. «Schließlich hätten wir unseren unbekannten Feind damit nur noch mehr gegen uns aufgebracht.»

«Ja, aber dieses Unwesen muß unterbunden werden», beharrte er, plötzlich ganz Stadtvater. «Andernfalls, müssen Sie wissen, geht das immer so weiter. Die Leute halten es wahrscheinlich für witzig. Bloß klingt es mir nach etwas mehr als einem schlechten Witz. Ekelhaft ist das ... bösartig ... Es ist doch nicht so», sagte er, mehr zu sich selbst als zu uns, «es ist doch nicht so, daß jemand hier am Ort etwas gegen Sie hätte, gegen Sie persönlich, meine ich?»

«Nein», antwortete ich, «es kann nicht nur daran liegen, daß wir hier fremd sind.»

«Ich werde der Sache nachgehen», versprach Phillpot. Er erhob sich und warf dabei einen Blick in die Runde. «Also wirklich, das Haus, das Sie sich da gebaut haben, gefällt mir. Hätte ich gar nicht gedacht. Ich bin ein bißchen verspießert, müssen Sie wissen. Ich mag sonst nur alte Häuser, nicht diese Betonkästen, die überall aus dem Boden schießen. Aber dieses Haus gefällt mir. Es ist unkompliziert und wahrscheinlich sehr modern, aber es hat klare Formen und viel Licht. Und wenn man aus seinen Fenstern schaut, sieht man die Dinge ... nun ja, ganz anders als vorher. Interessant, sehr interessant. Wer ist der Architekt, ein Engländer oder ein Ausländer?»

Ich erzählte ihm von Santonix.

«Mhm», machte er, «mir scheint, ich habe schon von ihm gelesen. Könnte es in *House and Garden* gewesen sein?»

Er sei ziemlich bekannt, meinte ich.

Beim Abschied lud Major Phillpot uns zu sich ein, und wir besuchten ihn Anfang der folgenden Woche. Sie bewohnten ein Haus aus dem frühen achtzehnten Jahrhundert, mit schönen klaren Linien, doch sonst nicht besonders aufregend. Innen war es schäbig, aber gemütlich. An den Wänden des langen schmalen Speisezimmers hingen Bilder, die ich für Ahnenporträts hielt; die meisten schienen mir ziemlich schlecht, obwohl sie durch eine gründliche Reinigung vielleicht hätten gewinnen können. Nur eines, das Porträt eines blonden Mädchens in rosa Satin, gefiel mir. Major Phillpot lächelte. «Da sind Sie gleich auf eines unserer Prunkstücke verfallen. Es ist ein Gainsborough, und zwar ein guter, obwohl das Modell seinerzeit ziemlich umstritten war. Sie stand unter dem starken Verdacht, ihren Mann vergiftet zu haben. Vielleicht nur ein Vorurteil, denn sie war Ausländerin. Gervase Phillpot hat sie irgendwo aufgelesen.»

Man hatte noch einige andere Nachbarn zum Lunch gebeten. Dr. Shaw, schon älter, mit freundlichem, aber etwas erschöpftem Gehabe; er wurde noch vor dem Ende der Mahlzeit abgerufen. Außerdem den Vikar, einen ernsthaften jungen Mann, und seine Frau in mittleren Jahren, mit herrischer Stimme — eine auf Corgis spezialisierte Hundezüchterin. Und zuletzt ein hochgewachsenes, hübsches Mädchen mit dunklem Haar, Claudia Hardcastle; nur eine heftige Allergie, die sich als Heuschnupfen äußerte, hinderte sie daran, sich voll und ganz ihrem Lebensinhalt, den Pferden, zu widmen.

Ellie und sie fanden schnell Kontakt. Ellie ritt für ihr Leben gern und hatte ebenfalls unter einer Allergie zu leiden.

«In den Staaten bekam ich sie meist vom Jakobskraut», erzählte sie. «Aber manchmal auch von Pferden. Heute macht es mir fast nichts mehr aus, weil einem die Ärzte ja auch schon bei Allergien so wunderbar helfen können. Ich muß Ihnen mal ein paar von meinen Kapseln geben, sie sind orangegelb. Wenn man vor dem Ausreiten daran denkt, eine zu nehmen, muß man nachher kaum noch niesen.»

Claudia Hardcastle war entzückt. «Gegen Kamele bin ich besonders allergisch, schlimmer als gegen Pferde», sagte sie. «Letztes Jahr in Ägypten, als wir zu den Pyramiden ritten — ich kam aus dem Weinen gar nicht mehr heraus, die Tränen liefen mir nur so übers Gesicht.»

Ellie meinte, manche Leute vertrügen auch keine Katzen.

«Oder Federbetten.» Sie unterhielten sich weiterhin über Allergien.

Ich saß neben Mrs. Phillpot, einer hochgewachsenen, lattendürren Frau, die in den Kaupausen, die ihr herzhafter Appetit ihr gestattete, ausschließlich über ihre Krankheiten sprach. Gelegentlich besann sie sich auf ihre gesellschaftlichen Verpflichtungen und erkundigte sich, was ich denn so trieb. Als ich das pariert hatte, unternahm sie halben Herzens den Versuch, mich nach meinen Bekannten auszufragen. Wen ich denn kenne? Wahrheitsgemäß hätte ich ihr «niemanden» antworten können, hielt mich aber gerade noch zurück. Die Corgi-Dame, deren wirklicher Name mir entgangen war, war in ihren Fragen sehr viel direkter, doch ich konnte sie ablenken, indem ich auf die allgemeine Unfähigkeit und Ignoranz der Tierärzte zu sprechen kam. Es war alles ganz nett und friedlich, nur ziemlich stupide.

Später, beim etwas ziellosen Rundgang durch den Garten, schloß Claudia Hardcastle sich mir an.

Ziemlich abrupt begann sie: «Ich habe schon von Ihnen gehört — durch meinen Bruder.»

Überrascht fragte ich: «Wirklich?» Ich konnte mir nicht vorstellen, daß ich jemals die Bekanntschaft eines Hardcastle-Bruders gemacht hatte.

Sie schien sich zu amüsieren. «Ja, er hat nämlich Ihr Haus gebaut.»

«Wollen Sie sagen, Santonix ist Ihr Bruder?»

«Mein Halbbruder. Ich kenne ihn nicht allzu gut, wir sehen uns so selten.»

«Ein wunderbarer Mann», sagte ich.

«Das glauben viele, ich weiß.»

«Und Sie nicht?»

«Ich bin mir nicht so sicher. Er hat zwei Gesichter. Früher ging es ziemlich bergab mit ihm ... niemand wollte mehr etwas mit ihm zu tun haben. Aber dann schien er sich ganz zu ändern, erzielte spektakuläre Erfolge in seinem Beruf. Als ob er ...», sie suchte nach dem Wort, «besessen wäre.»

«Genau. Das trifft es genau.»

Dann fragte ich, ob sie unser Haus schon gesehen hätte.

«Nein, nicht im fertigen Zustand.»

Also lud ich sie ein, aber sie meinte: «Ich warne Sie, es wird mir nicht gefallen. Ich mag moderne Häuser nicht, Queen Anne ist mein Lieblingsstil.»

Dann versprach sie, Ellie in den Golfklub zu bringen; sie wollten außerdem gemeinsam ausreiten. Ellie wollte sich ein Pferd kaufen, vielleicht sogar mehrere. Offenbar waren die beiden Freundinnen geworden.
Als Phillpot mir seine Remisen zeigte, machte er ein paar Bemerkungen über Claudia.
«Eine gute Reiterin, besonders bei der Jagd. Ein Jammer, daß ihr Leben so ruiniert ist.»
«Tatsächlich?»
«Ja, sie hat einen reichen Mann geheiratet, viel älter als sie. Einen Amerikaner namens Lloyd. Es ging nicht gut mit den beiden, sie trennten sich ziemlich bald. Danach nahm sie wieder ihren Mädchennamen an. Ich glaube nicht, daß sie jemals wieder heiraten wird. Eine Männerfeindin. Zu schade.»
Auf der Heimfahrt meinte Ellie: «Langweilig, aber ganz nett. Nette Leute. Wir werden uns hier sehr wohl fühlen, Mike, nicht wahr?»
«Ja, bestimmt.» Ich nahm eine Hand vom Steuer und griff nach ihrer.
Zu Hause ließ ich Ellie aussteigen und fuhr den Wagen in die Garage.
Als ich zum Haus zurückschlenderte, hörte ich leise Gitarrenklänge. Ellie besaß ein sehr schönes, altspanisches Instrument, das ein Vermögen gekostet haben mußte. Oft sang sie dazu mit weicher Altstimme, sehr angenehm. Die meisten Songs kannte ich nicht, es waren wohl zum Teil amerikanische Spirituals, dann irische oder schottische Balladen — melodisch und traurig.
Ich ging über die Terrasse und blieb in der Verandatür stehen. Ellie sang eines meiner Lieblingslieder, mit einer traurig-schönen, einprägsamen Melodie; den Namen kannte ich nicht.
Da blickte sie auf und sah mich da stehen.
«Warum schaust du mich so an, Mike. Als ob du mich liebst...»
«Natürlich liebe ich dich. Wie sollte ich dich denn sonst ansehen?»
«Aber woran hast du gerade gedacht?»
Ich antwortete nachdenklich und wahrheitsgemäß: «Ich mußte wieder an unsere erste Begegnung denken — da unten bei der dunklen Fichte.»

Ja, und an die Überraschung und an das Erregende dieses Augenblicks ...
Daß man nicht die wirklich wichtigen Momente seines Lebens erkennt – jedenfalls nicht, bevor es zu spät ist! Diese glückliche Heimkehr nach dem Lunch bei den Phillpots war einer dieser Augenblicke – aber ich wußte es nicht – damals nicht, erst hinterher ...

15

Man staunt doch immer wieder, welche Überraschungen das Leben für einen bereithält. Wir hatten unser neues Haus bezogen und lebten darin fern von den Menschen, genau wie ich es beabsichtigt und geplant hatte. Bloß hatten wir sie natürlich nicht völlig ausschließen können. Die Ereignisse holten uns wieder ein, sie krochen übers Meer und umzingelten uns.
Als erstes Ellies verflixte Stiefmutter. Sie bombardierte uns mit Briefen und Telegrammen, in denen sie Ellie bat, sich für sie mit Grundstücksmaklern in Verbindung zu setzen. Unser Haus, schrieb sie, habe sie derart fasziniert, daß auch sie sich unbedingt ein englisches Heim schaffen müsse. Denn sie würde so schrecklich gern jedes Jahr ein paar Monate in England verbringen. Und kurz nach ihrem letzten Telegramm traf sie persönlich ein und mußte in der Gegend herumgefahren und von einem Projekt zum anderen gebracht werden. Am Ende hatte sie sich für ein Haus so gut wie entschieden, ein Haus, das nur fünfundzwanzig Kilometer von unserem entfernt lag. Wir wollten sie nicht in der Nähe haben, die Aussicht war ein Alptraum für uns, aber das konnten wir ihr nicht sagen. Oder vielmehr, selbst wenn wir es ihr gesagt hätten – es hätte sie nicht daran gehindert, ihren Willen durchzusetzen. Wir konnten ihr nichts verbieten, und Ellie wollte das auch gar nicht. Jedenfalls kamen, als sie gerade noch ein Gutachten abwartete, einige Kabel an.
Onkel Frank hatte sich anscheinend in irgendeine Patsche geritten. Es mußte etwas ziemlich Schräges und Betrügerisches

sein, schätzte ich, und eine Menge Geld verschlingen, ehe er wieder flott war. Abermals wurden Telegramme gewechselt, zwischen Lippincott und Ellie. Und dann entstand irgendein Zwist zwischen Stanford Lloyd und Lippincott, eine Meinungsverschiedenheit über eine von Ellies Investitionen. Ich in meiner Naivität hatte geglaubt, daß zwischen Amerika und uns ein ausreichender Sicherheitsabstand lag — weit gefehlt. Mir war nie zu Bewußtsein gekommen, daß Ellies Verwandte und Geschäftskontakte nichts weiter daran fanden, morgens eine Maschine nach England zu nehmen und abends wieder zurückzufliegen. Zuerst kam Stanford Lloyd. Dann Andrew Lippincott.

Ellie mußte nach London fahren und sich mit ihnen treffen. Ich für meinen Teil durchschaute diese Finanzangelegenheiten ja nie so ganz. Zwar war jedermann sehr vorsichtig in seinen Äußerungen, aber es hatte irgend etwas mit dem Auflösen der Treuhandverwaltung zu tun; es fielen dunkle Andeutungen, daß entweder Lippincott oder Stanford Lloyd den Fortschritt der Dinge und die Abrechnung ungebührlich aufhielt.

In einer Atempause zwischen diesen Ärgernissen entdeckten Ellie und ich unseren Pavillon. Wir hatten unseren Besitz noch lange nicht bis in seine letzten Winkel erforscht, nur die engere Umgebung des Hauses. Oft schlugen wir unbekannte Waldpfade ein, nur um zu sehen, wohin sie uns führten. Eines Tages stießen wir auf einen, der so überwuchert war, daß man ihn zunächst gar nicht ausmachen konnte. Aber wir schlugen uns dennoch hindurch und fanden uns an seinem Ende vor einem kleinen weißen Pavillon. Er war noch in recht gutem Zustand, deshalb räumten wir dort auf, ließen ihn neu streichen, stellten Tisch, Stühle, einen Diwan und ein Eckschränkchen hinein, das Porzellan, Gläser und ein paar Flaschen aufnahm. Wir hatten beide unseren Spaß daran. Ellie schlug vor, den Pfad roden zu lassen, damit man leichter hinaufgelangte, aber ich war dagegen, mit der Begründung, daß es mehr Spaß machte, wenn keiner außer uns den Pavillon kannte. Ellie gefiel diese Idee wegen ihrer Romantik.

«Und auf keinen Fall verraten wir Cora etwas davon», sagte ich, und Ellie stimmte zu.

Als Cora wieder abgereist und der Friede ins Haus zurückgekehrt war, stolperte Ellie, die vor mir den Pfad hinunterschlitterte, plötzlich über eine Wurzel, stürzte und verstauchte sich den Knöchel.

Dr. Shaw kam und sah bedenklich drein, nannte die Verstauchung «sehr übel», meinte aber, in etwa einer Woche werde Ellie wieder auf den Beinen sein. Da sandte sie nach Greta. Ich konnte nichts dagegen einwenden. Wir hatten wirklich niemanden, der sie richtig hätte pflegen können, keine Frau, meine ich. Die Dienstboten stellten sich ziemlich tolpatschig an und überhaupt — Ellie wollte Greta haben. Und Greta kam.

Natürlich war sie vom ersten Tag eine wahre Wohltat für Ellie. Und damit auch für mich. Sie sorgte für alles und brachte den Haushalt wieder in Schwung. Da unser Personal nun wegen der Einsamkeit zu kündigen begann, annoncierte sie in den Zeitungen und fand fast sofort ein neues Dienerehepaar. Sie sah nach Ellies Knöchel, unterhielt sie, besorgte ihr Dinge, von denen sie wußte, daß Ellie sie mochte — Bücher, Obst und so weiter, wovon ich keine Ahnung hatte. Die beiden schienen miteinander schrecklich glücklich; auf jeden Fall war Ellie entzückt, und auf die eine oder andere Art kam es dann eben nicht zu Gretas Abreise ... Sie blieb. Ellie fragte mich: «Dir macht es doch nichts aus, wenn Greta noch ein bißchen bleibt?»

«O nein, natürlich nicht», sagte ich.

«Sie ist mir eine so große Hilfe», fuhr Ellie fort. «Du weißt doch, bei diesem typischen Weiberkram; wir können so schrecklich viel zusammen unternehmen. Ohne eine andere Frau im Haus wird man mit der Zeit furchtbar einsam.»

Jeden Tag sah ich Greta mehr an sich reißen, Befehle erteilen, die Herrin herauskehren. Ich tat so, als hätte ich sie gern im Haus, doch eines Tages, als Ellie mit hochgelagertem Bein im Wohnzimmer lag und ich mit Greta draußen auf der Terrasse saß, gerieten wir plötzlich in Streit. Ich kann mich nicht mehr an die genauen Worte erinnern, mit denen es anfing. Irgendeine Bemerkung Gretas ärgerte mich, ich gab ihr scharf Kontra, und sofort hatten wir uns in den Haaren. Der Wortwechsel nahm an Lautstärke zu, sie gab es mir tüchtig, sagte alle Gemeinheiten, die ihr nur einfielen, und ich zahlte ihr in gleicher Münze heim: daß sie in meinen Augen eine herrschsüchtige Person sei, sich in alles einmische, daß sie viel zuviel

Einfluß auf Ellie hätte und daß ich nicht dulden würde, daß sie Ellie die ganze Zeit herumkommandiere. So schrien wir einander an, und dann kam plötzlich Ellie auf die Terrasse herausgehinkt, sah von einem zum anderen, und ich sagte: «Tut mir leid, Liebling, tut mir entsetzlich leid.»

Ich brachte sie zurück ins Haus und bettete sie wieder aufs Sofa. Ellie sagte: «Ich wußte gar nicht ... Ich hatte keine Ahnung, daß sie dir derart zuwider ist.»

Ich beruhigte sie, sagte, sie solle sich nichts daraus machen, ich hätte bloß die Nerven verloren, manchmal sei ich eben richtig streitsüchtig. Es sei weiter nichts. Greta kommandiere mir nur ein bißchen zuviel herum. Vielleicht könne man ihr das aber gar nicht verübeln, sie sei es zu lange gewohnt gewesen. Und schließlich sagte ich, im Grunde hätte ich Greta sehr gern, mein Temperament sei eben nur mit mir durchgegangen, weil ich mir Sorgen machte. Es endete damit, daß ich Greta praktisch anflehte, bei uns zu bleiben.

Das Ganze hatte sich zu einer richtigen Szene ausgewachsen, die den anderen Hausbewohnern wohl nicht verborgen geblieben war, auf keinen Fall unserem neuen Dienerehepaar. Wenn die Wut mich packt, dann schreie ich. Wahrscheinlich ging ich damals ein bißchen zu weit, aber ich bin nun mal so.

Greta machte eine ziemliche Schau aus Ellies Pflege, sorgte sich äußerst nachdrücklich um ihre Gesundheit, verbot ihr dies und riet ihr von jenem ab.

«Sie hat nämlich eine schwache Konstitution», erklärte sie mir.

«Ellie fehlt überhaupt nichts. Sie war immer völlig gesund.»

«Nein, das war sie nicht, Michael. Sie ist zu zart.»

Bei seiner nächsten Visite sagte Dr. Shaw zu Ellie, alles sei wieder ganz in Ordnung, sie solle den Knöchel nur leicht bandagieren, wenn sie über unebenes Gelände ging. Ich nahm ihn beiseite und fragte ihn auf eine etwas unbeholfene Art, so von Mann zu Mann: «Sie ist doch nicht schwächlich, oder, Dr. Shaw?»

«Wer sagt denn das?» Dr. Shaw verkörperte den Typ des Landarztes, der heutzutage ziemlich selten ist; er war dafür bekannt, daß er auf die Heilkraft der Natur schwor.

«Soweit ich sehe, fehlt ihr überhaupt nichts», sagte er. «Jeder kann sich mal den Knöchel verstauchen.»

«Daran hab ich auch nicht gedacht. Ich meine nur, ob sie vielleicht ein schwaches Herz hat oder so.»
Er musterte mich über seine Brille hinweg. «Nun fangen Sie mal nicht an, Gespenster zu sehen, junger Mann. Wie kommen Sie denn darauf? Sie scheinen mir doch nicht der Typ, der sich über Frauenwehwehchen den Kopf zerbricht?»
«Ach, Miss Andersen hat nur gemeint . . .»
«Aha, Miss Andersen. Was versteht sie denn davon? Hat sie etwa Medizin studiert, he?»
«Nein, das nicht.»
«Ihre Gattin ist eine sehr reiche Frau», begann Dr. Shaw. «Jedenfalls behauptet das der Dorfklatsch, aber für manche Leute sind ja alle Amerikaner steinreich.»
«Doch, sie ist reich», bestätigte ich.
«Na also. Dann dürfen Sie folgendes nicht vergessen: Reiche Frauen sind manchmal sehr viel ärmer dran. Immer verschreibt ihnen irgendein Arzt Pülverchen oder Pillen, Anregungsmittel oder Beruhigungstabletten — jedenfalls Zeug, ohne das sie sich wohler fühlen würden. Die Dorfweiber da unten zum Beispiel sind viel gesünder, weil kein Mensch sich über ihre Gesundheit den Kopf zerbricht.»
«Aber Ellie nimmt wirklich irgendwelche Kapseln», beharrte ich.
«Wenn Sie wollen, untersuche ich sie mal gründlich. Vielleicht sollte ich tatsächlich feststellen, welchen Quatsch man ihr bisher verordnet hat. Ich kann Ihnen sagen, meistens rate ich den Leuten bloß, die ganze Apotheke in den Papierkorb zu kippen.»
Bevor er ging, sprach er noch mit Greta. «Mr. Rogers hat mich gebeten, Mrs. Rogers zu untersuchen. Meiner Meinung nach fehlt ihr nichts. Wahrscheinlich würde ihr ein bißchen Bewegung in der frischen Luft guttun. Was für Medikamente nimmt sie?»
«Sie hat ein paar Mittel gegen Erschöpfung, und dann noch andere zur Beruhigung, falls sie nicht schlafen kann.»
Sie und Dr. Shaw machten in Ellies Arzneischränkchen Inventur.
Ellie mußte ein wenig lächeln. «Von dem ganzen Zeug nehme ich kaum etwas, Dr. Shaw», sagte sie. «Nur die Kapseln gegen meine Allergie.»

Shaw sah sich die Kapseln an, las die Gebrauchsanweisung, kam zu dem Schluß, daß sie harmlos seien, und wandte sich den Schlaftabletten zu. «Schlafen Sie denn schlecht?» fragte er.
«Nicht, seit ich auf dem Land wohne. Soweit ich mich erinnere, habe ich hier noch keine einzige Schlaftablette genommen.»
«Na, das ist ja prächtig.» Er tätschelte ihr die Schulter. «Meine Liebe, mit Ihnen ist wirklich alles in Ordnung. Vielleicht neigen Sie manchmal ein bißchen zum Schwarzsehen, weiter nichts. Diese Kapseln da sind relativ schwach, viele Leute nehmen sie heutzutage, und sie haben noch keinem geschadet. Bei denen können Sie bleiben, aber lassen Sie die Finger von den Schlaftabletten.»
«Ich weiß gar nicht, warum ich mir Sorgen gemacht habe», sagte ich später zu Ellie. «Vielleicht lag's an Greta.»
«Oh», lachte Ellie, «Greta macht immer ein solches Theater mit mir. Sie selber nimmt gar keine Medikamente.» Und sie fuhr fort: «Wir wollen großen Hausputz machen, Mike, und den ganzen Kram wegwerfen.»
Mittlerweile verstand sich Ellie mit den meisten unserer Nachbarn glänzend. Claudia Hardcastle besuchte uns recht oft und ritt gelegentlich mit Ellie aus. Ich konnte nicht reiten, mein Interesse hatte von jeher mehr den mechanischen Fortbewegungsmitteln wie den Autos gegolten. Obwohl ich früher in Irland ein paar Tage lang Ställe ausgemistet hatte, verstand ich nicht das geringste von Pferden, aber ich nahm mir heimlich vor, bei unserem nächsten Aufenthalt in London eine dieser todschicken Reitschulen zu besuchen und dem Mangel abzuhelfen. Hier unten wollte ich damit nicht beginnen, die Leute hätten mich vermutlich ausgelacht. Meiner Ansicht nach bekam Ellie das Reiten sehr gut und schien ihr viel Freude zu machen. Greta ermunterte sie noch dazu, obwohl auch sie keine Ahnung von Pferden hatte.
Ellie und Claudia fuhren zusammen zum Pferdemarkt, wo Ellie sich auf Claudias Rat hin einen kastanienbraunen Wallach namens Conquer kaufte. Ich ermahnte Ellie immer, gut aufzupassen, wenn sie allein ausritt, aber sie lachte mich nur aus.
«Ich sitze seit meinem dritten Jahr im Sattel», sagte sie.
Nun ritt sie zwei- oder dreimal in der Woche aus. Greta fuhr dann nach Market Chadwell einkaufen.

Eines Tages sagte Greta beim Mittagessen: «Ihr hier mit euren Zigeunern! Heute morgen, als ich losfuhr, stand so ein fürchterliches altes Weib mitten auf der Straße. Ich hätte sie fast überfahren, so plötzlich hatte ich sie vor dem Kühler.»
«Warum, was wollte sie denn?»
Ellie hörte uns zu, sagte aber kein Wort, obwohl sie, wie mir schien, ziemlich betroffen war.
«Sie hat mir gedroht — so eine verdammte Frechheit!»
«Gedroht?»
«Na ja, sie wollte mich verscheuchen. ‹Das Land hier gehört den Zigeunern›, rief sie, ‹also verschwindet! Verschwindet alle miteinander dahin, woher ihr gekommen seid, wenn euch euer Leben lieb ist.› Und dann drohte sie mir mit der geballten Faust. ‹Wenn ich euch verfluche›, sagte sie, ‹ist es mit eurem Glück vorbei, für immer. Wagt es nur, unser Land zu kaufen und Häuser daraufzustellen! Auf dieses Land gehören Zelte, keine Häuser.›»
Greta erzählte noch eine Menge mehr; hinterher meinte Ellie zu mir: «Das klingt alles ziemlich unwahrscheinlich, glaubst du nicht auch, Mike?»
«Ja, Greta hat wohl ein bißchen übertrieben», stimmte ich zu.
«Irgendwie kam es mir unecht vor», fuhr Ellie fort. «Ob Greta uns da etwas vorgemacht hat?»
Ich bedachte das. «Aber warum sollte sie?» Dann fragte ich scharf: «Hast du etwa die alte Esther in letzter Zeit gesehen? Beim Ausreiten?»
«Die Zigeunerin? Nein.»
«Das hört sich nicht ganz überzeugend an, Ellie.»
«Na ja, vielleicht ein- oder zweimal. Aber es war immer nur so ein Schatten zwischen den Bäumen; sie schien mir nachzuspähen, aber es war nie nah genug, daß ich mich hätte vergewissern können.»
Doch eines Tages kehrte Ellie bleich und zitternd von einem Ausritt zurück. Die Alte war unter den Bäumen hervorgetreten, Ellie hatte ihr Pferd gezügelt, um sie anzusprechen. Die alte Frau hatte ihr mit der Faust gedroht und irgend etwas vor sich hingemurmelt. Ellie erzählte: «Diesmal wurde ich aber wirklich wütend. Ich fuhr sie an: ‹Was wollen Sie denn hier? Das Land gehört nicht mehr euch, es ist unser Land und unser

Haus.› Da sagte die Alte: ‹Nie und nimmer wird dir dieses Land gehören. Ich habe dich gewarnt, einmal und noch einmal. Ein drittes Mal warne ich dich nicht. Es währt nicht mehr lange – das sage ich dir. Ich kann den Tod schon sehen, da, hinter deiner linken Schulter. Der Tod steht hinter dir – er kommt dich holen. Dein Pferd da hat einen weißen Fuß. Weißt du nicht, daß es Unglück bringt, so ein Pferd zu reiten? Ich sehe Tod und Verfall, die ganze Pracht, die ihr da hingestellt habt, sehe ich verfallen!›»
«Dem muß ein Ende gemacht werden», sagte ich wütend.
Auch Ellie ging diesmal nicht mit einem Lachen darüber hinweg; im Gegenteil, sowohl sie wie Greta bekamen ängstliche Gesichter. Ich machte mich sofort auf den Weg ins Dorf hinunter. Mrs. Lees Kate war mein erstes Ziel, aber sie lag dunkel und verlassen da, und so ging ich weiter, zum Polizeirevier. Ich kannte den Reviervorsteher, Sergeant Keene, einen vierschrötigen, vernünftigen Mann. Er hörte sich meine Geschichte an und sagte dann: «Tut mir leid, daß Sie diesen Ärger haben. Sie ist eben schon sehr alt und wird wohl allmählich wunderlich. Eine Nervensäge. Wir hatten allerdings bis jetzt kaum Ärger mit ihr. Aber ich werde mal mit ihr reden, damit sie das sein läßt.»
«Wenn Sie so freundlich wären», sagte ich.
Er zögerte und fragte dann: «Ich will ja nichts unterstellen – aber gibt es Ihres Wissens hier am Ort irgend jemand, der es, vielleicht aus ganz nichtigem Grund, auf Sie oder Ihre Frau abgesehen haben könnte?»
«Nicht, daß ich wüßte – es wäre auch höchst unwahrscheinlich. Warum?»
«Die alte Mrs. Lee ist neuerdings recht gut bei Kasse. Ich kann mir gar nicht denken, wo dieser Segen herkommt . . .»
«Was wollen Sie damit andeuten?»
«Es wäre immerhin möglich, daß jemand sie bezahlt – jemand, der Sie von hier vertreiben will. Da war so eine Sache, vor vielen Jahren – sie nahm von einem Dorfbewohner Geld an und verscheuchte dafür dessen Nachbarn. Genau auf die gleiche Masche, mit Drohungen, Warnungen, Sprüchen vom bösen Blick. Dörfler sind eben abergläubisch. Man hat sie damals verwarnt, und soviel ich weiß, hat sie es danach nie wieder

versucht — bis jetzt vielleicht. Sie ist scharf aufs Geld, und für Geld tun die Leute allerhand . . .»

Aber mir wollte diese Version nicht einleuchten. Ich erinnerte Keene daran, daß wir völlig fremd waren. «Um uns Feinde zu machen, dazu hatten wir noch gar keine Zeit.»

Niedergeschlagen wanderte ich nach Hause. Als ich um die Ecke der Terrasse bog, hörte ich die leisen Klänge von Ellies Gitarre und sah eine hochgewachsene Gestalt, die von außen durchs Fenster gespäht hatte und nun herumfuhr und auf mich zukam. Einen Augenblick lang hielt ich sie für unsere Zigeunerin, aber dann erkannte ich aufatmend Santonix.

«Oh», sagte ich etwas atemlos, «Sie sind's. Wo hat Sie's denn hergeschneit? Wir haben ja eine Ewigkeit nichts mehr von Ihnen gehört.»

Er antwortete mir nicht gleich, sondern zog mich am Arm vom Fenster weg.

«Sie ist also da!» sagte er. «Eigentlich überrascht es mich gar nicht. Ich dachte mir schon, daß sie früher oder später kommen würde. Aber warum lassen Sie das zu? Sie ist gefährlich. Und Sie müßten das eigentlich wissen.»

«Wer — Ellie?»

«Nicht doch, nicht Ellie. Die andere! Wie heißt sie noch? Greta.» Wortlos starrte ich ihn an.

«Sie haben Greta doch hoffentlich durchschaut, oder? Sie ist von sich aus gekommen, nicht wahr? Hat von euch Besitz ergriffen. Jetzt werden Sie sie nie mehr los. Die hat sich eingenistet.»

«Ellie hat sich den Knöchel verstaucht», erklärte ich, «und Greta ist sie pflegen gekommen. Sie . . . Wahrscheinlich reist sie bald wieder ab.»

«Da kennen Sie diese Sorte schlecht. Sie hatte es von Anfang an so geplant. Ich wußte es gleich. Damals, als sie während der Bauarbeiten kam, da hab ich mir schon ein Bild von ihr gemacht.»

«Ellie braucht sie anscheinend», murmelte ich.

«O ja, sie ist schon lange bei Ellie, nicht wahr? Sie versteht sich darauf, Ellie zu beeinflussen.»

Genau das hatte auch Lippincott gesagt. Ich hatte in letzter Zeit selber feststellen können, wie recht er damit gehabt hatte.

«Ist das denn in Ihrem Sinne, Mike?»
«Ich kann sie schließlich nicht hinauswerfen», entgegnete ich gereizt, «sie ist Ellies beste Freundin. Was kann ich schon dagegen tun, verdammt noch mal?»
«Nein», sagte Santonix, «Sie können wohl nichts dagegen tun. *Sie* nicht.»
Dabei musterte er mich mit einem eigenartigen Blick. Santonix war schon ein seltsamer Mensch; man war sich nie sicher, wie er seine Bemerkungen eigentlich meinte.
«Wissen Sie denn, worauf Sie zusteuern, Mike?» fragte er. «Haben Sie auch nur einen Schimmer? Manchmal glaube ich wirklich, Sie sind mit Blindheit geschlagen.»
«Natürlich weiß ich das», protestierte ich. «Ich lebe jetzt so, wie ich es mir immer gewünscht habe. Und das gilt auch für die Zukunft.»
«Tatsächlich? Das fragt sich noch. Es fragt sich, ob Sie wirklich wissen, was Sie eigentlich wollen. Ich fürchte für Sie – jetzt, da Greta im Haus ist. Die ist nämlich stärker als Sie.»
«Ich sehe nicht ein, woraus Sie das schließen. Es geht hier doch nicht darum, wer der Stärkere ist.»
«Wirklich nicht? Vielleicht doch. Greta ist eine starke Persönlichkeit, von der Art, die sich immer durchsetzt. Sie wollten sie nicht hierhaben, zumindest sagen Sie das. Aber da sitzt sie, und ich sehe ihnen schon die ganze Zeit zu. Die beiden hocken beieinander, sie und Ellie, plaudern gemütlich, sind sich völlig genug. Und Sie, Mike? Wo passen Sie ins Bild? Sind Sie der Außenseiter? Oder sind Sie gar kein Außenseiter mehr?»
«Reden Sie nicht so konfuses Zeug. Was soll das heißen – ich ein Außenseiter? Schließlich bin ich Ellies Mann, oder?»
«Ah – sind Sie Ellies Mann, oder ist Ellie Ihre Frau?»
«Quatsch! Das kommt doch auf dasselbe raus.»
Er seufzte und ließ die Schultern hängen. «Ich kann mich Ihnen nicht verständlich machen. Sie begreifen einfach nicht. Manchmal denke ich, ja, diesmal hat er's kapiert, und dann kommt es mir wieder so vor, als wüßten Sie nicht das geringste über sich selbst, geschweige denn über andere.»
«Also jetzt reicht's mir. Sie sind ein großartiger Architekt, Santonix, aber . . .»
Sein Ausdruck wechselte abrupt, wie üblich. «Ja, ich bin ein

guter Architekt. Dieses Haus hier ist meine beste Arbeit, und ich bin auch fast damit zufrieden. Sie haben sich so ein Haus gewünscht; und Ellie auch, um mit Ihnen darin zu leben. Ihr beide habt jetzt euer Haus. Schicken Sie diese Frau weg, Mike, bevor es zu spät ist.»

«Wie könnte ich Ellie so vor den Kopf stoßen?»

«Die Person hat auch Sie schon um den Finger gewickelt», stellte Santonix fest.

«Hören Sie, ich kann Greta auch nicht leiden. Sie geht mir auf die Nerven. Unlängst hatte ich sogar einen fürchterlichen Krach mit ihr. Aber das alles ist gar nicht so einfach, wie Sie meinen.»

«Nicht so einfach mit Greta.»

«Also – wer den Namen *Gipsy's Acre* auch erfunden hat und diese Geschichte mit dem Fluch, der war gar nicht so weit von der Wahrheit entfernt», schimpfte ich. «Hier springt hinter jedem Baum ein Zigeuner hervor und schreit einen an, wenn wir nicht sofort verschwinden, passiert uns etwas ganz Furchtbares. Hier auf diesem Stück Land, das so freundlich und so schön sein sollte.»

Die letzten Worte waren mir nur so herausgerutscht, aber Santonix griff sie sofort auf.

«Ja, das sollte es. Freundlich und schön. Aber kann es das denn, wenn sich das Böse nicht vertreiben läßt?»

«Nun sagen Sie bloß nicht, Sie glauben an . . .»

«Ich glaube an die seltsamsten Dinge. Und vom Bösen verstehe ich etwas, ich bin's ja selber zum Teil. Ist Ihnen das noch nicht aufgefallen? Aber dieses Haus, das ich gebaut habe, das soll davon befreit werden. Begreifen Sie das?» Er fragte es fast drohend. «Begreifen Sie? Es ist mir wichtig.»

Dann sprang seine Stimmung abermals um. «Los, kommen Sie», drängte er, «hören wir auf mit der Unkerei. Gehen wir endlich hinein zu Ellie.»

Als wir durch die Verandatüren traten, begrüßte Ellie ihn geradezu stürmisch.

An diesem Abend zeigte sich Santonix von seiner ausgeglichensten Seite. Er wurde nicht mehr theatralisch, sondern gab sich ganz, wie er war – charmant und fröhlich. Meist unterhielt er sich mit Greta, als wolle er seinen ganzen Charme gerade über sie ausgießen. Jeder Beobachter hätte geschworen, daß sie

ihm großen Eindruck machte, daß er sie mochte und ihr gefallen wollte. In mir verstärkte das den Eindruck, daß Santonix wirklich ein gefährlicher Charakter war, mit vielen Untiefen, von denen ich keine Ahnung hatte.
Greta verfehlte nie, auf Bewunderung zu reagieren. Jetzt zeigte sie sich von ihrer besten Seite. Sie war eine Frau, die ihre Schönheit an- und abstellen konnte, und heute wirkte sie so anziehend, wie ich es an ihr noch nicht erlebt hatte. Lächelnd hörte sie Santonix zu, hing gebannt an seinen Lippen. Ich fragte mich, was er mit dieser Taktik beabsichtigte. Bei Santonix wußte man das nie. Ellie wollte ihn gern noch einige Tage dabehalten und sagte das auch, aber er schüttelte den Kopf. Morgen müsse er aufbrechen, meinte er.
«Sind Sie so beschäftigt? Bauen Sie wieder ein neues Projekt?»
Nein, antwortete er, er sei gerade erst aus dem Krankenhaus entlassen worden.
«Sie haben mich wieder einmal überholt», ergänzte er. «Aber es war wahrscheinlich das letzte Mal.»
«Überholt? Was machen sie denn mit Ihnen?»
«Sie zapfen mir mein krankes Blut ab und pumpen mir frisches ein, gesundes rotes Blut.»
«Oh, wie schrecklich», flüsterte Ellie.
«Nur keine Angst», beruhigte Santonix sie. «Sie brauchen so etwas nie zu befürchten.»
«Wenn man doch nur gefeit wäre», seufzte Ellie.
«Wieso, wovor fürchten Sie sich?»
«Ach, diese Drohungen nehmen mich doch ziemlich mit», sagte Ellie. «Ich lasse mich nicht gern verfluchen.»
«Sie sprechen von Ihrer Zigeunerin?»
«Ja.»
«Denken Sie nicht mehr daran», sagte Santonix, «wenigstens heute abend nicht mehr. Heute soll nichts unser Glück trüben. Ellie — auf Ihre Gesundheit und ein langes Leben, und für mich auf ein schnelles und schmerzloses Ende — auf Mikes Glück, und . . .» Er verstummte, das Glas zu Greta erhoben.
«Ja?» fragte Greta, «und für mich?»
«Auf das, was Ihnen gebührt. Erfolg vielleicht?» Er sagte es mit ironischem Unterton.
Am nächsten Morgen reiste er sehr früh ab.

«Ein seltsamer Mensch», meinte Ellie. «Ich hab ihn nie ganz verstanden.»
«Mir ist auch das meiste an ihm schleierhaft», stimmte ich zu. «Aber er weiß eine Menge.»
«Meinst du, was die Zukunft betrifft?»
«Nein, das nicht. Er durchschaut die Leute. Wir haben schon einmal davon gesprochen. Er kennt einen besser, als man sich selber kennt. Manchmal haßt er die Leute dann dafür, manchmal bemitleidet er sie. Mich bemitleidet er aber nicht», fügte sie nachdenklich hinzu.
«Warum sollte er auch?»
«Ach, nur so.»

16

Als ich am folgenden Nachmittag einen Spaziergang in den Wald machte, wo er am dichtesten und dunkelsten war, sah ich plötzlich vor mir auf dem Weg eine hochgewachsene Frauengestalt. Unwillkürlich machte ich einen Schritt zur Seite. Ich hatte natürlich sofort an unsere Zigeunerin gedacht, aber dann erkannte ich die Frau und blieb abrupt stehen. Es war meine Mutter. Da stand sie und sah mir unter ihrem grauen Haar finster entgegen.
«Meine Güte, Mutter, du hast mich aber erschreckt. Was willst du denn? Uns endlich besuchen kommen? Wir haben dich ja oft genug eingeladen, oder?»
Das stimmte nicht ganz. Ich hatte ihr eine einzige, lauwarme Einladung geschickt, mehr nicht; außerdem hatte ich sie in eine Form gekleidet, die sie, wie ich genau wußte, zu einer Absage bewegen mußte. Ich wollte sie nicht hier haben.
«Richtig», antwortete sie, «jetzt komme ich euch doch besuchen. Will nur mal sehen, ob auch alles in Ordnung ist bei euch. Also das ist das großartige Haus, das ihr euch gebaut habt? Wirklich prächtig», sagte sie und spähte mir über die Schulter.
Ich hörte ihrem Ton die scharfe Mißbilligung an, die ich erwartet hatte. «Zu prächtig für meinesgleichen, was?»

«Das hab ich nicht gesagt, Junge.»
«Aber gemeint.»
«Jedenfalls bist du nicht zu diesem Leben geboren worden. Es tut nicht gut, wenn man seinen Platz nicht kennt.»
«Wenn man auf dich hören wollte, brächte man es nie zu etwas.»
«Ja, ich weiß, das war schon immer dein Standpunkt, aber ich weiß auch, daß Ehrgeiz keinen Segen bringt.»
«Um Gottes willen, Mutter, hör jetzt auf zu unken und komm», sagte ich. «Komm und schau dir unser großartiges Haus aus der Nähe an, dann kannst du immer noch die Nase rümpfen. Und über meine großartige Frau, wenn du's dann noch wagst.»
«Deine Frau? Die kenne ich schon.»
«Was heißt, du kennst sie schon?»
«Also hat sie dir nichts davon erzählt, wie?»
«Wovon?»
«Daß sie mich besucht hat.»
«Sie hat dich besucht?» fragte ich perplex.
«Ja. Eines Tages stand sie einfach vor der Tür und machte ein ganz ängstliches Gesicht. Ein hübsches Ding und lieb, trotz all der feinen Sachen, die sie anhatte. ‹Sie sind Mikes Mutter, nicht wahr?› fragte sie, und ich antwortete: ‹Die bin ich. Und wer sind Sie?› – ‹Ich bin seine Frau, ich mußte Sie einfach sehen. Es kommt mir unrecht vor, daß ich seine Mutter nicht kennenlernen soll . . .› Da meinte ich: ‹Wetten, daß er's Ihnen ausgeredet hat?›, und sie schwieg. Ich sagte: ‹Nur keine Angst, Sie können's mir ruhig erzählen, ich kenne meinen Sohn und weiß, was ihm paßt und was nicht.› Da sagte sie schnell: ‹Jetzt glauben Sie, er schämt sich, weil Sie beide arm sind, und ich bin reich, aber daran liegt's bestimmt nicht. Ganz gewiß nicht, er ist nicht so.› Ich beruhigte sie: ‹Das brauchen Sie mir nicht erst zu sagen, Kind. Ich kenne seine Fehler, und der gehört nicht dazu. Er schämt sich seiner Mutter nicht. Und auch nicht seiner Herkunft.›
‹Nein, er schämt sich nicht vor mir›, fuhr ich fort, ‹er hat höchstens Angst vor mir. Ich kenne ihn nämlich zu gut, müssen Sie wissen.› Das schien sie zu amüsieren. Sie sagte: ‹Das haben Mütter wohl so an sich.›»

«Aber Ellie hätte mir doch von ihrem Besuch bei dir erzählen sollen», beschwerte ich mich. «Ich weiß gar nicht, warum sie ein solches Geheimnis daraus gemacht hat. Sie hätte es mir sagen sollen.»

Ich war wütend. Daß Ellie mir etwas verschwieg, wäre mir bis dahin nie in den Sinn gekommen.

«Sie hatte vielleicht ein bißchen Angst vor ihrer eigenen Courage», sagte meine Mutter. «Aber nicht vor dir, mein Sohn. Nicht vor dir.»

«Also komm», drängte ich, «komm — schau dir unser Haus an.»

Ich weiß nicht, ob es ihr gefiel. Wahrscheinlich nicht. Mit hochgezogenen Brauen stiefelte sie durch alle Zimmer, und dann ging sie in den Wintergarten hinaus, wo Ellie und Greta saßen. Sie waren gerade von einem Spaziergang gekommen, Greta hatte noch ihren roten Wollmantel über die Schultern gehängt. Meine Mutter musterte die beiden. Einen Augenblick lang stand sie nur still da, wie angewurzelt. Ellie sprang auf und kam quer durchs Zimmer auf sie zu.

«Oh, es ist Mrs. Rogers», sagte sie, und zu Greta gewandt: «Mikes Mutter. Sie kommt, sich das Haus ansehen. Ist das nicht nett? Dies hier ist meine Freundin Greta Andersen.»

Und sie ergriff Mutters beide Hände, und Mutter sah sie kurz an; dann spähte sie lange über Ellies Schulter zu Greta hin.

«Aha», sagte sie zu sich selbst, «aha. Verstehe.»

«Was verstehen Sie?» fragte Ellie.

«Ach, ich hab mich nur gefragt, wie hier alles so sein würde.» Sie sah sich um. «Ja, es ist ein schönes Haus. Schöne Vorhänge und Möbel und Bilder.»

«Sie müssen Tee mit uns trinken», lud Ellie sie ein.

«Mir scheint aber, Sie haben schon Tee getrunken.»

«Tee kann man immer trinken», meinte Ellie. Und dann zu Greta: «Ich möchte jetzt nicht läuten, Greta. Wärst du so nett und würdest uns in der Küche eine neue Kanne aufbrühen?»

«Natürlich, Liebste.» Greta erhob sich und verließ das Zimmer, wobei sie über die Schulter zurück einen scharfen und fast ängstlichen Blick auf meine Mutter warf.

Meine Mutter setzte sich.

«Wo sind Ihre Sachen?» erkundigte sich Ellie. «Sie wollen doch hoffentlich ein paar Tage bleiben?»

«Nein, Kind. In einer halben Stunde geht mein Zug. Ich wollte nur mal vorbeischauen.» Dann fügte sie schnell hinzu, ehe Greta zurückkam: «Mach dir keine Sorgen, Kind, ich hab ihm schon von deinem Besuch bei mir erzählt.»
«Tut mir leid, Mike, daß ich dir's nicht gesagt habe», sagte Ellie fest, «aber es schien mir besser so.»
«Ihr gutes Herz hat sie zu mir geführt», stellte meine Mutter fest. «Da hast du ein gutes Mädchen geheiratet, Mike, und ein hübsches dazu. Ja, ein sehr hübsches.» Dann fügte sie leise hinzu: «Tut mir leid . . .»
«Was tut Ihnen leid?» fragte Ellie verwundert.
«Daß ich so verschiedenes gedacht habe», antwortete meine Mutter und fügte etwas widerstrebend hinzu: «Na ja, du hast's ja selbst gesagt, Mütter sind eben so. Immer mißtrauisch gegenüber ihren Schwiegertöchtern. Aber sowie ich dich gesehen hatte, wußte ich, daß er Glück gehabt hat. Es schien mir nur zu schön, um wahr zu sein. Zu schön, um wahr zu sein.»
«Was für eine Frechheit», scherzte ich. «Ich hatte doch schon immer einen guten Geschmack.»
«Einen teuren, willst du sagen.» Meine Mutter musterte die Brokatvorhänge.
«Dann bin ich eben seine Teure», lächelte Ellie.
«Halt ihn nur zur Sparsamkeit an», riet meine Mutter. «Das kann seinem Charakter nur guttun.»
«Ich protestiere! Mein Charakter ist gut genug», behauptete ich. «Das Gute am Heiraten ist doch, daß man eine Frau bekommt, die einen für unfehlbar hält. Nicht wahr, Ellie?»
Ellie sah jetzt wieder vergnügt aus. Lachend antwortete sie: «Mike, du übertriffst dich selbst! So ein Pfau!»
In diesem Augenblick kehrte Greta mit dem Tee zurück. Wir hatten die anfängliche Verlegenheit gerade überwunden gehabt, aber mit Greta schien sie plötzlich wieder da zu sein. Meine Mutter widerstand allen Überredungskünsten Ellies, über Nacht zu bleiben, und nach einer Weile kapitulierte Ellie. Wir beide begleiteten Mutter die Allee hinunter. «Wie habt ihr's denn getauft?» erkundigte sich Mutter unvermutet.
«Gipsy's Acre», antwortete Ellie.
«Ach ja», meinte Mutter, «hier in der Gegend gibt's noch Zigeuner, nicht wahr?»

«Woher weißt du das denn?» fragte ich.
«Als ich heraufkam, ist mir eine begegnet. Hat mich ganz schief angesehen, die Alte.»
«Ach, sie ist soweit ganz harmlos», meinte ich. «Sie spinnt nur ein bißchen.»
«Wieso glaubst du, daß sie spinnt? Als sie mich angesehen hat, hatte sie einen komischen Ausdruck im Gesicht. Sie hat wohl etwas gegen euch, wie?»
«Wahrscheinlich ist es nicht ernst zu nehmen», sagte Ellie. «Sie bildet sich das alles nur ein. Daß wir sie von ihrem Land vertrieben hätten oder so.»
«Vermutlich will sie Geld», überlegte meine Mutter. «Zigeuner sind so. Führen wilde Tänze auf und Rachegesänge, wie fürchterlich man ihnen mitgespielt hätte, aber sowie man ihnen Geld zusteckt, hört der ganze Schwindel auf.»
«Sie mögen Zigeuner nicht», stellte Ellie fest.
«Dieses diebische Volk! Sie gehen keiner geregelten Arbeit nach und können die Finger nicht von fremder Leute Eigentum lassen.»
«Na, ja», sagte Ellie, «wir wollen uns nicht mehr den Kopf über sie zerbrechen.»
Als sich meine Mutter verabschiedete, fügte sie noch hinzu: «Wer ist die junge Dame, die bei euch wohnt?»
Ellie erläuterte, daß Greta ihr die letzten drei Jahre Gesellschaft geleistet hätte und daß ihr Leben ohne sie vollends freudlos gewesen wäre.
«Greta hat alles getan, um uns zu helfen», schloß sie. «Sie ist ein wunderbarer Mensch. Ich wüßte nicht, wie ich ... wie ich ohne sie auskommen sollte.»
«Wohnt sie bei euch, oder ist sie nur vorübergehend zu Besuch?»
«Tja, also», begann Ellie, die Frage umgehend, «sie wohnt zur Zeit bei uns, weil ich mir den Knöchel verstaucht hatte und jemand brauchte, der mich pflegen konnte. Aber jetzt geht's mir wieder gut.»
«Mit dem Eheleben fängt man am besten nur zu zweit an», sagte meine Mutter.
Wir standen am Tor und sahen ihr nach, wie sie bergab davonmarschierte.

«Eine starke Persönlichkeit», meinte Ellie nachdenklich.
Ich war böse auf Ellie, wirklich sehr böse, weil sie meine Mutter aufgespürt und sie sogar besucht hatte, ohne mir etwas davon zu sagen. Aber als sie sich umwandte und mich so ansah, eine Braue etwas hochgezogen und dieses komische, halb ängstliche, halb zufriedene Lächeln im Gesicht, konnte ich nicht anders als ihr wieder gut sein.
«Was bist du doch für ein durchtriebenes kleines Biest», sagte ich.
«Tja», meinte sie, «manchmal geht's eben nicht anders.»
«Warum wolltest du meine Mutter denn unbedingt kennenlernen?» erkundigte ich mich.
«Nicht so sehr aus Neugierde», erklärte Ellie, «ich hatte eher das Gefühl, daß es sich so gehörte. Du hast nicht oft von deiner Mutter gesprochen, aber dennoch war mir klar, daß sie ihr Bestes für dich getan hat. Sich abgeplagt für deine Schulausbildung, dir aus der Patsche geholfen und so weiter. Deshalb wäre ich mir gemein und arrogant vorgekommen, wenn ich sie geschnitten hätte.»
«Aber es wäre meine Schuld gewesen, nicht deine.»
«Allerdings. Trotzdem kann ich ganz gut verstehen, warum du es mir abgeschlagen hast.» Mit gerunzelter Stirn fügte sie hinzu: «Deine Mutter kann Greta nicht leiden.»
«Das geht nicht ihr allein so», sagte ich.
«Nein, du magst sie auch nicht.»
«Also, Ellie, das stimmt nicht, auch wenn du's dauernd behauptest. Ich war anfangs nur ein bißchen eifersüchtig auf sie, mehr nicht. Jetzt kommen wir sehr gut miteinander aus. Sie drängt einen vielleicht etwas zu sehr in die Defensive.»
«Mr. Lippincott mag sie auch nicht, stimmt's? Seiner Ansicht nach hat sie zuviel Einfluß auf mich», sagte Ellie.
«Und hat sie den?»
«Warum fragst du? Ja, vielleicht. Es wäre nur natürlich, bei ihrer dominierenden Persönlichkeit; außerdem brauche ich jemand, dem ich vertrauen und auf den ich mich stützen kann. Jemand, der sich für mich einsetzt.»
«Und dafür sorgt, daß du deinen Willen bekommst?» fragte ich lachend.
Arm in Arm gingen wir ins Haus. Es war an diesem Nachmit-

tag aus irgendeinem Grund etwas düster. Vielleicht weil die Terrasse jetzt im Schatten lag.
Ellie fragte mich: «Was ist denn, Mike?»
«Ich weiß nicht. Irgendwas ist mir über die Leber gelaufen.»
«Eine Laus, so heißt es doch, nicht?»
Greta war nirgends zu sehen. Das Personal berichtete, sie sei spazierengegangen.
Nun, da meine Mutter über meine Ehe im Bilde war und auch Ellie kannte, erledigte ich das, was ich mir schon lange vorgenommen hatte: Ich schickte ihr einen ansehnlichen Scheck. Zugleich riet ich ihr, in ein besseres Haus zu ziehen und sich all die Möbel zu kaufen, die sie sich immer gewünscht hatte. Natürlich hatte ich meine Zweifel, ob sie ihn annehmen würde. Es war kein Geld, das ich mir mit meiner Hände Arbeit verdient hatte, und ich konnte ihr da auch nichts vormachen. Wie ich erwartet hatte, sandte sie den Scheck zerrissen und mit der hingekritzelten Nachricht zurück: «Mit all dem will ich nichts zu tun haben. Du wirst Dich nie ändern, das ist mir jetzt klar. Gott helfe Dir.» Ich warf den Brief vor Ellie auf den Tisch.
«Da siehst du, wie sie ist», schäumte ich. «Ich habe eine gute Partie gemacht und lebe von dem Geld meiner reichen Frau, und der alten Megäre ist das nicht recht.»
«Ärgere dich nicht», tröstete Ellie, «viele Leute denken so. Aber sie wird schon darüber hinwegkommen. Sie liebt dich sehr, Mike.»
«Warum will sie dann immerzu an mir herumerziehen? Mich in ihre Schablone pressen? Ich bin, wie ich bin. Und nicht irgendein Lebkuchenmännchen, das sie sich zurechtkneten kann. Ich bin erwachsen! Ich bin ich!»
«Ja, das bist du», sagte Ellie. «Und ich hab dich sehr lieb.» Und dann sagte sie, möglicherweise um mich abzulenken, etwas sehr Seltsames. «Was hältst du von unserem neuen Diener?»
Ich hatte noch nicht über ihn nachgedacht. Warum sollte ich auch? Jedenfalls war er mir lieber als sein Vorgänger, der sich nicht die Mühe gemacht hatte, seine Geringschätzung meiner Person und Herkunft zu unterdrücken.
«Er ist ganz in Ordnung», antwortete ich. «Warum?»
«Ach, ich frage mich manchmal, ob er ein Aufpasser ist.»
«Ein Aufpasser? Wie meinst du das?»

«Ein Detektiv. Onkel Andrew hätte so etwas arrangieren können.»
«Warum sollte er denn?»
«Na ja, aus Sorge vor einer Entführung, nehme ich an. In den Staaten hatten wir nämlich immer Leibwächter, besonders auf dem Lande.» Wieder ein Nachteil des Reichtums, von dem ich bisher nichts gewußt hatte.
«Wie scheußlich!»
«Ach, ich weiß nicht ... Wahrscheinlich bin ich auch nur daran gewöhnt. Was macht's schon aus? Man nimmt es eigentlich gar nicht richtig zur Kenntnis.»
«Gehört seine Frau auch dazu?»
«Ich glaube schon, obwohl sie eine vorzügliche Köchin ist. Es dürfte so gewesen sein; Onkel Andrew oder auch Stanford Lloyd hat unseren vorigen Geld gegeben, damit sie kündigten, und diese beiden auf Abruf bereit gehabt. Das wäre weiter kein Problem gewesen.»
«Ohne dir etwas davon zu sagen?» Ich konnte es immer noch nicht glauben.
«Das würde ihnen nicht einmal im Traum einfallen. Wenn sie mich informiert hätten, hätte ich Krach geschlagen. Und überhaupt, vielleicht täusche ich mich auch.» Geistesabwesend fuhr sie fort: «Weißt du, man bekommt ein Gefühl, wenn man daran gewöhnt ist, daß solche Leute immer um einen herumlungern.»
«Armes reiches Mädchen», sagte ich wütend.
Ellie machte es gar nichts aus. «Das trifft es ganz gut», meinte sie.
«Bei dir lerne ich aber auch nie aus, Ellie.»

17

Mit dem Schlaf ist es schon seltsam. Man geht zu Bett, den Kopf voller Sorgen über Zigeuner und heimliche Feinde, über hinterrücks ins Haus geschleuste Detektive und lauernde Kidnapper. Der Schlaf aber löscht das alles aus. Und so war ich, als ich am 17. September erwachte, unverschämt guter Laune.

«Ein herrlicher Tag», sagte ich zu mir selbst im Brustton der Überzeugung, «das wird ein herrlicher Tag.» Es war mein voller Ernst. Ich kochte förmlich vor Tatendrang und vergegenwärtigte mir meine Pläne für den Tag. Ich wollte mich mit Major Phillpot treffen, bei einem etwa fünfundzwanzig Kilometer entfernten Landhaus, in dem eine Auktion stattfand. Einige Angebote interessierten mich; ich hatte sie mir im Katalog schon angekreuzt. Die ganze Sache regte mich richtig auf.

Phillpot verstand einiges von Stilmöbeln, altem Silber und ähnlichem, nicht etwa, weil er eine künstlerische Ader gehabt hätte, er war vielmehr eher ein Sportstyp, sondern einfach, weil er diese Dinge von Kindheit an mitbekommen hatte.

Beim Frühstück blätterte ich noch einmal den Katalog durch. Ellie war schon im Reitanzug heruntergekommen. Sie ritt jetzt meistens morgens aus, manchmal allein, manchmal mit Claudia. Nach der Gewohnheit der Amerikaner trank sie morgens Orangensaft und Kaffee und nahm sonst kaum etwas zu sich. Ich dagegen hatte, seit ich es mir leisten konnte, den Geschmack und Appetit eines viktorianischen Landjunkers entwickelt. Für mich mußten eine ganze Reihe warmer Gerichte auf dem Sideboard bereit stehen. Diesmal nahm ich Nieren, Würstchen und Schinken – köstlich.

«Was haben Sie denn vor?» wandte ich mich an Greta.

Greta berichtete, daß sie sich mit Claudia Hardcastle am Bahnhof von Market Chadwell treffen und nach London einkaufen fahren wollte. Sie hatte von einem Spezialgeschäft in der Bond Street einen Wäschekatalog geschickt bekommen und erhoffte sich nun einen besonders günstigen Einkauf.

Ich machte Ellie einen Vorschlag: «Wenn Greta doch den ganzen Tag in London bleibt, warum fährst du dann nicht los und triffst dich mit uns im *George* in Bartington? Man ißt dort angeblich sehr gut, sagt jedenfalls Phillpot. Er hat sogar gefragt, ob du nicht auch kommen wolltest. Um ein Uhr. Du mußt durch Market Chadwell hindurch und dann nach fünf Kilometern rechts abbiegen. Sicherlich steht da auch ein Wegweiser.»

«Also gut», sagte Ellie. «Ich komme hin.»

Ich half ihr in den Sattel, und sie ritt davon. Ich ließ ihr den kleineren Wagen da, weil er leichter zu parken war, und nahm den großen Chrysler. Gerade rechtzeitig vor Auktionsbeginn traf ich im *Bartington Manor* ein; Phillpot war schon da und hatte einen Platz für mich freigehalten.

«Ein paar ganz nette Sachen hier», meinte er. «Ein oder zwei gute Bilder, ein Romney und ein Reynolds. Sind Sie interessiert?»

Ich schüttelte den Kopf. Im Augenblick waren nur die Modernen nach meinem Geschmack.

«Der Kunsthandel ist auch vertreten», fuhr Phillpot fort. «Sogar ein paar Händler aus London sind da. Sehen Sie den Dünnen dort drüben mit dem verkniffenen Mund? Das ist Cressington. Ziemlich bekannter Mann. Ist Ihre Frau nicht mitgekommen?»

«Nein», antwortete ich, «sie macht sich nicht sonderlich viel aus Versteigerungen. Außerdem wollte ich auch gar nicht, daß sie heute mitkam.»

«So? Warum nicht?»

«Es soll eine Überraschung für sie werden. Sehen Sie hier, Nr. 42?»

Er warf einen Blick auf den Katalog.

«Hm. Das Papiermaché-Pult dort drüben? Doch, ein hübsches Stück. Eines der besten Beispiele für diese Technik. Und als Pult sieht man sie ziemlich selten. Stammt aus der frühesten Periode. Wirklich, von der Art hab ich noch gar keines gesehen.»

Das kleine Pult trug eingelegt ein Bild von Windsor Castle, umrahmt von Buketts aus Rosen, Disteln und Klee.

«Und in bestem Zustand», fuhr Phillpot fort. Er musterte mich neugierig. «Hätte gar nicht gedacht, daß so etwas nach Ihrem Geschmack ist.»

«Das ist es auch nicht», erwiderte ich. «Mir ist es ein bißchen zu blumig und damenhaft. Aber Ellie schwärmt für solche Sachen. Sie hat nächste Woche Geburtstag, und ich suche noch ein Geschenk für sie. Eine Überraschung. Deshalb wollte ich auch nicht, daß sie mich heute begleitete. Aber ich weiß, ich könnte ihr mit nichts mehr Freude machen. Das wird wirklich eine Überraschung.»

Wir nahmen unsere Plätze ein, und die Auktion begann. Tatsächlich erzielte das Stück, das ich mir ausgesucht hatte, einen ziemlich hohen Preis. Beide Kunsthändler aus London schienen scharf darauf, obwohl der eine von ihnen so versiert und zurückhaltend dabei vorging, daß ich ihn kaum seinen Katalog heben sah, den der Auktionator nicht aus den Augen ließ. Endlich gab er auf. Außerdem erstand ich noch einen geschnitzten Chippendale-Stuhl, der mir gut in unsere Diele zu passen schien, und ein paar Brokatvorhänge.

«Na, Sie scheinen sich ja gut amüsiert zu haben», meinte Phillpot und erhob sich, als der Auktionator für den Vormittag Schluß machte. «Wollen Sie nachher wiederkommen?»

Ich schüttelte den Kopf.

«Nein, bei der zweiten Partie interessiert mich nichts mehr. Es sind meist Schlafzimmermöbel, Teppiche und solche Dinge.»

«Nein, das hab ich auch nicht anders erwartet. Also ...» Er sah auf seine Uhr, «machen wir uns auf den Weg. Treffen wir uns mit Ellie im *George?*»

«Ja, sie erwartet uns.»

«Und auch ... äh, Miss Andersen?»

«Oh, Greta ist nach London gefahren», sagte ich. «Mit Miss Hardcastle zum Einkaufen, glaube ich.»

«Richtig, Claudia sprach neulich davon. Die Preise von Bettwäsche und so weiter sind heutzutage horrend. Wissen Sie, was ein Kopfkissenbezug aus Leinen kostet? Fünfunddreißig Shilling! Früher bekam man sie für sechs.»

«Wie gut Sie über Haushaltsdinge informiert sind.»

«Na, schließlich höre ich meine Frau ständig darüber jammern.» Phillpot lächelte. «Sie strahlen ja heute geradezu, Mike. Vergnügt wie ein Schuljunge.»

«Das kommt daher, daß ich das Kartepesta-Pult ergattert habe», sagte ich. «Oder zum guten Teil jedenfalls. Ich bin heute morgen schon so quietschvergnügt aufgewacht. Sie wissen doch, wie das ist — an manchen Tagen könnte man die ganze Welt umarmen.»

Phillpot brummte. «Nehmen Sie sich in acht. Himmelhochjauchzend — zu Tode betrübt. Legen Sie Ihrem Überschwang lieber die Zügel an.»

«Ach, ich glaube nicht an diese albernen Sprüche.»

«Ebensowenig wie an Zigeunerprophezeiungen, wie?»

«Wir haben unsere Kassandra in letzter Zeit gar nicht mehr gesehen», meinte ich. «Zumindest nicht seit einer Woche.»
«Vielleicht hat sie sich doch abgesetzt», meinte Phillpot. Dann fragte er, ob ich ihn im Wagen mitnehmen könne, und ich bejahte.
«Sinnlos, mit zwei Autos zu fahren. Sie können mich auf dem Rückweg ja hier wieder absetzen. Wie ist das mit Ellie, kommt sie auch im Wagen?»
«Ja, sie nimmt den kleinen.»
«Hoffentlich haben sie im *George* heute ein anständiges Menü. Ich habe einen Bärenhunger.»
«Haben Sie eigentlich etwas gekauft?» erkundigte ich mich. «Ich war zu aufgeregt, um darauf zu achten.»
«Ja, man muß schon alle fünf Sinne beisammen halten, wenn man mitsteigert. Nein, ich habe ein oder zwei Angebote gemacht, aber die Sachen wurden mir dann alle zu teuer.»
Daraus folgerte ich, daß Phillpots tatsächliche Einkünfte nicht sonderlich hoch sein konnten, obwohl er in der Umgebung enorm viele Ländereien besaß. Man könnte ihn als minderbemittelten Großgrundbesitzer bezeichnen, der sich nur durch Grundstücksverkäufe genügend Taschengeld hätte verschaffen können, aber sich von keinem Fußbreit Boden trennen wollte, weil er zu sehr daran hing.
Als wir zum *George* kamen, standen schon eine Menge Autos davor. Wahrscheinlich gehörten einige davon Teilnehmern der Auktion. Allerdings konnte ich Ellies Wagen nirgends entdecken. Wir traten ein, und ich sah mich vergeblich nach ihr um. Schließlich war es auch erst kurz nach eins.
So tranken wir zunächst einen Schluck an der Bar. Das Lokal war ziemlich voll. Ich warf einen Blick in den Speisesaal, sie hielten den Tisch noch für uns frei. Ich entdeckte viele bekannte Gesichter, unter anderen auch einen Mann am Fenster, der mir bekannt vorkam. Ich konnte mich aber nicht erinnern, wo und wann ich ihm begegnet war. Mir schien er kein Einheimischer zu sein, weil seine Garderobe nicht hierher paßte.
In knisternder schwarzer Seide kam die Chefin des *George* auf mich zu. «Werden Sie bald am Tisch Platz nehmen, Mr. Rogers?» fragte sie. «Wir sind heute sehr in Druck.»

«Meine Frau muß jeden Moment eintreffen», beruhigte ich sie. Während ich mich zu Major Phillpot zurückbegab, überlegte ich, daß Ellie eine Reifenpanne haben konnte.
«Lassen Sie uns lieber hineingehen», schlug ich vor. «Sie werden schon ganz nervös. Heute ist auch besonders viel los hier. Ich fürchte, Ellie ist nicht gerade die Pünktlichkeit in Person.»
«Ah», meinte Phillpot in seiner altfränkischen Art, «die Damen spannen uns eben gern auf die Folter. Also gut, Mike, wenn es Ihnen recht ist, fangen wir schon mal an mit dem Essen.»
Wir zogen um in den Speisesaal und bestellten Steak-and-Kidney-Pie.
«Das ist aber wirklich nicht nett von Ellie», rügte ich, «uns so zu versetzen.» Und ich fügte hinzu, daß es vielleicht an Gretas Abwesenheit lag. «Ellie hat sich nämlich so daran gewöhnt, daß Greta den wandelnden Terminkalender für sie spielt.»
«Verläßt sie sich sehr auf Miss Andersen?»
«In dieser Hinsicht schon.»
Wir langten tüchtig zu und ließen der Pastete eine Apfeltorte mit einer kümmerlichen Blätterteigdecke folgen.
«Ob sie es einfach vergessen hat?» meinte ich plötzlich.
«Vielleicht sollten Sie doch lieber anrufen.»
«Ja, das wäre wohl besser.»
Ich ging hinaus zum Telefon und wählte. Mrs. Carson, die Köchin, meldete sich.
«Oh, Sie sind's, Mr. Rogers. Mrs. Rogers ist noch nicht nach Hause gekommen.»
«Wie meinen Sie — noch nicht nach Hause gekommen? Woher?»
«Sie ist noch nicht von ihrem Ausritt zurück.»
«Aber das war doch gleich nach dem Frühstück. Sie kann schließlich nicht den ganzen Vormittag ausgeblieben sein.»
«Jedenfalls hat sie nichts davon erwähnt. Ich habe sie längst zurückerwartet.»
Ich informierte sie, daß ich in Bartington im *George* säße, gab ihr die Nummer und bat sie, sofort anzurufen, wenn Ellie heimkam oder wenn sie von ihr hörte. Dann kehrte ich zu Phillpot zurück. Er sah mir sofort an, daß etwas nicht stimmte.
«Ellie ist nicht nach Hause gekommen», berichtete ich. «Sie ist

heute morgen ausgeritten, wie meist, aber sonst bleibt sie nur eine knappe Stunde weg.»
«Noch kein Grund zur Beunruhigung», meinte er freundlich. «Schließlich wohnen Sie ziemlich einsam. Vielleicht lahmt ihr Pferd und sie führt es nach Hause. Im Hochmoor und in den Hügeln da oben findet sich so schnell niemand, den man mit einer Nachricht hinunterschicken könnte.»
«Wenn sie es sich anders überlegt hätte, dann hätte sie doch hier angerufen und uns eine Nachricht hinterlassen.»
«Nun regen Sie sich bloß nicht auf», beruhigte mich Phillpot. «Trotzdem denke ich, wir sollten besser aufbrechen und der Sache auf den Grund gehen.»
Als wir auf den Parkplatz hinaustraten, fuhr ein anderer Wagen gerade ab; darin saß der Mann, der mir im Speisesaal aufgefallen war, weil er mir so bekannt schien. Jetzt fiel es mir plötzlich wieder ein: Es war Stanford Lloyd oder zumindest jemand, der ihm wie aus dem Gesicht geschnitten war. Was mochte er hier bei uns wollen? Uns besuchen? Wenn das zutraf, mutete es zumindest seltsam an, daß er uns nicht benachrichtigt hatte. Neben ihm saß eine Frau, die mich an Claudia Hardcastle erinnerte; aber Claudia war doch mit Greta in London einkaufen. Ich war völlig perplex.
In schneller Fahrt erreichten wir die Hügelstraße, die oberhalb unseres Besitzes vorbeiführte. Wir suchten mit den Augen die Gegend ab, hielten hin und wieder, um uns bei den Dörflern zu erkundigen. Von einem Mann, der Torf stach, erhielten wir den ersten Hinweis.
«'n Pferd hab ich gesehn, aber ohne Reiter», erzählte er. «Vor zwei Stunden, kann auch länger her sein. Ich wollt's einfangen, aber es scheute, als ich rankam. Gesehn hab ich aber keine Menschenseele.»
«Am besten, wir fahren nach Hause», schlug Phillpot vor. «Vielleicht hat sie sich inzwischen gemeldet.»
Aber das hatte sie nicht. Wir stöberten den Stallknecht auf und schickten ihn zu Pferd hinauf ins Hochmoor, nach Ellie suchen. Phillpot rief bei sich zu Hause an und schickte einen seiner Leute nach ihr aus. Dann gingen wir gemeinsam über den Waldpfad, den Ellie mit Vorliebe einschlug, bis zu den Downs. Zunächst sahen wir gar nichts. Dann schritten wir den Wald-

rand ab, wo eine Reihe anderer Wege mündeten, und dort fanden wir sie. Von weitem sah es aus wie ein Häufchen alter Kleider. Das Pferd war zurückgekehrt und graste jetzt neben dem Kleiderbündel. Ich begann zu rennen. Phillpot folgte mir in einem Tempo, das ich einem Mann seines Alters niemals zugetraut hätte.

Da lag sie — ein formloses Bündel, das schmale weiße Gesicht himmelwärts gekehrt.

«Ich kann nicht . . . kann nicht . . .» Ich wandte mich ab.

Phillpot ging hin, kniete sich neben sie hin und erhob sich sofort wieder.

«Wir brauchen einen Arzt», sagte er. «Shaw ist der nächste. Aber, Mike . . . Ich fürchte, es hat nicht mehr viel Sinn.»

«Ist sie . . . tot?»

«Ja. Wir wollen uns nichts vormachen.»

«O Gott, nicht Ellie! Es ist nicht wahr!»

«Hier, nehmen Sie das.» Phillpot holte eine Taschenflasche hervor und reichte sie mir. Ich nahm einen tiefen Schluck.

«Danke.»

Dann stieß der Stallbursche zu uns, und Phillpot schickte ihn zu Dr. Shaw.

18

Shaw kam in einem demolierten alten Land-Rover und verschwendete an uns kaum einen Blick. Er ging sofort zu Ellie und beugte sich über sie. Dann trat er zu uns.

«Tot seit mindestens drei bis vier Stunden», sagte er. «Wie ist das passiert?»

Ich berichtete, daß sie wie gewöhnlich nach dem Frühstück ausgeritten war.

«Hat sie denn bisher zu Pferde Unfälle gehabt?»

«Nein», sagte ich. «Sie war eine erstklassige Reiterin.»

«Ja, ich weiß, ich habe sie ein paarmal gesehen. Und wie ich hörte, saß sie von Kind an im Sattel. Ich frage mich nur, ob sie in letzter Zeit einen Unfall hatte, der sie ein bißchen nervös gemacht haben könnte. Wenn das Pferd gescheut hat . . .»

«Warum sollte es denn scheuen? Es ist ein lammfrommes Vieh . . .»
«Ein besonders gutartiges Tier», ergänzte Major Phillpot. «Sehr zahm und keine Spur nervös. Hat sie sich denn etwas gebrochen?»
«Ich habe sie noch nicht gründlicher untersucht, aber sie scheint keine äußeren Verletzungen davongetragen zu haben. Vielleicht innere. Ich tippe auf Schock.»
«Aber man stirbt doch nicht am Schock», wandte ich ein.
«Das ist schon vorgekommen. Wenn sie ein schwaches Herz gehabt hätte . . .»
«In Amerika haben sie davon gesprochen, daß sie irgendeinen Herzfehler hat — zumindest eine Herzschwäche.»
«Hm. Davon habe ich bei meiner letzten Untersuchung aber nicht viel bemerkt. Immerhin, wir haben kein EKG gemacht. Aber das hat jetzt alles keinen Sinn, wir werden es schon noch erfahren. Nach dem Inquest.»
Er musterte mich nachdenklich, dann klopfte er mir auf die Schulter.
«Marsch nach Hause und ins Bett», sagte er. «Sie sind derjenige, der hier einen Schock erlitten hat.»
Nach Art der Landbevölkerung, von überallher und nirgends plötzlich aufzutauchen, hatten sich mittlerweile drei oder vier Leute um uns geschart: ein Wanderer, eine rotwangige Frau und ein alter Straßenarbeiter. Jeder gab seinen Senf dazu.
«Die arme junge Dame . . .»
«Und noch so jung. Ist vom Pferd gefallen, was?»
«Ach, bei den Biestern muß man auf alles gefaßt sein.»
«Das ist doch Mrs. Rogers, nicht, die Amerikanerin? Von *The Towers*?»
Nachdem alle anderen ihrem Entsetzen Ausdruck verliehen hatten, ergriff der alte Straßenarbeiter das Wort. Er gab uns die erste Information.
Kopfschüttelnd meinte er: «Und ich hab's noch gesehen. Ich hab's gesehen.»
Der Doktor fuhr herum. «Was haben Sie gesehen?»
«Das Pferd, wie's querfeldein davongaloppiert ist.»
«Auch, wie sie stürzte?»
«Nee, das nich. Nur, wie sie am Waldrand entlanggeritten is.

Dann hab ich Steine geklopft, für die Straße, mit dem Rücken zu ihr, und wie's dann so trappelte, schau ich auf, und da galoppiert das Pferd davon. An ein Unglück hab ich gar nicht gedacht. Nee, ich dachte, vielleicht ist die Dame abgestiegen, und das Pferd ist ihr irgendwie durchgebrannt. Es lief von mir weg, in die andere Richtung.»
«Und Sie haben nicht gemerkt, daß da jemand auf der Erde lag?»
«Nein, so gut sind meine Augen nich mehr. Das Pferd hab ich auch nur gesehen, weil's gegen den hellen Himmel lief.»
«War sie allein? War jemand bei ihr oder in ihrer Nähe?»
«Keiner. Nein, sie war allein. Is gar nicht weit von mir vorbeigeritten, wollte wohl nach dem Wald. Nein, ich hab keinen Menschen sonst gesehn, nur sie und den Gaul.»
«Vielleicht hat sie sich über die Zigeunerin erschreckt», meinte die rotwangige Frau.
Ich fuhr herum. «Welche Zigeunerin? Wann?»
«Oh, so etwa . . . Na ja, vor etwa drei oder vier Stunden, als ich heute morgen hier vorbeikam. Es kann Viertel vor zehn gewesen sein. Da hab ich die Zigeunerin gesehen, die aus der Kate unten im Dorf. Wenigstens glaub ich, sie war's. Aber sie ist die einzige weit und breit, die einen roten Mantel hat. Wanderte da durch die Bäume den Weg hinauf. Und sie soll die arme junge Dame aus Amerika ja auch immer so erschreckt haben. Mit Verwünschungen und bösen Worten.»
Gipsy's Acre. Ich wollte, ich hätte es nie gesehen . . .

DRITTES BUCH

19

Es fällt mir ganz außerordentlich schwer, mich an die nun folgenden Ereignisse zu erinnern. Ich meine, an ihre Reihenfolge. Bis dahin steht mir alles noch klar vor Augen, aber danach war es, als sei ein Fallbeil niedergegangen und habe mein Leben in zwei Hälften zerschnitten. Alles, was ich nach Ellies Tod anfing, scheint mir heute improvisiert — ein einziger Wirbel aufgeregter Leute und sich überstürzender Ereignisse, über die ich keinerlei Kontrolle mehr hatte. Was sich da abwickelte, hatte keinen direkten Bezug auf mich, es spielte sich nur um mich herum ab. So kam es mir jedenfalls vor.

Alle waren sie sehr freundlich zu mir — daran kann ich mich offenbar am deutlichsten erinnern. Ich stolperte wie vor den Kopf geschlagen herum, wußte nichts mit mir anzufangen. Greta aber, das weiß ich noch, war jetzt in ihrem Element. Sie hatte das erstaunliche Talent mancher Frauen, kritische Situationen zu überschauen und in die Hand zu nehmen. All diese nebensächlichen Details zu erledigen, die erledigt werden müssen. Ich wäre dazu nicht imstande gewesen.

Mir kommt es so vor, als könnte ich mich — nachdem sie Ellie fortgeschafft und ich ins Haus zurückgekehrt war — erst wieder an das Gespräch mit Dr. Shaw erinnern. Ich weiß nicht, wieviel Zeit dazwischenliegt. Jedenfalls kam Dr. Shaw vorbei und unterhielt sich mit mir, ruhig, freundlich und vernünftig. Er erklärte mir alles behutsam und offen.

Formalitäten. Ich erinnere mich, daß er von «Formalitäten» sprach. Wie verhaßt mir dieses Wort ist! Gerade deshalb war ich Dr. Shaw so dankbar, denn er ging die Sache menschlich und nüchtern an, erklärte mir rücksichtsvoll, warum gewisse Formalitäten wie der Inquest unvermeidlich waren. Dabei sprach er recht langsam, erinnere ich mich, um sich zu vergewissern, daß ich auch alles begriff.

Ich hatte keine Ahnung, wie ein Inquest vor sich ging, ich war noch nie bei einem gewesen. Es schien mir alles seltsam unwirklich und naiv. Der Coroner war ein pingeliger kleiner Mann mit Kneifer. Ich mußte die Identifikation vornehmen, mußte schildern, wie ich Ellie beim Frühstück das letzte Mal gesehen hatte, mußte ihren Aufbruch zu dem gewohnten Morgenritt beschreiben und unsere Verabredung für später zum Lunch. Ich sagte aus, daß sie mir ganz wie immer erschienen war und bei ausgezeichneter Gesundheit.
Dr. Shaws Aussage war ruhig und sachlich: keine ernstlichen Verletzungen, nur ein Schlüsselbeinbruch und Prellungen als Resultat des Sturzes – alle nicht kritisch und erst bei Eintritt des Todes entstanden. Nach dem Sturz schien sie sich nicht mehr bewegt zu haben. Seiner Ansicht nach war der Tod auf der Stelle eingetreten. Keine erkennbaren organischen Schäden, die als Todesursache in Frage gekommen wären. Seine einzige Erklärung lautete, daß sie einem durch Schock ausgelösten Herzversagen erlegen war. Soweit ich das medizinische Kauderwelsch verstand, war Ellie einfach an Atemnot gestorben, an irgendeiner Asphyxie. Alle ihre Organe waren intakt, der Mageninhalt normal.
Greta, die ebenfalls aussagte, unterstrich noch stärker als seinerzeit gegenüber Dr. Shaw, daß Ellie vor drei bis vier Jahren an irgendeiner Herzkrankheit gelitten hatte. Zwar hatte sie nie etwas Definitives gehört, aber Ellies Verwandte hatten gelegentlich ihr schwaches Herz erwähnt und ihr Schonungsbedürfnis. Darüber hinaus war ihr nichts Genaueres bekannt.
Dann kamen die Leute daran, die zur Zeit des Unglücks in der Nähe gewesen waren. Der alte Torfstecher war der erste. Er hatte Ellie in etwa fünfzig Meter Entfernung vorbeireiten sehen. Er kannte sie vom Sehen, hatte aber noch nie mit ihr gesprochen: Sie war eben die Dame vom neuen Haus da oben.
«Sie erkannten sie also wieder?»
«Nein, nicht direkt, Sir, aber ich kannte das Pferd. Es hat eine weiße Fessel. Hat früher Mr. Carey drüben in Shettlegroom gehört. Es hat immer als ruhig und zahm gegolten, ein richtiges Damenpferd.»
«War das Pferd irgendwie widerspenstig, solange Sie zusahen? Schwer zu bändigen oder störrisch?»

«Nein, es war ganz friedlich. Ein wunderschöner Morgen war's.»
Es waren kaum Leute in der Nähe gewesen, sagte er aus. Jedenfalls hatte er nicht viele bemerkt. Der betreffende Pfad übers Moor wurde nicht oft benutzt, höchstens als Abkürzung zu einer der Farmen. Ein zweiter Pfad kreuzte ihn etwa anderthalb Kilometer weiter. Er hatte ein oder zwei Leute vorbeikommen sehen, einen Mann auf einem Fahrrad, einen anderen zu Fuß. Sie waren jedoch zu weit entfernt gewesen, als daß er sie hätte erkennen können, und überdies hatte er nicht sonderlich auf sie geachtet. Bevor die Dame vorbeigeritten war, sagte er, hatte er die alte Mrs. Lee gesehen, oder jedenfalls glaubte er, daß sie's gewesen war. Sie war den Pfad herauf auf ihn zugekommen, dann abgebogen und im Wald verschwunden.
Der Coroner erkundigte sich, weshalb Mrs. Lee nicht vor Gericht zugegen sei. Seines Wissens war sie geladen worden. Man informierte ihn jedoch, daß Mrs. Lee vor einigen Tagen aus dem Dorf verschwunden war – niemand wußte genau, wann. Sie hatte keine neue Adresse hinterlassen. Das war auch nicht ihre Gewohnheit, sie ging und kam öfter, ohne irgend jemandem Bescheid zu sagen. Ein oder zwei Leute meinten sogar, sie hätte das Dorf schon vor dem Unglück verlassen. Der Coroner wandte sich wieder an den Alten.
«Dennoch glauben Sie, Mrs. Lee gesehen zu haben?»
«Beschwören kann ich's nicht. Es war 'ne große Frau mit energischem Schritt, und sie hatte einen roten Mantel um, so wie Mrs. Lee manchmal einen trägt. Aber ich hab nicht richtig hingesehen, ich hatte zuviel zu tun; 's kann sie gewesen sein, aber genausogut jemand anders. Wer soll das wissen?»
Sonst wiederholte er im wesentlichen, was er schon uns berichtet hatte. Er hatte die Frau in der Nähe vorbeireiten sehen, wie schon öfter. Er hatte nicht sonderlich auf sie geachtet. Erst später, als das Pferd reiterlos vorbeigaloppierte. Sah aus, als hätte es sich über irgend etwas erschreckt, meinte er. Welche Zeit das gewesen war, konnte er nicht sagen. Vielleicht elf, vielleicht früher. Später hatte er das Pferd in größerer Entfernung noch einmal bemerkt. Es schien in den Wald zurückzulaufen.

Dann rief mich der Coroner abermals vor und stellte mir einige Fragen über Mrs. Lee. Über Mrs. Esther Lee, wohnhaft in *Vine Cottage.* «Sie und auch Ihre Frau kannten Mrs. Lee vom Sehen?»
«Ja», antwortete ich, «sogar recht gut.»
«Haben Sie auch mit ihr gesprochen?»
«Ja, mehrfach. Oder vielmehr», korrigierte ich, «sie sprach mit uns.»
«Hat sie Ihre Frau oder Sie jemals bedroht?»
Ich zögerte. «Schon, in gewissem Sinne», sagte ich dann. «Aber ich hätte nie gedacht . . .»
«Was hätten Sie nie gedacht?»
«Ich hätte nie gedacht, daß sie's so ernst meinte.»
«Hörte es sich so an, als hegte sie einen besonderen Groll gegen Ihre Frau?»
«Meine Frau erwähnte einmal etwas in dieser Art. Es käme ihr vor, sagte sie, als hätte Mrs. Lee etwas gegen sie, aber sie konnte sich nicht denken, was das war.»
«Haben Sie oder Ihre Frau sie jemals vor die Tür gewiesen, von Ihrem Grundstück vertrieben, sie bedroht oder sonstwie grob behandelt?»
«Die Aggression ging immer von ihrer Seite aus», antwortete ich.
«Hatten Sie je den Eindruck, daß sie nicht ganz zurechnungsfähig war?»
Ich dachte nach. «Ja», sagte ich schließlich, «den Eindruck hatte ich. Sie schien der festen Überzeugung zu sein, daß der Grund, auf dem wir unser Haus erbaut hatten, eigentlich ihr gehöre, ihrem Stamm oder wie sie es nennen mögen. Sie war davon irgendwie besessen.» Langsam fügte ich hinzu: «Und ich glaube, diese Besessenheit wurde mit der Zeit immer schlimmer.»
«Aha. Hat sie Ihre Frau jemals körperlich bedroht?»
«Nein», sagte ich zögernd, «das zu behaupten, wäre wohl nicht fair. Es war alles so . . . na ja, so Zigeuneraberglaube. ‹Wenn ihr hierbleibt, wird euch Böses widerfahren›, oder: ‹Ihr seid verflucht, solange ihr nicht von hier fortgeht.›»
«Fiel auch das Wort ‹Tod›?»
«Ich glaube schon. Aber wir haben sie nicht für voll genommen. Ich jedenfalls nicht.»

«Ihre Frau aber doch?»
«Ich fürchte, manchmal ja. Die Alte konnte einen schon ziemlich erschrecken. Aber wahrscheinlich durfte man sie für ihre Reden und ihr Gehabe nicht voll verantwortlich machen.»
Die Verhandlung schloß damit, daß der Coroner die Sitzung für zwei Wochen vertagte. Alles schien auf Tod durch Unfall hinzudeuten, aber es gab keine ausreichenden Beweise für die Unfallursache. Also vertagte er, bis er die Aussage von Mrs. Lee einholen konnte.

20

Am Tag nach dem Inquest suchte ich Major Phillpot auf und fragte ihn geradeheraus nach seiner Ansicht.
«Sie kennen die Alte. Halten Sie sie wirklich für fähig, aus purer Bosheit und absichtlich einen solchen Unfall zu verursachen?»
«Eigentlich kann ich das nicht so recht glauben, Mike», antwortete er. «Für so etwas braucht man schon sehr starke Beweggründe. Zum Beispiel Rache für ein Unrecht, das einem persönlich zugefügt worden ist. Aber was hatte Ellie ihr jemals Böses getan? Nichts.»
«Ich weiß, es klingt absurd. Warum aber lief sie Ellie immer auf so seltsame Art über den Weg, warum drohte sie ihr, wollte sie verjagen? Sie schien ihr verhaßt zu sein — weshalb bloß? Sie war Ellie vorher nie begegnet. Was war Ellie schon anderes für sie, als eine völlig fremde Amerikanerin? Es gibt keine Vorgeschichte, keine frühere Verbindung zwischen den beiden.»
«Ich weiß, ich weiß», sagte Phillpot. «Ich kann mir nicht helfen, Mike, aber mir scheint da noch etwas im Spiel zu sein, das über unseren Horizont geht. Ich weiß nicht, wie oft Ihre Frau vor Ihrer Heirat in England war. Hat sie jemals längere Zeit hier in der Gegend gewohnt?»
«Nein, das weiß ich genau. Es ist alles so kompliziert, ich bin im Grunde gar nicht über Ellies Vorleben im Bilde. Weder über ihre Bekannten noch über ihren Aufenthalt. Wir sind uns

einfach – begegnet.» Ich sah ihn an. «Sie wissen noch nicht, wie wir uns kennengelernt haben, nicht wahr? Darauf kämen Sie im Leben nicht.» Und plötzlich mußte ich, ganz wider Willen, leise lachen. Dann riß ich mich zusammen. Ich wußte, ich stand kurz vor einem hysterischen Anfall.

Der Major wartete geduldig, bis ich mich wieder gefangen hatte.

«Wir haben uns hier kennengelernt», erzählte ich. «Oben auf *Gipsy's Acre.* Ich hatte den Aushang über die Versteigerung von *The Towers* gelesen und war hinaufspaziert, weil ich auf den Besitz neugierig war. Und dabei habe ich sie zum erstenmal gesehen. Sie stand dort oben unter einem Baum. Ich habe sie erschreckt – oder war es umgekehrt? So begann alles zwischen uns. Und so kam es, daß wir uns hier auf diesem verfluchten Stück Land niederließen. In dieser Unglücksgegend.»

«Hatten Sie die ganze Zeit dieses Gefühl? Daß es eine Unglücksgegend ist?»

«Nein. Ja, doch. Nein, ich kann's nicht genau sagen. Ich hab's mir jedenfalls nie eingestanden. Ich wollte nicht. Aber ich glaube, sie wußte Bescheid. Ich glaube, sie hatte die ganze Zeit Angst.» Langsam setzte ich hinzu: «Jemand hat ihr die ganze Zeit absichtlich Angst eingejagt.»

Scharf fragte er: «Was wollen Sie damit sagen? Wer sollte ihr Angst machen?»

«Vermutlich diese Zigeunerin. Aber irgendwie kann ich nicht recht daran glauben ... Sie lag immer so auf der Lauer, wenn Ellie vorbeikam, erzählte ihr Schauermärchen über das Grundstück. Was es ihr für Unglück bringen würde und daß sie lieber fortziehen sollte.»

Er wurde wütend. «Ich wollte, man hätte mich darüber besser informiert. Ich hätte mir die alte Esther schon vorgenommen. Hätte ihr gesagt, daß man so etwas nicht tun kann.»

«Warum aber?» fragte ich. «Was hat sie dazu getrieben?»

«Wichtigtuerei – wie üblich. Entweder warnt sie die Leute vor Unglück, oder sie sagt ihnen ein langes glückliches Leben voraus. Sie machte einem eben gerne vor, daß sie in die Zukunft sehen kann.»

«Angenommen», überlegte ich, «man hat ihr Geld gegeben. Wie ich höre, ist sie sehr aufs Geld aus.»

«Ja, das ist richtig. Wenn sie jemand dafür bezahlt hätte — das wollen Sie doch damit sagen ... Aber was bringt Sie auf den Gedanken?»

«Sergeant Keene. Von allein wäre ich nie darauf gekommen.»

«Verstehe.» Skeptisch schüttelte er den Kopf. «Ich kann einfach nicht glauben, daß sie Ihre Frau in voller Absicht erschrecken würde. So sehr, daß es zu einem Unglück kommt.»

«Vielleicht hatte sie mit dieser Katastrophe gar nicht gerechnet. Möglicherweise hat sie nur das Pferd scheu gemacht. Mit einem Knall oder einem weißen Tuch oder so.»

«Das scheint mir weithergeholt.»

Ich überlegte einen Augenblick. «Alles, was ich sage, muß einfach phantastisch klingen. Gesetzt den Fall, jemand bezahlte sie wirklich, so wie Keene andeutete, für dieses Theater. Was wollte dieser Jemand damit bezwecken? Nehmen wir an, er wollte uns beide von hier vertreiben. Dazu konzentrierte er sich auf Ellie, nicht auf mich, weil ich nicht so leicht einzuschüchtern gewesen wäre. Aber er terrorisierte sie, um sie — und damit uns beide — zu verscheuchen. Wenn das zutrifft, muß es irgendeinen Grund geben, weshalb das Land wieder auf den Markt kommen soll. Sagen wir einmal, irgendwer will unser Grundstück.» Ich hielt inne.

«Eine logische Annahme», sagte Phillpot. «Aber ich wüßte nicht, was jemand dazu bewegen könnte.»

«Ein größeres Erzvorkommen», rätselte ich. «Von dem bisher niemand wußte.»

«Hm, das bezweifle ich.»

«Ich weiß, es klingt absurd. Na ja — oder die Beute aus irgendeinem Bankraub.»

Phillpot schüttelte immer noch den Kopf, wenn auch nicht mehr ganz so überzeugt.

«Die einzige Alternative besteht darin, noch einen Schritt weiterzugehen als Sie vorhin: über Mrs. Lee hinaus zu der Person, die sie bezahlte. Es könnte irgendein Feind von Ellie sein, den ich nicht kenne.»

«Aber Sie wissen niemand, der da auch nur in Frage käme?»

«Nein. Hier unten kannte ich keine solche Person, da bin ich ganz sicher. Auch nicht von früher.» Ich stand auf. «Vielen Dank, daß Sie mir so geduldig zugehört haben.»

«Ich wollte, ich könnte Ihnen mehr helfen.»
Ich trat unter die Tür, in der Tasche das Ding betastend, das ich schon die ganze Zeit mit mir herumtrug. Dann, in einem plötzlichen Entschluß, machte ich auf dem Absatz kehrt und ging ins Zimmer zurück.
«Hier, das möchte ich Ihnen noch zeigen», sagte ich. «Eigentlich wollte ich es Sergeant Keene bringen und sehen, was er damit anfangen kann.»
Ich holte aus meiner Tasche einen Stein hervor, der in ein beschriebenes Stück Papier gewickelt war.
«Das hier wurde heute morgen durchs Fenster in unser Frühstückszimmer geworfen», erzählte ich dabei. «Ich hörte Glas splittern, als ich herunterkam. Auch an unserem ersten Abend hier wurde so ein Stein durchs Fenster geworfen. Ich weiß nicht, ob von derselben Person.»
Ich löste das Papier und hielt es ihm hin. Es war ein schmutziger billiger Fetzen mit Druckbuchstaben in ziemlich blasser Tinte. Phillpot setzte die Brille auf und beugte sich darüber. Die Notiz darauf lautete kurz: «Eine Frau hat Ihre Frau umgebracht.»
Phillpots Augenbrauen hoben sich.
«Allerhand. War auch die erste Nachricht so gedruckt?»
«Ich kann mich nicht mehr erinnern, nicht einmal an den genauen Wortlaut. Es war nur eine Warnung, wir sollten von hier verschwinden. Jedenfalls waren es damals offenbar nur ein paar junge Strolche. Diesmal scheint es mir nicht dasselbe.»
«Glauben Sie, daß der Absender irgend etwas weiß?»
«Wahrscheinlich gehört er zu diesen blödsinnigen, bösartigen anonymen Briefschreibern. Auf dem Land gibt's die in rauher Menge.» Er reichte mir den Fetzen Papier zurück.
«Dennoch halte ich Ihren ersten Impuls für richtig», meinte er. «Bringen Sie es Sergeant Keene. Er wird mit so was besser fertig als ich.»
Ich traf Sergeant Keene auf dem Polizeirevier an; er war überaus interessiert.
«Seltsame Dinge gehen hier vor», meinte er.
«Was bedeutet es Ihrer Ansicht nach?»
«Schwer zu sagen. Kann schiere Bosheit sein, die darauf abzielt, jemand ganz bestimmten zu beschuldigen.»

«Mrs. Lee wahrscheinlich?»
«Nein, ich glaube nicht, daß es dann in dieser Form geschehen wäre. Es könnte sein — und ich würde das nur zu gern glauben —, daß irgendwer etwas gesehen oder gehört hat. Einen Aufschrei, ein Geräusch — oder das Pferd hat fast jemand überrannt, der danach einer Frau begegnet ist. Aber da scheint mir jemand an eine andere Frau als an Mrs. Lee zu denken, denn von der Zigeunerin spricht in diesem Zusammenhang ohnedies jeder. Es hört sich an, als sei eine ganz andere gemeint.»
«Was ist mit der Alten?» fragte ich. «Haben Sie sie gefunden?»
Langsam schüttelte er den Kopf.
«Wir wissen ungefähr, wohin sie sich sonst wandte, wenn sie von hier verschwand. Wir haben uns umgehört, und sie ist dort nicht aufgetaucht. Die Leute hätten vermutlich sowieso nichts anderes ausgesagt, aber ich glaube trotzdem nicht, daß sie sehr weit weg ist.» Die letzten Worte sagte er mit eigenartiger Betonung.
«Ich verstehe nicht ganz», meinte ich.
«Betrachten Sie es einmal folgendermaßen: Sie fürchtet sich und hat auch allen Grund dazu. Immerhin hat sie Ihre Frau bedroht und erschreckt, und nun hat sie — sagen wir mal — einen Unfall verursacht, bei dem Ihre Frau starb. Sie weiß, daß die Polizei jetzt hinter ihr her sein muß, also will sie untertauchen. Eine möglichst große Entfernung zwischen sich und uns legen. Aber sie wird sich dabei nicht gern sehen lassen, folglich auch keine öffentlichen Verkehrsmittel benutzen.»
«Aber Sie werden sie noch finden? Schließlich ist sie eine auffallende Erscheinung.»
«Aber sicher werden wir sie finden. Es dauert nur seine Zeit. Das heißt, wenn die Dinge wirklich so liegen.»
«Was Sie aber nicht glauben?»
«Na ja, Sie wissen ja, was mir schon die ganze Zeit im Kopf herumgegangen ist. Nämlich ob jemand sie dafür bezahlt hat, daß sie diese Schau abzog.»
«Um so dringender hätte sie sich dann absetzen wollen», wandte ich ein.
«Und noch jemand hätte ebenfalls lebhaftes Interesse an ihrem Verschwinden. Das müssen Sie auch bedenken, Mr. Rogers.»

«Sie meinen die Person, die sie bezahlt hat?» fragte ich langsam.
«Ja.»
«Angenommen, es war eine Frau . . .»
«Und angenommen, es hat noch jemand eine Ahnung von den Zusammenhängen und fängt nun an, anonyme Mitteilungen zu schreiben. Die Frau im Hintergrund kann es ebenfalls mit der Angst zu tun bekommen haben. Sie muß diese Wendung der Dinge ja nicht unbedingt so beabsichtigt haben. So viel ihr auch daran lag, daß diese Zigeunerin Ihre Frau von hier verscheuchte, so wenig braucht sie ihren Tod im Sinn gehabt zu haben.»
«Nein», stimmte ich zu, «von Tod war nie die Rede. Sie sollte uns bloß Angst einjagen, mir und meiner Frau, damit wir von hier wegzogen.»
«Und wer hat jetzt Angst? Die Frau, die den Unfall heraufbeschwor. Nämlich Mrs. Esther Lee. Also würde sie gern reinen Tisch machen, nicht wahr? Und klarstellen, daß sie gar nicht die Hauptverantwortliche ist. Sie würde sogar zugeben, daß man sie zu diesem Zweck bezahlt hat, und sie würde Namen erwähnen: Den Namen ihres Geldgebers. Aber dem würde das bestimmt nicht behagen, nicht wahr, Mr. Rogers? Er würde dafür sorgen, daß sie ziemlich schnell zum Schweigen gebracht wird, oder?»
«Sie nehmen an, daß sie tot ist?»
«Das wäre doch möglich, oder?» meinte Keene. Dann wechselte er anscheinend unvermittelt das Thema. «Sie kennen doch diesen Pavillon da oben in Ihrem Wald, Mr. Rogers?»
«Sicher», antwortete ich. «Was ist damit? Wir haben ihn ein bißchen herrichten lassen, weil wir gelegentlich dorthinauf spazierengingen. In letzter Zeit allerdings nicht. Wieso?»
«Na ja, wir haben uns nämlich ein bißchen umgesehen. Auch in diesem Pavillon. Er war unverschlossen.»
«Wir haben uns nie die Mühe gemacht, die Tür hinter uns abzuschließen. Schließlich stand dort nichts von Wert herum, nur ein paar überzählige Möbel.»
«Wir hielten es für möglich, daß die alte Lee dort untergeschlüpft sein könnte, fanden aber keine Spur von ihr, sondern nur das hier. Ich wollte es Ihnen sowieso zeigen.» Aus einer

Schublade holte er ein kleines, zierlich ziseliertes Goldfeuerzeug hervor: ein Damenfeuerzeug mit einem Initial aus Brillanten: dem Buchstaben C.

«Ihrer Frau dürfte das wohl kaum gehört haben, oder?»

«Nicht mit diesem Monogramm. Nein, das ist nicht Ellies Feuerzeug, sie hatte ein anderes. Und es gehört auch nicht Miss Andersen, sie heißt Greta mit Vornamen.»

«Es lag da oben, als hätte es jemand verloren. Ganz schön teures Spielzeug.»

«C?» überlegte ich. «Ich kann mich an keinen Besucher mit diesem Anfangsbuchstaben erinnern, außer vielleicht an Cora. Das ist die Stiefmutter meiner Frau, Mrs. van Stuyvesant. Aber ich kann mir nicht vorstellen, daß sie diesen verwilderten Pfad zum Pavillon hinaufgeklettert ist. Außerdem war sie schon eine ganze Weile nicht mehr bei uns, mindestens einen Monat. Und ich glaube mich auch nicht daran zu erinnern, daß sie je dieses Feuerzeug benutzt hätte. Es wäre mir aber wohl sowieso nicht aufgefallen. Vielleicht weiß Miss Andersen was darüber.»

«Na, dann nehmen Sie's doch mit und zeigen Sie es ihr.»

«Mache ich. Aber wenn es wirklich Cora gehört, dann wundert mich doch, daß wir es nie gesehen haben, wenn wir da oben saßen. Der Pavillon ist spärlich möbliert, und wenn so ein Ding auf dem Boden herumliegen würde, müßte es einem auffallen. Es lag doch auf dem Fußboden?»

«Ja, in der Nähe des Sofas. Natürlich kann sich Gott weiß wer in dem Pavillon aufgehalten haben. Zum Beispiel als Liebesnest ist er äußerst praktisch. Aber Ortsansässige dürften kein so wertvolles Stück besitzen.»

«Da fällt mir Claudia Hardcastle ein», sagte ich. «Aber ich bezweifle, daß sie einen so verspielten Geschmack hat. Und was hätte sie im Pavillon gesucht?»

«Sie war mit Ihrer Frau ziemlich eng befreundet, nicht?»

«Ja, wahrscheinlich war sie hier Ellies beste Freundin. Und sie wußte natürlich, daß sie den Pavillon von uns aus jederzeit benutzen konnte.»

«Aha», sagte Sergeant Keene. Ich starrte ihn an. «Sie glauben doch nicht, daß – daß Claudia Hardcastle Ellie so gehaßt haben könnte? Das wäre doch absurd.»

«Gewiß, im Augenblick deutet nichts darauf hin, aber bei den Damen weiß man das ja nie so genau.»
«Vielleicht ...» Doch ich hielt inne, weil mir das, was ich hatte sagen wollen, selber zu abwegig vorkam.
«Ja, Mr. Rogers?»
«Ich glaube, Claudia Hardcastle war ursprünglich mit einem Amerikaner verheiratet, einem Amerikaner namens Lloyd. Und der Name des Treuhänders meiner Frau in den Staaten lautet Stanford Lloyd. Andererseits gibt es Hunderte von Lloyds, und selbst wenn es sich um denselben Mann handelte, wäre es bloßer Zufall. Was könnte es mit all dem zu tun haben?»
«Es wirkt unwahrscheinlich. Aber immerhin ...» Er verstummte.
«Komisch ist nur, daß ich glaubte, Stanford Lloyd hier bei uns am Tag des – des Unfalls begegnet zu sein. Mittags im *George*, in Bartington.»
«Er hat Sie nicht besucht?»
Ich schüttelte den Kopf. «Er hatte eine Frau dabei, die Miss Hardcastle sehr ähnlich sah. Aber wahrscheinlich liegt da nur ein Irrtum meinerseits vor. Sie wissen doch wohl, daß ihr Bruder das Haus für uns gebaut hat?»
«Hat sie ein Interesse an dem Haus gezeigt?»
«Nein», sagte ich. «Der Stil, in dem ihr Bruder baut, entspricht wohl nicht ganz ihrem Geschmack.» Ich erhob mich. «Jetzt habe ich Sie lange genug aufgehalten. Versuchen Sie, diese Zigeunerin aufzutreiben.»
«Wir werden uns alle Mühe geben, das verspreche ich Ihnen. Auch der Coroner braucht sie dringend.»
Ich verabschiedete mich und verließ das Revier. Manchmal will es der Zufall, daß man der Person, von der man eben gesprochen hat, über den Weg läuft. So ging es mir mit Claudia Hardcastle. Sie trat aus der Post, gerade als ich daran vorbeikam. Wir blieben stehen und sie sagte mit der leichten Verlegenheit, die man einem Leidtragenden gegenüber empfindet: «Mein aufrichtiges Beileid, Mike. Mehr will ich nicht sagen, da ist jedes Wort zuviel. Aber ich bin wirklich – wirklich tief betroffen. Das mußte ich Ihnen sagen.»
«Danke, ich weiß. Sie waren sehr lieb zu Ellie. Mit Ihrer Hilfe

hat sie sich wirklich leichter eingelebt. Ich war Ihnen dafür hier dankbar.»

«Ach, ich wollte Sie noch fragen, und ich tue das besser jetzt gleich, ehe Sie nach Amerika fahren. Wie ich höre, wollen Sie in Kürze abreisen.»

«Sobald ich kann. Ich habe dort eine Menge zu erledigen.»

«Es ist nur ... Falls Sie das Haus zum Verkauf ausschreiben, hab ich mir gedacht, werden Sie es noch vor Ihrer Abreise tun ... Und deshalb – deshalb hätte ich gern eine Option darauf.»

Ich starrte sie an. Damit hat sie mich wirklich überrascht. Niemals hätte ich das von ihr erwartet.

«Sie wollen es kaufen? Ich dachte, dieser Baustil liegt Ihnen nicht?»

«Mein Bruder Rudolf hat es mir als das Beste geschildert, was er je entworfen hat. Und er muß das ja wissen. Wahrscheinlich wollen Sie sehr viel Geld dafür, aber ich könnte das zahlen. Ja, ich hätte das Haus gern.»

Ich konnte mir nicht helfen, das kam mir seltsam vor. Früher, bei ihren Besuchen, hatte sie nie ein Lobeswort für unser Haus gehabt. Wieder fragte ich mich, in welcher Beziehung sie zu ihrem Halbbruder stehen mochte. War sie ihm wirklich so zugetan? Mitunter war es mir eher so vorgekommen, als verabscheue, ja haßte sie ihn. Jedenfalls sprach sie immer sehr eigenartig von ihm. Dennoch mußte er ihr viel bedeuten.

Langsam schüttelte ich den Kopf. «Ich kann verstehen, wenn Sie glauben, daß ich jetzt nach Ellies Tod das Grundstück verkaufen und von hier wegziehen will. Aber das stimmt gar nicht. Wir waren hier glücklich, und das Haus steckt für mich voller Erinnerungen an Ellie. Ich werde *Gipsy's Acre* nicht verkaufen, auf keinen Fall. Darauf können Sie sich verlassen.»

Unsere Blicke trafen sich, dann sah sie zu Boden.

Ich faßte Mut und stellte ihr eine Frage. «Es geht mich im Grunde nichts an, aber Sie waren doch verheiratet. Hieß Ihr Mann Stanford Lloyd?»

Einen Augenblick sah sie mich sprachlos an. Dann sagte sie abrupt: «Ja», und wandte sich zum Gehen.

21

Ein einziges Tohuwabohu – so stellte sich mir diese Zeit in der Erinnerung dar. Neugierige Journalisten, Fragen, Interviews, eine Flut von Briefen und Telegrammen, und Greta, die mit allem fertig wurde ...

Für mich war die erste große Überraschung, daß Ellies Familie sich gar nicht in Amerika befand, wie wir angenommen hatten. Es war ein ziemlicher Schock, als ich erfuhr, daß fast alle Mitglieder sich in England aufhielten. Bei Cora Stuyvesant war das noch verständlich, sie war immer ruhelos gewesen und pendelte zwischen Europa und Amerika hin und her. Am Tag von Ellies Tod war sie nur achtzig Kilometer von uns entfernt gewesen, immer noch vollauf mit der Suche nach ihrem englischen Landsitz beschäftigt. Sie hatte sich in aller Eile von Londoner Grundstücksmaklern neue Projekte nennen lassen und an diesem Tag die Gegend abgegrast, um ein halbes Dutzend davon zu besichtigen.

Stanford Lloyd, so stellte sich heraus, war mit derselben Maschine gekommen, angeblich wegen einer geschäftlichen Konferenz in London. Sie alle erfuhren von Ellies Tod nicht aus den Kabeln, die wir in die Staaten geschickt hatten, sondern aus der Presse.

Über den Ort, an dem Ellie beigesetzt werden sollte, kam es zu einem widerwärtigen Gerangel. In meinen Augen war es nur natürlich, daß sie da begraben wurde, wo sie auch gelebt hatte und wo wir miteinander glücklich gewesen waren.

Aber Ellies Familie sperrte sich dagegen. Sie wollten die Leiche nach den USA überführen lassen, damit sie an der Seite ihrer Vorfahren bestattet wurde. Vielleicht war das auch gar nicht so abwegig.

Andrew Lippincott erschien, um die Sache mit mir zu besprechen. Er formulierte es ganz einleuchtend.

«Sie hat keinerlei Anordnungen hinterlassen, wo sie begraben sein wollte», erläuterte er.

«Warum sollte sie auch?» fragte ich gereizt. «Wie alt war sie denn – einundzwanzig? Mit einundzwanzig denkt man noch nicht ans Sterben.»

«Sehr richtig», konstatierte Lippincott. «Ich fürchte, Sie werden ebenfalls nach Amerika kommen müssen. Sie haben sich dort um vielerlei Geschäftsinteressen zu kümmern.»

«Was für Interessen? Was habe ich mit diesen Geschäften zu tun?»

«Eine ganze Menge», erwiderte er. «Ist Ihnen nicht klar, daß Sie laut Testament der Haupterbe sind?»

«Sie meinen, als Ellies nächster Verwandter oder so?»

«Nein. Laut Testament.»

«Ich wußte gar nicht, daß sie ein Testament gemacht hat.»

«O doch», sagte Lippincott. «Ellie war in solchen Fragen sehr versiert — kein Wunder bei ihrer Herkunft. Als sie volljährig wurde, setzte sie ein Testament auf, und zwar unmittelbar nach Ihrer Heirat. Es war bei ihrem Londoner Anwalt hinterlegt, und eine Kopie davon ging an mich.»

«Könnte ich dann nicht auch die ganze Vermögensverwaltung Ihnen übertragen? Ich bin viel zu unerfahren dazu.»

«Das könnten Sie wohl.»

«Dann wäre ja alles geregelt.»

«Dennoch sollten Sie sich einen eigenen Rechtsvertreter nehmen. Ich vertrete bereits einige Familienmitglieder, und es könnte da zu einem Interessenkonflikt kommen. Wenn Sie es mir überlassen wollen, werde ich dafür sorgen, daß Ihre Interessen von einem tüchtigen Anwalt wahrgenommen werden.»

«Vielen Dank, Sie sind sehr freundlich.»

«Wenn ich mir eine Bemerkung erlauben darf . . .»

«Ja?» ermunterte ich ihn.

«Ich möchte Ihnen raten, mit Ihrer Unterschrift sehr sorgsam umzugehen. Besonders bei Geschäftspapieren. Ehe Sie etwas unterschreiben, lesen Sie es gründlich und aufmerksam durch.»

«Aber diese Papiere, von denen Sie sprechen — würden sie mir denn überhaupt etwas sagen?»

«Wenn Ihnen nicht alles klargeworden ist, geben Sie es an Ihren Rechtsbeistand weiter.»

«Soll das eine Warnung sein?»

«Diese Frage kann ich nicht beantworten», sagte Lippincott. «Ich will aber immerhin so weit gehen: Wo große Summen im Spiel sind, sollte man niemandem trauen.»

Also warnte er mich doch vor jemandem, hatte aber nicht vor, mir Namen zu nennen. Dachte er an Cora? Oder hegte er einen

Verdacht, vielleicht einen sehr alten Verdacht, gegen Stanford Lloyd, den Bankier und Lebemann, der so sorglos und großzügig lebte und kürzlich «geschäftlich» in London gewesen war? Vielleicht hatte Onkel Frank vor, mir einige ganz plausible Dokumente vorzulegen. In einer plötzlichen Vision sah ich mich selbst, ein armer, unschuldiger Tölpel, von Krokodilen umringt im Wasser schwimmen, und alle hatten ein falsches, überfreundliches Lächeln aufgesetzt.

«Die Welt ist schlecht», erklärte Lippincott.

Vielleicht war es dumm, aber ich erkundigte mich plötzlich: «Zieht irgend jemand aus Ellies Tod Gewinn?»

Er sah mich scharf an. «Eine merkwürdige Frage. Warum wollen Sie das wissen?»

«Keine Ahnung. Es fiel mir nur eben so ein.»

«Sie ziehen Gewinn daraus», stellte er fest.

«Sicher. Das habe ich vorausgesetzt. Was ich damit sagen wollte — profitiert sonst noch jemand?»

Lippincott schwieg eine ganze Weile.

«Wenn Sie damit meinen, ob in Fenellas Testament auch andere Erben bedacht sind, dann trifft das in begrenztem Umfang zu. Auf ein paar alte Diener, eine alte Gouvernante, auf ein oder zwei Wohlfahrtsinstitutionen — aber nichts davon fällt weiter ins Gewicht. Auch Miss Andersen ist bedacht, aber nicht sonderlich hoch, denn Ellie hatte bereits, wie Sie vermutlich wissen, eine ansehnliche Summe für sie ausgesetzt.»

Ich nickte. Ellie hatte mich darüber informiert.

«Sie waren ihr Mann, und sie hatte sonst keine näheren Verwandten. Dennoch glaube ich, daß Ihre Frage nicht unbedingt darauf abgezielt hat.»

«Das weiß ich selber nicht genau», sagte ich. «Aber irgendwie, Mr. Lippincott, haben Sie es geschafft, mich mißtrauisch zu machen. Gegen alle und jeden. Ich verstehe zuwenig von finanziellen Dingen.»

«Offenbar. Lassen Sie mich nur festhalten, daß ich keine konkreten Informationen besitze und keine bestimmten Verdachtsmomente. Ein Todesfall bringt gewöhnlich eine allgemeine Inventur der Verhältnisse mit sich. Das kann recht rasch gehen, es kann sich aber auch über einige Jahre hinziehen.»

In der kleinen Dorfkirche fand eine schlichte Trauerfeier statt.

Ich wäre ihr gern ferngeblieben, wenn ich gekonnt hätte. Mir waren all diese Leute so verhaßt, wie sie vor dem Kirchenportal Spalier bildeten und mich anstarrten. Diese neugierigen Augen! Aber Greta schleuste mich durch alles hindurch. Ich glaube, erst jetzt begann ich ganz zu begreifen, was für ein vitaler, verläßlicher Mensch sie doch war. Sie arrangierte alles, bestellte Blumen, sorgte für jede Kleinigkeit. Allmählich konnte ich verstehen, wieso Ellie sich mit der Zeit derart auf Greta verlassen hatte. So etwas wie Greta begegnet einem nicht oft.
In der Kirche saßen meist nur Nachbarn, manche darunter hatten wir kaum gekannt. Ein Gesicht fiel mir auf, das ich schon gesehen hatte, aber nicht gleich unterbringen konnte. Als ich nach Hause kam, meldete Carson, daß im Salon ein Herr auf mich warte.
«Ich will heute niemand sehen. Schicken Sie ihn weg. Sie hätten ihn gar nicht erst einlassen dürfen.»
«Tut mir leid, Sir. Aber er sagte, er wäre ein Verwandter.»
Carson reichte mir eine Visitenkarte, und plötzlich erinnerte ich mich an das Gesicht, das mir in der Kirche aufgefallen war. Der Name – William R. Pardoe – sagte mir zunächst nichts. Ich reichte die Karte an Greta weiter. «Wissen Sie zufällig, wer das sein könnte? Sein Gesicht kam mir bekannt vor, aber ich konnte ihn nirgends unterbringen. Vielleicht ein Freund Ellies?»
Greta sah sich die Karte kurz an. «Natürlich.»
«Wer ist es?»
«Onkel Reuben. Sie erinnern sich – Ellies Vetter. Sie hat Ihnen doch sicher von ihm erzählt?»
Da wußte ich auch, weshalb mir das Gesicht so bekannt vorgekommen war: Ellie hatte in ihrem Zimmer eine Reihe Fotos von ihren Verwandten, darunter auch ihn.
«Ich komme», sagte ich zu Carson.
Als ich in den Salon trat, erhob sich Pardoe. «Michael Rogers? Vielleicht kennen Sie meinen Namen nicht, aber Ihre Frau war meine Kusine. Allerdings nannte sie mich immer Onkel Reuben. Wir kennen uns noch nicht, ich bin zum erstenmal seit Ihrer Heirat in England.»
«Aber sicher, ich weiß, wer Sie sind», antwortete ich.

Reuben Pardoe zu beschreiben, fällt mir etwas schwer: ein großer beleibter Mann mit großflächigem Gesicht und geistesabwesender Miene. Doch sobald man sich eine Weile mit ihm unterhalten hatte, bekam man schnell das Gefühl, daß er viel dichter am Ball war, als man gedacht hätte.
«Ich brauche Ihnen nicht zu versichern, wie sehr mich Ellies Tod erschüttert hat», begann er.
«Ja, ersparen wir uns das. Ich bin dem Thema noch nicht ganz gewachsen.»
«Verständlich.»
Er schien von Hause aus ein mitfühlender Mensch zu sein, und dennoch machte mich irgend etwas an ihm nervös. Greta trat ein, und ich fragte: «Sie kennen doch Miss Andersen?»
«Gewiß. Wie geht's, Greta?»
«Einigermaßen. Wie lange sind Sie schon in England?»
«Eine Woche oder zwei. Immer viel unterwegs.»
Da fiel es mir wieder ein, und ich platzte heraus: «Neulich hab ich Sie gesehen.»
«So? Wo denn?»
«Bei einer Auktion im *Bartington Manor*.»
«Ja, ich erinnere mich an Ihr Gesicht. Sie saßen neben einem älteren Mann mit braunem Schnurrbart.»
«Richtig. Major Phillpot.»
«Sie schienen beide sehr gut gelaunt», meinte er.
«O ja, und wie», erwiderte ich und wiederholte mit dem Zweifel in der Stimme, der mich jetzt nie mehr verließ: «Und wie.»
«Natürlich — damals wußten Sie ja noch nicht, was geschehen war. Das war am Tag des Unfalls, nicht wahr?»
«Ja, wir warteten auf Ellie, die mit uns essen wollte.»
«Tragisch», sagte Onkel Reuben, «wirklich tragisch . . .»
«Ich wußte gar nicht», nahm ich den Faden wieder auf, «daß Sie in England sind. Und Ellie hatte wohl auch keine Ahnung davon?»
«Nein, ich habe ihr nicht geschrieben. Ich wußte nämlich nicht genau, wieviel Zeit mir hier bleiben würde; nun bin ich aber doch mit dem Geschäftlichen früher fertig geworden als erwartet und überlegte gerade, ob ich Sie nach der Auktion noch auf einen Sprung besuchen könnte.»
«Also haben Geschäfte Sie hierhergeführt?»

«Teils, teils. Cora bat mich um Rat in einigen Dingen, darunter auch wegen des Hauses, das sie sich hier kaufen will.»
Und da erfuhr ich von Coras Aufenthalt in unserer Nähe. Wieder sagte ich: «Das wußten wir gar nicht. Wohnte sie im Hotel?»
«Nein, bei Freunden.»
«Daß sie auch in diesem Teil der Welt Freunde hat, ist mir neu.»
«Doch, eine Freundin namens Hard ... Moment ... Hardcastle.»
«Claudia Hardcastle?» fragte ich überrascht.
«Ja. Sie waren eng befreundet. Cora kannte sie aus ihrer Zeit in den Staaten. Wußten Sie das nicht?»
«Ich weiß ja so wenig über die Familie.» Und zu Greta gewandt: «Wußten Sie, daß Cora mit Claudia Hardcastle bekannt war?»
«Ich kann mich eigentlich nicht daran erinnern, daß ich sie je von ihr erzählen hörte», meinte Greta. «Also deshalb ist Claudia damals nicht aufgetaucht.»
«Richtig», fiel ich ein, «sie wollte ja mit Ihnen nach London zum Einkaufen fahren. Ihr wolltet euch am Bahnhof von Market Chadwell treffen ...»
«Ja, und sie kam nicht. Unmittelbar nach meinem Weggang rief sie hier an und entschuldigte sich. Irgendein Besuch aus Amerika sei überraschend eingetroffen, und sie könne deshalb nicht weg.»
«Ich frage mich», überlegte ich, «ob dieser Besuch aus Amerika am Ende Cora gewesen sein könnte.»
«Scheint so», meinte Reuben Pardoe und schüttelte den Kopf. «Es ist alles so undurchsichtig. Wie ich höre, wurde der Inquest noch vertagt?»
«Ja», sagte ich. Er trank aus und erhob sich.
«Ich will nicht länger stören. Falls Sie mich brauchen sollten – ich wohne im *Majestic* in Market Chadwell.»
Ich bedankte mich und meinte aber, es gebe wohl nicht mehr viel zu erledigen. Als er zur Tür hinaus war, fragte Greta: «Was der wohl hier wollte? Warum ist er gekommen?» Und mit Verve fügte sie hinzu: «Sie sollen sich doch alle zum Teufel scheren! Da gehören sie hin!»

«Ob der Mann, den ich im *George* gesehen habe, wohl wirklich Stanford Lloyd war?» überlegte ich. «Schließlich hab ich ihn nur ganz flüchtig gesehen.»
«Aber er war doch mit Claudia zusammen, also war er's bestimmt. Vielleicht kam er Claudia besuchen, und Reuben besuchte Cora – was für ein Durcheinander!»
«Gefällt mir gar nicht, daß die alle an dem Tag hier herumlungerten», meinte ich.
Aber Greta beruhigte mich, solche Zufälle kämen vor; wie immer betrachtete sie alles vernünftig und gelassen.

22

In *Gipsy's Acre* gab es für mich nichts mehr zu tun. Ich ließ das Haus in Gretas Obhut und nahm ein Schiff nach New York, um dort nach dem Rechten zu sehen und an den Trauerfeierlichkeiten für Ellie teilzunehmen, die ich nicht wenig fürchtete.
Greta warnte mich vor dem «Dschungel» dort drüben, wie sie es nannte. Sie riet mir, gut auf mich aufzupassen und mir nicht das Fell über die Ohren ziehen zu lassen.
Und wieder hatte sie recht gehabt: es war der reinste Dschungel. Das spürte ich sofort, als ich eintraf. In dieser Art Dschungel kannte ich mich nicht aus, ich war in fremdem Revier und wußte das nur zu gut. Das hier ging über meinen Horizont, ich fühlte mich von allen Seiten umstellt wie das Wild von der Meute. Manchmal bildete ich mir das nur ein, manchmal war mein Mißtrauen aber auch gerechtfertigt. Zum Beispiel erinnere ich mich an meinen Besuch bei dem Anwalt, den Lippincott mir empfohlen hatte, einem äußerst weltgewandten Mann, der mich behandelte wie ein Arzt seinen Patienten. Man hatte mir geraten, eine Reihe von Minenanteilen abzustoßen, bei denen die Besitzverhältnisse nicht ganz geklärt waren.
Der Anwalt wollte wissen, wer mir dazu geraten hatte, und ich sagte, das sei Stanford Lloyd gewesen.
«Na ja, dann wollen wir es uns gut überlegen», meinte er. «Ein Mann wie Mr. Lloyd muß es schließlich wissen.»

Aber später erklärte er mir: «Mit Ihren Besitzanteilen an den Minen ist alles in Ordnung, und es wäre auf keinen Fall angebracht, sie überstürzt zu verkaufen, wie Mr. Lloyd Ihnen anscheinend geraten hat. Nein, geben Sie die nur nicht aus der Hand.»

Da hatte ich wieder das Gefühl, daß es stimmte, sie hatten es alle auf mein Fell abgesehen. Schließlich wußten sie, daß ich in Finanzdingen völlig unbeschlagen war.

Das Begräbnis war pompös und in meinen Augen einfach fürchterlich. Ein Meer von Blumen auf dem Friedhof, der wie ein öffentlicher Park wirkte und all die marmornen Attribute gutbetuchter Trauer aufwies. Ich wußte genau, Ellie wäre entsetzt gewesen.

Vier Tage nach meiner Ankunft erreichten mich Nachrichten aus Kingston Bishop.

Mrs. Lees Leiche war unten im alten Steinbruch auf der anderen Seite des Berges gefunden worden. Sie war schon seit Tagen tot gewesen. Bereits früher hatten sich dort Unglücksfälle ereignet, es war davon gesprochen worden, daß der Steinbruch eingezäunt werden müßte — aber geschehen war nichts. Das offizielle Verdikt lautete auf Tod durch Unfall, und an den Landrat erging eine weitere Empfehlung, den Steilhang zu sichern. In Mrs. Lees Kate wurden unter den Dielenbrettern dreihundert Pfund gefunden, in Einpfundnoten.

In einer Nachschrift hatte Major Phillpot hinzugefügt: «Noch eine schlechte Nachricht: Gestern stürzte Claudia Hardcastle bei der Jagd vom Pferd und war sofort tot.»

Claudia — tot? Unglaublich! Das versetzte mir einen heftigen Schock. Jetzt waren innerhalb von vierzehn Tagen zwei Menschen bei einem Reitunfall ums Leben gekommen. Wer konnte das noch auf einen Zufall zurückführen?

Ich will mich nicht weiter über meinen Besuch in New York auslassen. Ich war ein Fremdkörper in einer mir fremden Umwelt. Ständig glaubte ich mich bei allem, was ich sagte oder tat, höllisch in acht nehmen zu müssen. Die Ellie, die ich kannte, die mir allein gehört hatte, war nirgends zu spüren, nur das amerikanische Girl, die Haupterbin eines Riesenvermögens, Mittelpunkt eines großen Freundes-, Bekannten- und

Verwandtenklüngels, letzter Abkömmling einer alten Familie, die seit fünf Generationen im Lande lebte. Das alles deprimierte mich so, daß mir der Gedanke kam, wo wohl mich der Tod ereilen würde. Auf *Gipsy's Acre*? Vielleicht. Dann würde meine Mutter mich zu Grabe tragen – wenn sie noch lebte. Aber daß meine Mutter starb, konnte ich mir nicht vorstellen. Ja, bestimmt würde sie für ein ordentliches Begräbnis sorgen. Ob sie dann immer noch so ein strenges Gesicht machte? Aber ich wollte lieber an etwas anderes denken, nicht an meine Mutter. Es verlangte mich weder danach, sie zu sehen noch von ihr zu hören.

Das stimmte allerdings nicht ganz. In unserer Beziehung hatte nie zur Debatte gestanden, ob ich *sie* sehen wollte. Immer war es so, daß sie *mich* sah, beobachtete, durchschaute, mit einer Besorgnis, die ich fast körperlich auf mich übergreifen spürte.

Wie lange hielt ich mich in den Staaten auf? Ich weiß es nicht mehr. Es schien mir, als wäre ich schon eine Ewigkeit über dieses dünne Eis gegangen, beobachtet von Leuten mit falschem Lächeln und feindseligen Augen. Tagtäglich sagte ich mir: Ich muß es durchstehen. Ich muß es durchstehen, und dann ... Mit diesem «und dann ...» tröstete ich mich jeden Tag mehrmals. «Und dann ...», das sagte ich mir genauso wie damals «Ich will ...»

Jedermann gab sich die größte Mühe, nett zu mir zu sein, denn ich war ja reich. Ellies Testament hatte mich zu einem unwahrscheinlich reichen Mann gemacht. Es kam mir alles ganz seltsam vor. In meinem Namen wurden Investitionen vorgenommen, die ich nicht verstand, ich besaß Anteile, Aktien, Obligationen – und ich hatte keine blasse Ahnung, was mit all dem zu geschehen hatte.

Am Tag vor meiner Rückkehr nach England hatte ich ein langes Gespräch mit Lippincott. Ich informierte ihn, daß ich daran dachte, Stanford Lloyd von der Aufgabe meiner Finanzverwaltung zu entbinden.

«So?» Die grauen Augenbrauen schossen in die Höhe. Sein Pokergesicht und die schlauen Augen musterten mich, und ich fragte mich, was dieses «So» nun wirklich bedeutete.

«Halten Sie das für richtig?» erkundigte ich mich nervös.

«Sie haben vermutlich Ihre Gründe dafür?»

«Nein, jedenfalls keine stichhaltigen. Nur so ein Gefühl. Ich darf doch offen mit Ihnen sein?»
«Das Gespräch hat natürlich vertraulichen Charakter.»
«Also gut», sagte ich. «Ich habe einfach das Gefühl, er ist ein Gauner.»
«Ah.» Lippincott sah interessiert drein. «Ja, ich möchte fast sagen, daß Ihr Instinkt Sie da möglicherweise nicht betrogen hat.»
Da wußte ich, daß ich recht gehabt hatte. Stanford Lloyd hatte mit Ellies Obligationen, mit ihren Investitionen und dem ganzen restlichen Kram sein krummes Spiel getrieben. Ich unterschrieb eine Vollmacht und reichte sie Andrew Lippincott.
«Sind Sie gewillt, dies anzunehmen?» fragte ich.
«Soweit es um finanzielle Dinge geht, können Sie mir volles Vertrauen schenken. In dieser Beziehung werde ich mein Bestes für Sie tun, und Sie werden keinen Anlaß haben, sich über meine Verwalterdienste zu beklagen.»
Ich fragte mich, was genau er damit meinte. Denn irgend etwas hatte diese Formulierung zu bedeuten. Wahrscheinlich, daß er mich nicht mochte, nie gemocht hatte, daß er aber geschäftlich einwandfrei für mich arbeiten würde, weil ich Ellies Mann gewesen war. Ich unterschrieb die notwendigen Papiere, und er erkundigte sich, wie ich nach England zurückzureisen gedächte. Im Flugzeug? Nein, sagte ich, ich hätte eine Schiffspassage gebucht. «Ich brauche ein bißchen Zeit zum Nachdenken. Die Seereise wird mir guttun.»
«Und wo werden Sie Ihren Wohnsitz nehmen?»
«Auf *Gipsy's Acre.*»
«Aha. Für dauernd?»
«Ja.»
«Ich dachte, Sie wollten es vielleicht verkaufen.»
«Nein.» Das fuhr mir energischer heraus, als ich es beabsichtigt hatte. Von *Gipsy's Acre* wollte ich mich nicht trennen, *Gipsy's Acre* war für mich Teil eines Traumes, den ich schon als Grünschnabel gehegt hatte.
«Wer versorgt denn das Haus, solange Sie hier in den Staaten sind?»
Ich berichtete, daß ich Greta damit beauftragt hatte.
«Aha», sagte Lippincott. «Greta.»

Wieder hatte die Betonung, mit der er ihren Namen aussprach, etwas zu bedeuten, und wieder wurde ich nicht ganz schlau daraus. Er mochte sie eben nicht, und damit basta. Er hatte sie noch nie leiden können.

Es entstand eine Verlegenheitspause, und ich kam zu dem Schluß, daß ich etwas sagen mußte. «Sie war sehr gut zu Ellie», begann ich also. «Als Ellie krank wurde, hat sie sie geflegt, hat bei uns gewohnt und sie versorgt. Ich – ich kann ihr gar nicht genug dankbar sein. Bitte verstehen Sie das. Sie ahnen ja nicht, wie sie zu uns war, und wie sie mir nach Ellies Tod geholfen hat. Ich weiß gar nicht, was ich ohne sie angefangen hätte.»

«Gewiß, gewiß.» Das klang trockener, als ich es je für möglich gehalten hätte.

«Sie sehen also, ich verdanke ihr eine Menge.»

«Ein äußerst tüchtiges Mädchen», meinte Lippincott.

Ich erhob mich und bedankte mich beim Abschied.

«Sie haben mir für nichts zu danken», antwortete Lippincott, trocken wie eh und je. «Ich habe Ihnen einen kurzen Brief geschrieben, er ging mit Luftpost nach *Gipsy's Acre.* Da Sie nun mit dem Schiff reisen, werden Sie ihn bei Ihrer Ankunft wahrscheinlich schon vorfinden. Gute Reise.»

Im Hotel fand ich ein Telegramm vor, das mich in ein Krankenhaus in Kalifornien rief. Ein Freund namens Rudolf Santonix habe nach mir verlangt, er habe nicht mehr lange zu leben und wolle mich vor seinem Tod noch einmal sehen.

Ich buchte meine Schiffspassage um und flog nach San Franzisko. Santonix war noch nicht tot, verfiel aber rapide. Man bezweifelte sogar, daß er das Bewußtsein noch einmal wiedererlangen würde. Im Krankenzimmer setzte ich mich neben sein Bett und betrachtete ihn, betrachtete diese ausgemergelte Hülle des Mannes, den ich einst gekannt hatte. Er hatte schon immer kränklich ausgesehen, hatte seltsam durchsichtig gewirkt, zart und zerbrechlich. Aber nun war er nur noch eine Wachsfigur, und ich wünschte mir nichts so sehr, wie daß er noch einmal zu mir sprechen würde.

Ich fühlte mich sehr einsam. Den Feinden war ich nun entkommen, ich saß bei einem Freund. Meinem einzigen Freund im Grunde. Er allein wußte ein bißchen über mich Bescheid, außer Mutter natürlich, aber an Mutter wollte ich nicht denken. Ein- oder zweimal fragte ich eine Schwester, ob man nicht irgend etwas für ihn tun könne, aber sie schüttelte den Kopf und sagte nur lakonisch: «Vielleicht kommt er wieder zu sich, vielleicht auch nicht.»

So wachte ich weiter bei ihm. Und dann endlich rührte er sich und stieß einen Seufzer aus. Ganz vorsichtig richtete ihn die Schwester etwas auf. Er schaute mich an, aber ich konnte nicht sagen, ob er mich erkannt hatte. Sein Blick fiel zwar auf mich, ging aber an mir vorbei oder durch mich hindurch. Doch dann veränderte sich plötzlich etwas in seinen Augen und ich dachte erleichtert: Er kennt mich doch, er sieht mich doch. Ganz leise sagte er etwas, und ich beugte mich übers Bett, um ihn besser verstehen zu können, aber die Worte schienen mir ohne jeden Sinn. Dann verkrampfte sich sein Körper plötzlich, er warf den Kopf zurück und stieß hervor: «Verdammter Narr ... warum hast du nicht den andern Weg gewählt?»

Danach sackte er in sich zusammen und starb uns unter den Händen.

Ich weiß nicht, was er mit seinen letzten Worten meinte, weiß nicht einmal, ob es ihm selber klar war.

Das also war mein Abschied von Santonix. Ob er es gehört hätte, wenn ich zu ihm gesprochen hätte? Ich hätte ihm gern noch einmal gesagt, daß das Haus, das er für mich gebaut hatte, mir das Liebste auf der Welt war. Mir das meiste bedeutete. Komisch, daß ein Haus diese Rolle spielen konnte, aber wahrscheinlich stand es als Symbol für etwas lang Ersehntes, nicht genau Definiertes. Doch er hatte gewußt, was es war, und hatte mir dazu verholfen. Und jetzt fuhr ich hin — nach Hause.

Nach Hause — an etwas anderes konnte ich nicht mehr denken, sobald ich an Bord war. Die tödliche Erschöpfung wurde verdrängt von einem steigenden Glücksgefühl, das mich mitriß wie eine große Woge: Ich fuhr nach Hause. Nach Hause ...

23

Ja, nur das blieb mir noch zu tun. Alles andere war endlich vorbei. Das letzte Ringen, der letzte Kampf. Das letzte Stück meiner Reise.

Die Zeit meiner jugendlichen Unruhe schien mir jetzt schon so lange zurückzuliegen. Die «Ich-will»-Periode ... Aber so lange war es gar nicht her. Ein knappes Jahr ...

Ich lag in meiner Kabine und erlebte das alles im Geist noch einmal.

Die Rendezvous mit Ellie im Regent's Park, unsere Heirat auf dem Standesamt. Das Haus, Santonix am Werk, das fertige Heim: mein Eigentum, meines ganz allein. Das war ich – ich – ich, wie ich sein wollte. Wie ich es mir immer gewünscht hatte. Mein Wunschtraum war Wirklichkeit geworden, und ich fuhr jetzt zu ihm nach Hause.

Vor meiner Abreise aus New York hatte ich einen einzigen Brief geschrieben und ihn mit Luftpost abgesandt, damit er vor mir eintraf: einen Brief an Phillpot. Irgendwie hatte ich das Gefühl, daß Phillpot uns schon verstehen würde, im Gegensatz zu anderen.

Und Schreiben war einfacher, als es ihm zu sagen. Er mußte auf jeden Fall Bescheid wissen. Jeder mußte das. Wenn es anderen auch unbegreiflich sein mochte – ihm vielleicht nicht. Er hatte mit eigenen Augen die enge Freundschaft zwischen Ellie und Greta beobachtet, hatte gewußt, wie sehr sich Ellie auf Greta verließ. Vielleicht begriff er, wie auch ich von ihr abhängig geworden war, wie unmöglich ich allein in dem großen Haus leben konnte, das ich einst mit Ellie geteilt hatte – es sei denn, mir stand dabei jemand zur Seite. Ich weiß nicht, ob ich es sehr geschickt formulierte, jedenfalls gab ich mir alle Mühe.

«Sie sollen der erste sein», schrieb ich, «der es erfährt. Sie waren so freundlich zu uns, und wahrscheinlich werden Sie der einzige Mensch sein, der uns versteht. Ich kann den Gedanken an ein einsames Leben auf *Gipsy's Acre* nicht ertragen. Die ganze Zeit in Amerika habe ich darüber nachgedacht und bin dabei zu dem Schluß gekommen, daß ich gleich nach meiner Heimkehr Greta bitten werde, mich zu heiraten. Sie ist nämlich der einzige Mensch, mit dem ich über Ellie sprechen kann. Sie wird mich schon verstehen. Vielleicht sagt sie nein, aber eigentlich glaube ich das nicht ... Dann wird weiterhin alles so sein, als wären wir noch zu dritt.»

Das schrieb ich dreimal, ehe ich es in die richtigen Worte gefaßt hatte. Es sollte zwei Tage vor meiner Ankunft in Phillpots Händen sein.

Als wir uns England näherten, ging ich auf Deck. Ich sah dem Land entgegen und ertappte mich bei dem Wunsch, Santonix möge bei mir sein. Ich hätte ihn gern wissen lassen, wie nun doch noch alles Wahrheit wurde, alles, was ich geplant, erdacht, erhofft hatte.

Amerika hatte ich abgeschüttelt und mit ihm die schrägen Brüder, die Speichellecker und diese ganze Clique, die mir verhaßt und der ich verhaßt war, die auf mich heruntersahen wegen meiner einfachen Herkunft. Aber ich kehrte heim im Triumph. Ich kam zurück zu den Fichten und den gefährlichen Serpentinen, die hinauf nach *Gipsy's Acre* führten, dem Haus auf dem Hügel. Meinem Haus. Ich kehrte heim zu den zwei Dingen, die mir am Herzen lagen, dem Haus, von dem ich träumte, das ich mir ausgedacht und mehr als alles in der Welt gewünscht hatte. Zu ihm – und zu einer wunderbaren Frau ... Schon immer hatte ich gewußt, daß mir diese Frau eines Tages begegnen würde. Und sie war mir begegnet. Ich war zu ihr gestoßen und sie zu mir, wir hatten uns gefunden. Nachdem ich sie zum erstenmal gesehen hatte, wußte ich, daß ich ihr gehörte, mit Haut und Haar und für alle Zeit. Und nun – endlich – befand ich mich auf dem Weg zu ihr.

Niemand sah mich in Kingston Bishop eintreffen. Es war schon fast dunkel, und ich ging zu Fuß nach Hause, auf einem kleinen Umweg. Ich wollte niemandem aus dem Dorf begegnen, nicht an diesem Abend ... Die Sonne war schon untergegangen, als ich die Straße zu *Gipsy's Acre* hinaufstieg. Greta hatte ich natürlich meine Ankunftszeit mitgeteilt. Jetzt mußte sie im Haus oder oben sitzen und auf mich warten. Endlich! Mit den Heimlichkeiten und den Täuschungsmanövern war es endlich vorbei – dem Täuschungsmanöver, daß ich sie nicht ausstehen konnte. Mit einem kleinen Lächeln erinnerte ich mich an die Rolle, die ich gespielt hatte, sehr sorgsam und von Anfang an.

Oh, wie ich Greta gehaßt hatte, wie ich mich dagegen wehrte, daß sie bei uns wohnen blieb! Ja, ich hatte es sehr vorsichtig angefangen. Es mußte allen Sand in die Augen gestreut haben Vor allem der Streit, den wir Ellie so vorgespielt hatten, daß sie alles hören konnte.

Greta hatte mich vom ersten Augenblick an als das erkannt, was ich war. Wir hatten niemals alberne Illusionen über einander gehegt. Ihr Verstand arbeitete auf die gleiche Art, ihre Wünsche waren die gleichen wie meine. Die Welt sollte uns gehören – mehr nicht! Wir wollten ganz hoch hinaus, alle unsere ehrgeizigen Pläne sollten sich verwirklichen, wir sollten aus dem vollen leben, uns nichts verkneifen müssen. Ich erinnerte mich daran, wie ich ihr bei unserer ersten Begegnung in Hamburg mein Herz ausgeschüttet, ihr meinen fieberhaften Ehrgeiz geschildert hatte. Vor Greta mußte ich meinen wilden Lebenshunger nicht verbergen, sie empfand dasselbe wie ich.

«Wenn das Leben Spaß machen soll, braucht man Geld», hatte sie gesagt.

«Ja, und ich wüßte nicht, wie ich zu Geld kommen sollte.»

«Nein, durch deiner Hände Arbeit kommst du bestimmt nicht dazu. Der Typ bist du nicht.»

«Arbeit!» höhnte ich. «Seit Jahren hab ich arbeiten müssen. Ich will nicht mehr arbeiten. Und ich will kein gesetzter Bürger in mittleren Jahren werden. Entweder jetzt oder nie. Was hilft mir Geld, wenn ich alt bin? Ich will es hier und jetzt. Du auch, nicht wahr?»

«Ja, und ich weiß auch einen Weg. Es ist so einfach für dich. Ich wundere mich nur, daß du noch nicht daran gedacht hast. Die Mädchen fliegen nur so auf dich, oder? Das merke ich doch. Das spüre ich.»

«Glaubst du, ich mache mir was aus ihnen?» fragte ich. «Für mich gibt's nur eine – dich. Und du weißt das auch. Ich gehöre dir, vom ersten Augenblick an.»

«Ja, ich glaube, das stimmt.»

«Wir wollen beide das gleiche vom Leben.»

«Und ich sage dir, nichts leichter als das», fuhr sie fort. «Du brauchst bloß eine reiche Frau zu heiraten, eine der reichsten der Welt. Ich kann dir dazu verhelfen.»

«Erzähl mir keine Märchen.»

«Kein Märchen – ein Kinderspiel.»
«Nein», protestierte ich, «das ist nichts für mich. Ich will nicht der Hampelmann einer reichen Frau sein. Sie kauft alle meine Anzüge, führt mich aus und hält mich im goldenen Käfig – aber das schmeckt mir nicht. Ich bin kein Leibeigener.»
«Brauchst du auch nicht zu sein», erklärte sie. «Der Zustand braucht ja nicht lange zu dauern. Auch Ehefrauen sind sterblich . . .»
Ich starrte sie nur an.
«Jetzt bist du schockiert», sagte sie.
«Nein, nicht schockiert.»
«Das hatte ich eigentlich auch nicht erwartet. Ich dachte, du hast vielleicht schon . . .?» Sie musterte mich neugierig, aber auf diese Frage gedachte ich ihr nicht zu antworten. Ein paar Geheimnisse muß man schließlich voreinander haben. Nicht, daß es damals genaugenommen noch Geheimnisse gewesen wären, aber ich sah sie gern als solche an. An den ersten dachte ich nicht gern. Eigentlich albern. Kindisch. Belanglos. Mich hatte die typisch kindliche Gier nach einer schicken Armbanduhr gepackt, die ein anderer Junge – ein Schulfreund – geschenkt bekommen hatte. Ich wollte sie haben. Unbedingt. Sie war sehr teuer gewesen, ein reicher Patenonkel hatte sie ihm geschenkt. Ja, ich war ganz versessen darauf, glaubte aber nicht, daß ich sie je in meinen Besitz würde bringen können. Und dann kam der Tag, an dem wir miteinander Schlittschuh laufen gingen. Das Eis trug noch nicht. Nicht, daß wir das vorher bedacht hätten, es passierte eben einfach. Er brach ein, und ich schlitterte hin zu ihm. Er klammerte sich noch an. Er war eingebrochen, hielt sich am Rand fest, und das scharfe Eis schnitt ihm in die Finger. Natürlich lief ich hin, um ihm zu helfen, aber dann, als ich bei ihm war, sah ich die Armbanduhr glitzern. Wenn er nur untergeht und ertrinkt, dachte ich. Wie leicht wäre es dann . . .
Halb unbewußt, so scheint es mir heute, löste ich das Lederband, riß ihm die Uhr vom Arm und drückte seinen Kopf unter Wasser, statt ihn herauszuziehen . . . Er konnte sich kaum wehren, er war schon halb unter der Eisdecke. Leute hatten uns beobachtet und kamen jetzt gelaufen, in der Annahme, daß ich ihn zu retten versuchte. Sie schafften es nach einer gewissen

Zeit und mit einiger Mühe. Man versuchte es noch mit künstlicher Beatmung, aber es war zu spät ...

Und ich verbarg meinen Schatz in einem besonderen Versteck bei gewissen anderen Dingen. Dingen, die ich vor meiner Mutter versteckte, weil sie mich nach ihrer Herkunft gefragt hätte. Doch eines Tages, als sie sich unter meinen Socken zu schaffen machte, fiel ihr die Uhr in die Hände, und sie fragte mich, ob sie nicht Peter gehört habe. Quatsch, sagte ich, die hätte ich einem in der Schule stibitzt.

Mutter machte mich immer nervös – ich hatte stets das Gefühl, daß sie zuviel von mir wußte. Damals, als sie die Uhr fand, auch. Sie hegte wohl einen Verdacht, aber natürlich wußte sie nichts Genaues. Niemand wußte etwas. Aber sie sah mich immer so an, ganz seltsam. Jedermann glaubte, ich hätte Peter noch zu retten versucht, aber sie kaum. Sie wußte wohl Bescheid. Sie wollte es nicht wahrhaben, aber zu ihrem Pech kannte sie mich nur zu gut. Manchmal kamen mir sogar selber Gewissensbisse, aber sie legten sich ziemlich bald.

Und dann später, im Lager, während meiner Militärzeit. Wir waren in einer Art Spielsalon gewesen, ein Kumpel namens Ed und ich. Ich war vom Pech verfolgt gewesen, hatte den letzten Penny verloren, aber Ed hatte ganz schön gewonnen. Er wechselte seine Chips um, und auf dem Heimweg trug er die Taschen mit Geld vollgestopft. Da sprangen ein paar Ganoven hinter einer Ecke hervor und fielen über uns her mit ihren Schnappmessern. Mich trafen sie nur in den Arm, aber Ed kriegte eine böse Stichwunde ab. Er brach zusammen. Und dann hörte man Passanten herbeieilen, und die Ganoven verdrückten sich. Ich begriff, wenn ich jetzt schnell machte ... und ich machte schnell! Ich reagiere immer ziemlich prompt. Also wickelte ich mir ein Taschentuch um die Hand, zog das Messer aus Eds Wunde und stach noch einige Male zu – an den richtigen Stellen. Er bäumte sich noch einmal auf, dann starb er.

Fast hätte ich Angst bekommen, ein oder zwei Sekunden lang fürchtete ich mich direkt, aber dann wußte ich, die Sache würde klappen. Und ich wurde richtig stolz auf mich, stolz auf meinen fixen Verstand und mein schnelles Handeln. Der arme Ed, er war schon immer ein Idiot gewesen. Dann räumte ich im Handumdrehen das ganze Geld aus seinen in meine Taschen um.

Es geht doch nichts über ein gutes Auge für eine günstige Gelegenheit. Der Jammer ist nur, daß sich diese Gelegenheiten nicht so oft bieten. Manche Leute, nehme ich an, kriegen's mit der Angst zu tun, wenn sie jemanden umgebracht haben. Aber ich nicht. Damals nicht.
Natürlich mag man so was nicht allzuoft tun. Nur wenn es die Sache wirklich wert ist. Mir war schleierhaft, wie Greta es mir angemerkt hatte, aber ihr Gespür trog sie nicht. Nicht, daß ich schon ein paar Leute umgebracht hatte, das wußte sie wohl kaum. Aber sie spürte, daß mich der Gedanke an Mord weder schockierte noch sonstwie aus dem Gleichgewicht brachte.
«Was soll diese phantastische Geschichte, Greta?» fragte ich.
«Ich bin in der Lage, dir zu helfen», antwortete sie. «Ich kann dich mit einem der reichsten jungen Mädchen Amerikas zusammenbringen. Sie ist mehr oder weniger meiner Obhut anvertraut, ich wohne bei ihr, und sie hört sehr auf mich.»
«Meinst du denn, sie würde einen wie mich auch nur anschauen?» Keinen Augenblick glaubte ich das. Warum sollte eine reiche Frau, die an jedem Finger zehn attraktive, aufregende Männer haben konnte, ausgerechnet auf mich verfallen?
«Du hast doch jede Menge Sex-Appeal», sagte Greta. «Die Mädchen fliegen nur so auf dich, oder etwa nicht?»
Grinsend meinte ich, ich könne mich nicht beschweren.
«Und so was hat sie nie gehabt. Man hat zu gut auf sie aufgepaßt. Sie darf sich nur mit den üblichen soliden jungen Männern treffen, mit Söhnen von Bankiers oder Industriemagnaten. Ihre ganze Erziehung ist darauf ausgerichtet, daß sie eine gute Partie aus dem Geldadel macht. Ihre Leute haben vor nichts solche Angst, als daß sie irgendeinen umwerfenden Ausländer kennenlernen könnte, der's nur auf ihr Geld abgesehen hat. Aber natürlich ist sie auf solche Leute viel schärfer. Sie findet sie interessant, weil sie ihr neu sind, weil sie noch nie Kontakt mit ihnen hatte. Du mußt eine große Schau für sie abziehen, mußt in Liebe auf den ersten Blick machen und sie gar nicht mehr zu Atem kommen lassen. Das sollte kein Problem sein, ihr hat noch nie einer richtig feurig den Hof gemacht. Du könntest das.»
«Jedenfalls könnte ich's mal versuchen«, meinte ich, noch skeptisch.

«Es ließe sich arrangieren», überlegte Greta.
«Aber ihre Familie würde dazwischenfunken und die Sache unterbinden.»
«Nein, eben nicht. Sie würden kein Wort davon erfahren. Nicht bis es zu spät ist und ihr heimlich irgendwo geheiratet habt.»
«So stellst du's dir also vor?»
Wir besprachen die Sache. Wir machten Pläne. Nicht bis ins Detail natürlich. Greta mußte zurück nach Amerika, aber wir blieben in Verbindung. Ich versuchte es noch mit verschiedenen Jobs, aber ich hatte ihr schon von *Gipsy's Acre* erzählt und davon, daß ich es gern haben würde; sie hielt es für den geeigneten Hintergrund zu der romantischen Story, und wir machten unsere Pläne so, daß mein Zusammentreffen mit Ellie da oben stattfinden konnte. Greta wollte Ellie vorher einreden, sie solle sich doch ein Haus in England kaufen und sich von ihrer Familie trennen, sobald sie erst einmal volljährig sei.
O ja, wir bereiteten alles vor. Greta war eine große Taktikerin. Ich selber hätte es wahrscheinlich nicht so geschickt planen können, aber mit meiner Rolle dabei wurde ich leicht fertig. Schauspielerei hatte mir schon immer Spaß gemacht. Und so kam es dazu, daß ich Ellie kennenlernte.
Es war von Anfang an ein Mordsspaß. Ein toller Spaß, denn es konnte immer noch etwas schiefgehen, jederzeit bestand das Risiko, daß es nicht klappte. Richtig nervös war ich aber nur bei den Gelegenheiten, bei denen ich Greta treffen mußte. Natürlich mußte ich unbedingt vermeiden, daß ich mich verriet, beispielsweise in der Art, wie ich Greta ansah. Ich versuchte, das überhaupt bleiben zu lassen, und dann kamen wir überein, daß es das beste war, wenn ich Abneigung vortäuschte, die auf einer gewissen Eifersucht beruhte. Das hielt ich glaubhaft durch. Zum Beispiel der Tag, an dem sie für immer zu uns kam. Wir improvisierten einen Streit, den Ellie hören konnte. Möglicherweise übertrieben wir ein bißchen, aber ich glaube eigentlich nicht. Manchmal fürchtete ich schon, Ellie könnte etwas erraten, aber sie erriet wohl nichts. Doch ich bin mir da nicht ganz sicher. Bei Ellie war ich mir nie ganz sicher.
Ellie zu lieben, fiel mir leicht. Sie war so reizend. Ja, sie war wirklich lieb. Nur manchmal jagte sie mir einen Schrecken ein,

weil sie Dinge tat, von denen sie mir nichts sagte. Oder Dinge wußte, die ich ihr nie zugetraut hätte. Aber sie liebte mich, ja, sie liebte mich. Vielleicht ... liebte ich sie auch.
Natürlich war es bei ihr nie wie mit Greta. Greta gehörte ich mit Haut und Haaren. Sie war der personifizierte Sex. Ich war verrückt nach ihr, mußte mich eisern im Zaum halten. Ellie war ganz anders. Das Leben mit ihr machte richtig Freude. Ja, das klingt seltsam, so in der Erinnerung. Aber ich genoß unser Beisammensein sehr.
Ich erwähne das alles hier an dieser Stelle, weil es mir an dem Abend, als ich aus Amerika eintraf, durch den Kopf ging. An dem Abend, als ich in mein Dorado zurückkehrte und all das, wonach ich mich so lange gesehnt hatte, in meinem Besitz war, trotz aller Risiken, trotz aller Gefahren, und obwohl ich einen recht raffinierten Mord begehen mußte – was ich ja durchaus zugebe.
Ja, ein- oder zweimal war es schon ziemlich kritisch gewesen, aber niemand konnte uns etwas nachsagen, nicht bei dieser Methode. Doch jetzt war alles vorbei, und ich stieg nach *Gipsy's Acre* hinauf. Genau wie damals an dem Tag, als ich den Aushang unten im Dorf bemerkt und mir oben die Ruinen des alten Hauses angesehen hatte. Bergauf und um die Biegung ...
Und dann, in diesem Augenblick, sah ich sie. Ich meine – Ellie. Gerade als ich um die Biegung kam, wo immer die Unfälle passierten. Sie stand da, an derselben Stelle wie damals, im Schatten einer Fichte. Aber ich *konnte* sie doch nicht sehen – ich meine, jetzt nicht mehr. Dennoch stand sie da, den Blick direkt auf mich gerichtet. Und irgend etwas an ihr machte mir Angst, fürchterliche Angst. Es war nämlich – es war, als ob sie mich gar nicht wahrnähme – ich meine, natürlich war es eine Halluzination, sie konnte nicht hier sein, sie war tot, aber dennoch sah ich sie. Sie war tot und begraben, lag in der Gruft in den Staaten, aber nichtsdestoweniger stand sie unter dem Baum und schaute mich an. Nein, nicht direkt. Sie schaute eher nach mir aus, als erwarte sie mich, und ihr Gesicht strahlte vor Liebe. Genau wie damals, als sie Gitarre gespielt hatte; damals hatte sie mich gefragt: «Warum schaust du mich so an?» Und ich hatte entgegnet: «Wie schaue ich dich denn an?» Sie hatte

geantwortet: «Als ob du mich liebst ...», und ich hatte irgend etwas Albernes erwidert wie: «Natürlich liebe ich dich.»
Ich stand wie festgewurzelt, mitten auf der Straße. Ich stand da und zitterte. Dann sagte ich laut: «Ellie.»
Aber sie rührte sich nicht, blieb stehen und schaute – geradewegs durch mich hindurch. Und das jagte mir diese Angst ein, denn ich wußte, wenn ich mir auch nur eine Sekunde Zeit zum Überlegen nahm, mußte ich begreifen, warum sie durch mich hindurchsah, und eben das wollte ich nicht. Nein, ich wollte es nicht wissen, auf gar keinen Fall.
Da begann ich zu rennen. Ich rannte feige, wie von Furien gehetzt, den Rest des Wegs, bis ich die Lichter meines Hauses schimmern sah und diese blödsinnige Panik abschüttelte. Dies war doch der Tag meines Triumphs! Ich war heimgekehrt in mein Haus, heim zu der wunderbarsten Frau der Welt, auf die all mein Denken und Handeln gerichtet war. Jetzt endlich konnten wir heiraten und auf *Gipsy's Acre* leben.
Die Tür war unverschlossen. Ich ging hinein, schüttelte den Staub von den Schuhen und trat durch die offene Tür der Bibliothek. Greta stand drinnen am Fenster und erwartete mich. Sie war strahlend schön, das Schönste, was ich je erblickt hatte – sie roch und schmeckte nach Sex. Wir hatten uns so lange kasteien müssen – bis auf die seltenen und kurzen Male oben im Pavillon.
Ich lief geradewegs in ihre offenen Arme. Es war einer der schönsten Augenblicke meines Lebens.

Schließlich fanden wir wieder zur Erde zurück. Ich setzte mich, und sie schob mir einen Stapel Post zu. Fast automatisch griff ich nach dem mit der amerikanischen Marke, es war der Luftpostbrief von Lippincott. Ich fragte mich, was er mir da schickte, warum er mir unbedingt einen Brief hatte schreiben müssen.
«Na also», sagte Greta und seufzte tief und zufrieden auf, «wir haben's geschafft.»
«Und wie. Sieger an allen Fronten.»
Wir brachen in Gelächter aus, in wildes Gelächter. Auf dem Tisch stand Champagner, ich goß ein, und wir prosteten einander zu.

«Wunderbar ist es hier.» Ich sah mich um. «Viel schöner, als ich es in Erinnerung hatte. Santonix ... Aber das hab ich dir noch gar nicht erzählt, Santonix ist tot.»
«Ach du liebe Güte, wie schade. Also war er wirklich krank?»
«Natürlich war er krank. Ich wollte es nur nicht wahrhaben. Als er starb, war ich bei ihm.»
Greta fröstelte ein bißchen. «Für mich wäre das nichts. Hat er noch was gesagt?»
«Eigentlich nicht. Nur irgend etwas, daß ich ein verdammter Idiot sei; ich hätte den anderen Weg gehen sollen.»
«Wie denn – welchen anderen Weg?»
«Ich weiß doch auch nicht. Wahrscheinlich war er schon im Delirium. Wußte nicht mehr, was er sagte.»
«Na ja», meinte Greta, «mit diesem Haus hat er sich ein schönes Denkmal gesetzt. Am besten, wir behalten es, was meinst *du?*»
Ich starrte sie an. «Natürlich behalten wir's. Glaubst du vielleicht, ich will woanders wohnen?»
«Aber doch nicht die ganze Zeit», wandte Greta ein. «Das ganze Jahr in so einem Loch wie Kingston Bishop begraben sein?»
«Mir gefällt's hier. Ich wollte von Anfang an hier wohnen, so hab' ich's mir vorgestellt.»
«Ja, sicher. Aber schließlich, Mike, haben wir soviel Geld, wie wir uns nur wünschen können. Wir können herrliche Reisen machen, durch ganz Europa, oder laß uns nach Afrika auf Safari gehen! Wir wollen etwas erleben, Abenteuer, wir wollen uns die Welt ansehen, die herrlichen Gemälde. Ja, und Angkor Vat, die Tempelstadt. Reizt dich denn das nicht auch?»
«Na ja, schon ... Aber wir werden immer hierher zurückkehren, ja?»
Ein seltsames Gefühl überkam mich, ein Gefühl, daß irgend etwas falsch lief. Nie hatte ich an etwas anderes gedacht als an mein Haus und an Greta. Nichts sonst wünschte ich mir. Aber sie ... ja, das sah ich jetzt. Sie fing gerade erst an mit dem Wünschen. Mit dem Begreifen, daß ihr jetzt nichts mehr versagt wurde. Eine böse Ahnung überfiel mich.
«Was ist denn, Mike, du zitterst ja. Hast du dich erkältet?»
«Nein, das nicht.»

«Was ist denn passiert, Mike?»
«Ich habe Ellie gesehen.»
«Wie meinst du – Ellie gesehen?»
«Als ich hier heraufstieg und um die Biegung kam, da stand sie unter einer Fichte und sah mich an – das heißt, sie sah in meine Richtung.»
Greta starrte mich an. «Mach dich nicht lächerlich. Das – das hast du dir nur eingebildet!»
«Vielleicht. Es wäre kein Wunder hier auf *Gipsy's Acre.* Doch, doch, sie stand da und sah – und sah ganz glücklich aus. Wie immer. Als ob sie immer da gewesen wäre und da sein würde.»
«Mike!» Greta packte mich an der Schulter und schüttelte mich. «Mike, sag doch nicht so was. Hast du denn getrunken?»
«Nein, erst hier. Ich wußte, du wirst mich mit Champagner erwarten.»
«Also, dann wollen wir Ellie vergessen und auf uns anstoßen.»
«Aber es war Ellie», beharrte ich.
«Nein, es war eine Lichtspiegelung oder so was.»
«Es war Ellie, sie stand da und sah mir entgegen. Aber sie erkannte mich nicht.» Ich hob die Stimme. «Greta, sie erkannte mich nicht, und ich weiß jetzt auch, warum. Ich weiß jetzt, warum sie mich nicht sehen konnte.»
«Wie?»
Und jetzt gestand ich es mir zum erstenmal flüsternd ein: «Weil ich's gar nicht war. Sie konnte mich nicht sehen, nur – Nichts. Das Nichts ... Es wartet schon lange auf mich, seit meiner Geburt. Mutter hat's immer gewußt, aber damals war ich noch nicht soweit. Und Santonix. Er wußte auch, wohin es mit mir ging. Aber es hätte sich noch vermeiden lassen, einen Augenblick lang hätte es sich vermeiden lassen. Damals, als Ellie auf ihrer Gitarre spielte. Ich hätte doch ganz glücklich werden können ... in der Ehe mit Ellie. Es hätte doch alles so bleiben können mit uns beiden – sie und ich verheiratet.»
«Nein, das hätte es nicht», sagte Greta. «Daß du zu denen gehörst, die die Nerven verlieren, hätte ich auch nicht gedacht, Mike.» Wieder schüttelte sie mich. «Wach doch auf!»
Ich starrte sie an. «Tut mir leid, Greta. Was hab' ich denn gesagt?»
«Dir haben sie wohl in den Staaten arg zugesetzt. Aber du hast dich gut geschlagen, oder? Das Geld ist doch richtig angelegt?»

«Es ist alles arrangiert. Alles ist arrangiert für unsere Zukunft, unsere glorreiche Zukunft.»
«Wie komisch du dich ausdrückst. Ich wüßte wirklich gern, was Lippincott da schreibt.»
Ich zog den Brief heran und öffnete ihn. Er enthielt weiter nichts, nur einen Zeitungsausschnitt. Alt und schon ziemlich zerknittert. Ich starrte darauf. Das Foto zeigte eine Straße, eine mir bekannte Straße, mit irgendeinem Prachtgebäude im Hintergrund. Es war eine Hamburger Straße, in der eine Gruppe Touristen auf den Fotografen zukam. Ganz vorn ging ein Paar Arm in Arm: Greta und ich. Also hatte Lippincott Bescheid gewußt. Er war die ganze Zeit darüber im Bilde gewesen, daß ich Greta kannte. Irgendwer mußte ihm diesen Zeitungsausschnitt geschickt haben, nicht unbedingt in böser Absicht. Vielleicht nur, weil es ihn amüsiert hatte, Miss Greta Andersen beim Spaziergang durch Hamburg entdeckt zu haben. Ich erinnerte mich, wie eingehend er mich befragt hatte, ob ich Greta schon kennengelernt hätte. Natürlich hatte ich es abgestritten, aber er hatte gewußt, daß es eine Lüge war. Von da an mußte er mir mißtraut haben.
Plötzlich bekam ich Angst vor Lippincott. Bestimmt konnte er nicht argwöhnen, daß ich Ellie umgebracht hatte, aber dennoch verdächtigte er uns. Vielleicht doch des Mordes ...
«Er wußte also, daß wir uns kennen, wußte es die ganze Zeit. Mir war dieser alte Fuchs schon immer verhaßt, und er konnte dich noch nie leiden. Wenn er erfährt, daß wir heiraten wollen, muß er mißtrauisch werden.» Aber ich mußte mir eingestehen, daß Lippincott sicherlich argwöhnte, Greta und ich wollten eines Tages heiraten. Er wußte, daß wir uns kannten, und hielt uns sicherlich für ein Paar.
«Mike, sei kein Hasenfuß. Ja, das hab ich gesagt, ein Hasenfuß. Ich hab dich immer bewundert, aber jetzt verlierst du völlig die Nerven. Du fürchtest dich vor Gott und der Welt.»
«Red nicht so mit mir!»
«Aber es ist doch wahr!»
«Ins Nichts ...»
An nichts anderes konnte ich denken: Nichts, Nacht, endlose Nacht. Umnachtet. Das bedeutet Dunkel, schwarze Finsternis. Es bedeutete, daß ich nicht mehr sichtbar war. Ich konnte Ver-

storbene sehen, aber die Verstorbenen nicht mich, obwohl ich noch lebte. Aber ich war schon nicht mehr da. Der Mann, der Ellie geliebt hatte, existierte nicht mehr. Er war aus freien Stücken ins Nichts gegangen, in endlose Nacht . . . Der Kopf wurde mir schwer, ich beugte mich vor, tiefer über den Boden.

«In endlose Nacht», murmelte ich.

«Hör auf!» schrie Greta. «Steh auf! Reiß dich zusammen! Laß dich nicht so gehen mit diesem albernen, abergläubischen Zeug.»

«Was kann ich denn dafür?» fragte ich. «Wir sind auf *Gipsy's Acre*, oder etwa nicht? Und hier war noch keiner seines Lebens sicher. Nicht Ellie, nicht ich, und du vielleicht auch nicht.»

«Wie meinst du das?»

Ich erhob mich und ging auf sie zu. Ich liebte sie, begehrte sie immer noch. Aber Liebe, Haß, Begierde – ist das nicht alles dasselbe? Ellie konnte ich nie hassen, aber jetzt haßte ich Greta. Und das tat wohl. Ich haßte sie von ganzem Herzen, mit jäh aufflammendem Verlangen nach . . . Nein, zum Teufel mit der Sicherheit, ich wollte es nicht auf die sichere Tour, wollte nicht warten . . . Ich näherte mich ihr.

«Du elendes Biest!» sagte ich. «Du elendes, herrliches Biest! Du bist hier nicht sicher, Greta, nicht vor mir. Verstehst du? Ich weiß jetzt, daß es Spaß macht . . . Ja – es macht Spaß, zu morden. Damals, als Ellie ihrem Tod entgegenritt, da war ich ganz aufgeregt vor Freude, den ganzen Vormittag. Vor Freude am Töten, obwohl ich damals gar nicht in die Nähe kam. Nicht so nahe wie jetzt. Das hier ist was ganz anderes. Es reicht nicht, daß man weiß, sie wird nachher sterben, weil sie beim Frühstück eine Kapsel genommen hat. Es reicht nicht, eine alte Frau in den Steinbruch zu stoßen. Ich will mehr. Ich will's mit meinen Händen machen – mit eigenen Händen.»

Greta hatte jetzt Angst. Sie, der ich vom ersten Tag in Hamburg an verfallen gewesen war, für die ich krankgespielt und einen guten Job aufgegeben hatte, nur damit ich bei ihr bleiben konnte. Jetzt hatte sie keine Macht mehr über mich. Ich gehörte nicht mehr ihr, nur noch mir selbst. Ich hatte eine andere Freiheit gefunden als die, von der ich geträumt hatte.

Sie hatte Angst. Große Angst, wunderbare Angst, wie ich sie liebte, diese Angst, als meine Hände sich um ihren Hals legten.

Ja, selbst jetzt, wenn ich hier sitze und all das niederschreibe (und es macht Spaß, so alles über sich selbst aufzuschreiben) – alles über mich und das, was ich durchgemacht habe, was ich gefühlt und gedacht habe und wie ich sie alle hereingelegt habe – ja, es ist herrlich so was, und ich war irrsinnig glücklich, als ich Greta erwürgte ...

24

Danach gibt's nicht mehr viel zu sagen. Oder anders ausgedrückt: Dies war der Höhepunkt. Man vergißt wohl immer wieder, daß nun nichts Besseres mehr nachfolgen kann, daß man alles ausgekostet hat. Lange Zeit blieb ich einfach nur sitzen. Ich weiß gar nicht, wann *sie* kamen, kann auch nicht sagen, ob *sie* alle zugleich eintrafen ... Jedenfalls konnten sie nicht schon die ganze Zeit da gewesen sein, denn sie hätten mich Greta nicht erwürgen lassen. Als erstes erkannte ich den lieben Gott. Nein, ich bin ein bißchen durcheinander, ich meine Major Phillpot. Ihn hatte ich immer gern gemocht, er war stets sehr nett zu mir gewesen. Ein fairer Mann, fair und freundlich. Er kümmerte sich um die Leute, tat für sie, was er konnte.

Ich kann nicht sagen, wieviel er über mich wußte, aber ich erinnere mich an den Morgen der Auktion, als er mich wegen meiner Ausgelassenheit so neugierig gemustert hatte. Ob er sich damals wohl fragte, warum ich so vergnügt war?

Und dann, als wir vor dem Kleiderbündel standen, vor Ellie im Reitanzug ... Ich frage mich, ob er damals Bescheid wußte oder doch eine Ahnung hatte.

Als Greta tot war, saß ich, wie gesagt, nur so in meinem Sessel und starrte in mein Champagnerglas. Es war leer. Wir hatten nur eine Lampe angeknipst, Greta und ich, sie gab nicht viel Licht, und die Sonne mußte schon lange untergegangen sein. Ich saß nur da und fragte mich dumpf, was nun wohl kam.

Und dann kamen die Leute. Vielleicht eine Menge auf einmal. Falls ja, dann waren sie dabei sehr leise, denn ich hörte sie und bemerkte sie lange nicht.

Vielleicht hätte mir Santonix sagen können, was nun zu tun

war. Aber Santonix lebte nicht mehr, er hatte einen anderen Weg gewählt als ich und konnte mir nun nicht mehr von Nutzen sein. Niemand konnte das mehr.

Nach einer Weile bemerkte ich Dr. Shaw. Er verhielt sich so still, daß er mir bisher gar nicht aufgefallen war. Dabei saß er ganz nahe bei mir, wartete wohl auf etwas. Allmählich begriff ich, daß er auf ein Wort von mir wartete. Also sagte ich: «Bin heimgekommen.»

Irgendwo hinter ihm standen noch ein oder zwei andere herum, warteten auf ihn oder etwas, das er tun würde.

«Greta ist tot», fuhr ich fort, «ich hab sie umgebracht. Sie sollten die Leiche jetzt wohl besser fortschaffen, nicht?»

Irgendwo flammte ein Blitzlicht auf, wahrscheinlich war es ein Polizeifotograf, der die Leiche aufnahm. Dr. Shaw fuhr herum und sagte scharf: «Noch nicht.»

Dann wandte er sich wieder mir zu. Ich beugte mich zu ihm und sagte leise: «Ich hab heute abend Ellie gesehen.»

«Wirklich? Wo denn?»

«Draußen, unter einer Fichte. An der Stelle, wo wir uns das erstemal begegneten, Sie wissen schon . . .» Ich hielt inne. «Sie hat mich nicht bemerkt . . . Sie konnte mich gar nicht sehen, ich war ja nicht da.» Nach einer Weile fügte ich hinzu: «Das hat mich erschreckt. Sehr erschreckt.»

Dr. Shaw fragte: «Es war in der Kapsel, nicht wahr? Zyankali in der Allergie-Kapsel? War's das, was Sie Ellie morgens eingegeben haben?»

«Ein Mittel gegen ihren Heuschnupfen. Zur Vorbeugung nahm sie vor dem Ausreiten immer so eine Kapsel. Greta und ich, wir haben ein oder zwei Kapseln mit Wespengift aus dem Werkzeugschuppen präpariert und sie dann wieder zu den anderen getan. Da oben im Pavillon haben wir sie gefüllt. Schlau, wie?»

Ich lachte. Es klang seltsam, das fiel mir selber auf. «Sie haben sich alle ihre Medikamente angesehen, nicht wahr, als Sie damals ihren verstauchten Knöchel untersuchten? Schlaftabletten, die Allergie-Kapseln — alle waren sie in Ordnung, wie? Ganz harmlose Dinger.»

«Ganz harmlos», bestätigte Dr. Shaw. «Konnten gar nichts schaden.»

«Ziemlich schlau von uns, nicht?»

«Schon, aber nicht schlau genug.»
«Trotzdem, ich verstehe gar nicht, wie Sie darauf gekommen sind.»
«Wir kamen durch den zweiten Todesfall darauf, durch den, den Sie nicht beabsichtigt hatten.»
«Claudia Hardcastle?»
«Ja. Sie starb auf dieselbe Art wie Ellie. Fiel auf dem Jagdgelände einfach vom Pferd. Auch Claudia war eine kerngesunde Frau, aber sie fiel vom Pferd und war sofort tot. Doch bei ihr dauerte es nicht so lange. Sie wurde unmittelbar danach entdeckt, und es hing noch der Blausäuregeruch in der Luft. Wenn sie wie Ellie ein paar Stunden im Freien gelegen hätte, hätten wir nichts mehr gefunden. Trotzdem, ich verstehe nicht, wie Claudia an eine dieser Kapseln kam. Es sei denn, Sie hätten eine im Pavillon liegengelassen. Sie ging oft hinauf, es war alles voll von ihren Fingerabdrücken, und sie hat ja auch ihr Feuerzeug dort vergessen.»
«Wahrscheinlich haben wir nicht genug aufgepaßt. Das Einfüllen war ziemlich schwierig.» Dann fragte ich: «Sie hatten mich im Verdacht, etwas mit Ellies Tod zu tun zu haben, nicht wahr? Sie alle?» Ich ließ den Blick über die schattenhaften Gestalten um mich herum wandern.
«Oft hat man so einen Instinkt. Aber ich war mir gar nicht sicher, ob wir etwas ausrichten konnten.»
«Sie sollten mich auf meine Rechte aufmerksam machen», tadelte ich.
«Ich bin nicht von der Polizei», meinte Dr. Shaw.
«Was denn?»
«Ich bin Arzt.»
«Aber ich brauche keinen Arzt», protestierte ich.
«Das bleibt abzuwarten.»
Dann sah ich Phillpot an und fragte: «Und was machen Sie hier? Mich verurteilen, über mich zu Gericht sitzen?»
«Ich bin nur ein kleiner Friedensrichter», sagte er, «und außerdem als Freund hier.»
«Mein Freund?»
«Ellies Freund», sagte er.
Ich verstand gar nichts mehr. Das alles ergab für mich keinerlei Sinn, dennoch konnte ich nicht anders, ich fühlte mich ziemlich

wichtig. Alle waren sie da — Polizisten und Ärzte, Shaw und Phillpot, der so viel zu tun hatte. Die Sache war doch ziemlich kompliziert. Ich verlor allmählich die Übersicht, und schließlich war ich auch müde. Ich wurde jetzt manchmal sehr rasch müde und schlief dann ein ...

All dieses Kommen und Gehen. Leute kamen zu mir, alle möglichen Leute. Anwälte, ein Verteidiger, Ärzte. Verschiedene Ärzte. Sie störten mich, und ich hatte keine Lust, ihnen zu antworten.

Einer davon fragte mich dauernd, ob ich einen Wunsch hätte. Ich bejahte. Ich wollte nur eines: einen Kugelschreiber und eine Menge Papier. Ich wollte nämlich alles aufschreiben, wollte erzählen, wie es soweit kam. Ich wollte sie wissen lassen, was ich empfunden, was ich gedacht hatte. Je mehr ich über mich nachgrübelte, desto interessanter für die Allgemeinheit schien es mir zu sein. Denn ich war wirklich eine interessante Persönlichkeit. Und ich hatte interessante Dinge getan.

Die Ärzte — zumindest einer — schienen es für eine gute Idee zu halten. Sie erlaubten es mir. Viel auf einmal konnte ich nicht schreiben — ich wurde zu schnell müde. Irgend jemand gebrauchte einen Ausdruck wie «vermindert zurechnungsfähig», und ein anderer protestierte. Man hört wirklich alles mögliche, und manchmal achtet man nicht weiter darauf.

Dann mußte ich vor Gericht erscheinen und verlangte, sie sollten mir meinen besten Anzug bringen, denn ich wollte eine gute Figur machen. Offenbar hatten sie mich von Detektiven beobachten lassen, schon eine ganze Weile. Zum Beispiel das neue Dienerehepaar. Ich glaube, sie waren von Lippincott engagiert und auf mich angesetzt worden. Man wußte einfach zuviel über Greta und mich. Merkwürdig, seitdem sie tot war, dachte ich nicht mehr viel an Greta ... Nachdem ich sie erwürgt hatte, schien sie überhaupt keine Rolle mehr zu spielen.

Ich versuchte, wieder dieses herrliche Triumphgefühl in mir zu wecken, das mich erfüllt hatte, als ich sie erwürgte. Aber auch das war verblaßt.

Eines Tages, ganz überraschend, brachten sie meine Mutter zu mir. Da stand sie in der Tür und sah mich an. Jetzt hatte sie nicht mehr diesen besorgten Blick wie früher. Ich glaube, sie sah nur noch traurig aus. Wir hatten uns nicht viel zu sagen.

«Ich hab's versucht, Mike», sagte sie nur. «Ich hab alles versucht, dich davor zu bewahren. Aber es ist mißlungen. Ich hab immer gefürchtet, daß es mir mißlingen würde.»
«Schon gut, Mutter, es war nicht deine Schuld. Ich bin den Weg gegangen, den ich mir ausgesucht habe.»
Und da fiel mir ein, daß Santonix fast dasselbe gesagt hatte. Auch er hatte um mich gebangt. Aber auch er hatte nichts dagegen tun können. Keiner hätte etwas tun können, außer vielleicht ich selbst ... Ich weiß nicht. Bin mir da nicht ganz sicher. Aber hin und wieder fällt mir ein, wie Ellie damals sagte: «Du siehst mich an, als ob du mich liebst.» Irgendwie liebte ich sie wohl wirklich. Zumindest hätte ich sie lieben können. Sie war so lieb, Ellie ...
Vermutlich war der Haken bei mir, daß es mich immer zu stark nach allem verlangte. Ich wollte alles haben, aber auf die einfache, die gierige Art.
Dieser erste Tag auf *Gipsy's Acre,* der erste Tag mit Ellie. Als wir wieder hinunterstiegen, trafen wir Esther. Damals kam mir der Gedanke — durch diese Warnung, die sie Ellie erteilte, kam mir die Idee, sie zu kaufen. Ich wußte, sie gehörte zu denen, die für Geld alles taten. Ich wollte sie bezahlen, und sie würde Ellie weiterhin mit dunklen Warnungen erschrecken, ihr das Gefühl geben, daß sie in Gefahr war. Das konnte einen Tod durch Schock in den Augen der anderen nur wahrscheinlicher machen. Damals, an diesem ersten Tag, das weiß ich jetzt, hatte Esther echte Angst. Sie hatte Angst um Ellie. Deshalb warnte sie sie, riet ihr, fortzugehen und sich nicht mit *Gipsy's Acre* einzulassen. Damit meinte sie natürlich: sich nicht mit mir einzulassen. Ellie verstand beides nicht.
Ellies Angst — galt sie mir? Wahrscheinlich hatte sie wirklich vor mir Angst, obwohl es ihr wohl nicht bewußt wurde. Aber sie wußte, irgend etwas bedrohte sie, irgendwo lauerte Gefahr. Santonix hatte das Böse in mir erkannt, genau wie meine Mutter. Vielleicht wußten sie es alle drei, auch Ellie, aber es machte ihr nichts aus. Nichts machte ihr etwas aus. Es ist schon eigenartig, sehr eigenartig. Ich weiß jetzt, wir waren glücklich miteinander. Ja, sehr glücklich. Ich wollte nur, ich hätte es damals gewußt ... Ich hatte meine Chance gehabt und ihr den Rücken gekehrt.

Ist es nicht seltsam, daß Greta überhaupt keine Bedeutung mehr hat?
Nicht einmal mein schönes Haus.
Nur Ellie. Aber Ellie kann mich nicht finden, nie mehr. Nacht, endlose Nacht. Das ist das Ende ...
Jedes Ende ist ein neuer Anfang – das behaupten die Leute immer.
Aber was bedeutet es?
Und wo fing eigentlich alles an? Ich muß darüber nachdenken ...